最风流 醉唐诗

古墨 编著

吉林文史出版社

图书在版编目（CIP）数据

最风流 醉唐诗 / 古墨编著 . -- 长春 : 吉林文史
出版社 , 2017.5

ISBN 978-7-5472-4346-6

Ⅰ . ①最… Ⅱ . ①古… Ⅲ . ①唐诗—诗歌欣赏 Ⅳ .
① I207.227.42

中国版本图书馆 CIP 数据核字（2017）第 124479 号

最风流 醉唐诗
Zui Feng Liu   Zui Tang Shi

编　著	古　墨
出 版 人	孙建军
责任编辑	陈春燕　张焱乔
封面设计	子　时
出版发行	吉林文史出版社有限责任公司
地　　址	长春市人民大街 4646 号
电　　话	0431-86037509
网　　址	www.jlws.com.cn
印　　刷	北京楠萍印刷有限公司
开　　本	720mm×1020mm　16 开
印　　张	20
字　　数	367 千
版　　次	2017 年 8 月第 1 版　2017 年 8 月第 1 次印刷
定　　价	56.00 元
书　　号	978-7-5472-4346-6

国学大师王国维先生在《宋元戏曲考》自序中写道："凡一代有一代之文学：楚之骚，汉之赋，六代之骈语，唐之诗，宋之词，元之曲，皆所谓一代之文学，而后世莫能继焉者也。"在我国蕴藏极富的文学宝库中，要说流传广泛、深入人心的，就莫过于"唐之诗""宋之词"了。

大唐二百八十九年，只是漫长历史中的星河一转，但是它所留下的余晖，却灿烂了整个中华文明。试想，如若不是千年之前，有雍容华贵如牡丹的大唐，那么这历史的画卷中会少了多少绚烂。如若大唐中没有那些光彩夺目的诗句，那么盛唐的繁华与晚唐的落寞，便只得在冰冷的历史中顾影自怜，无处安放。大唐像是一位绰约多姿的绝代佳人，而唐诗则是佳人蛾眉之下的盈盈眼波，只一颦一笑，便惊艳了时光，温柔了岁月。

在唐诗里，能遇到风流才子："红豆生南国，春来发几枝。愿君多采撷，此物最相思。""曾经沧海难为水，除却巫山不是云。"他们将低回的情化成绵绵的诗行。能遇到多情的红颜："人道海水深，不抵相思半；海水尚有涯，相思渺无畔。""忽见陌头杨柳色，悔教夫婿觅封侯。"她们明知相思无益，却仍然强颜欢笑。还能遇到勇敢的将士，黄沙中凛冽的寒风，边境上冲锋的号角，金戈铁马下，有将军的忠烈，也有士兵的冤魂："报君黄金台上意，提携玉龙为君死。""孰知不向边庭苦，纵死犹闻侠骨香。"还有那些绝尘的隐士："田夫荷锄至，相见语依依。""舍南舍北皆春水，但见群鸥日日来。"在繁华世界外，山水田园间，辟半亩地，扎两道篱，清茶淡酒，安守一颗无华的心……

一壶浊酒，千古心事，多少诗篇，如陈年美酒，似旷古佳酿。纵隔着千载光阴，那把酒邀月的身影，依然鲜明如生。那剑气、那月光，和着青春、诗歌与美酒，不断勾画着令人怀想的盛世大唐。

每一首诗都是一个故事，每一个故事背后都有一位过尽千帆的诗人。当故事走远了之后，心里的情感却天长地久，这也是我们为何一次一次翻开泛着沉香的诗卷而丝毫没有厌倦的原因。

　　"仰天大笑出门去，我辈岂是蓬蒿人。"那个被所有教科书尊为"清高狂客"的李白，实际上非常入世；他所有高调的隐居，其实都是荡平仕途坎坷的低调炒作。而在这份偏执的浪漫中，李白的形象才变得饱满、立体，他的故事才血肉丰满、栩栩如生。再如我们所熟悉的武则天，她叛夫杀女囚子夺权，在所有流传的故事中，人们读到的都是一位女暴君的面目：凶残、乖戾、铁血、狐疑。可却很少有人知道，武媚娘曾经也是一位温柔缱绻的少女，辗转反侧，相思成灾："看朱成碧思纷纷，憔悴支离为忆君。不信比来长下泪，开箱验取石榴裙。"也许，在多情与绝情间，这样的女子本就该获得原谅。在耳熟能详的诗作中，找到些不为人所知、所觉、所察的另类解读，撷取片段，以此装点唐诗的天空。或许，这就是本书与别本的不同。

　　当然，流传了代代的唐诗，有太多的失佚与变迁，书中所引的诗文，我们本着择善而从的原则，尽量选择流传广泛、字义通顺的版本，其中如有争议与疏漏，还望海涵。

上篇

风流

诗歌、女人、酒，唯真潇洒自风流。没有观众，没有掌声，没有登台与谢幕，一切都浑然于天地，宛转自如。美酒在这块土地上，氤氲出五光十色的唐诗，装点着唐朝的天空。在这个诗香、酒香的大唐，人人都喝得一壶好酒，涂得满纸诗情。在这热闹的『人间天堂』，所有令天读到的片段文字，都是当年辉煌、闪烁的理想。

酒酿佳篇，诗贺大唐

"酒入豪肠，七分酿成了月光，剩下的三分啸成剑气，绣口一吐就半个盛唐。"

这是余光中先生在《寻李白》中的诗句，他将李白醉饮人生的潇洒、仗剑天涯的豪放，都浓缩在月光中。有人说，"青春、诗歌和酒"是李白诗篇中不断吟诵的主题，也是盛唐留给后世英姿勃发的倒影。于是，每每提起大唐，首先令人感受到的便是扑面的酒气。一杯清酒，让飞扬的青春更加浪漫；一杯烈酒，让灼热的胸怀更加激荡；英雄的壮烈、美人的惆怅，都化作清酒、美酒，陶醉了人心，也酿就了诗情。

而大唐，永远是一副醉醺醺的模样。不过，也因为这氤氲的酒气，才更显性情。杜甫说唐朝最能喝酒的有八个人，他们嗜酒如命，笑傲权贵，是人间潇洒名士的极品，也是"饮中八仙"。

知章骑马似乘船，眼花落井水底眠。

汝阳三斗始朝天，道逢曲车口流涎，恨不移封向酒泉。

左相日兴费万钱，饮如长鲸吸百川，衔杯乐圣称避贤。

宗之潇洒美少年，举觞白眼望青天，皎如玉树临风前。

苏晋长斋绣佛前，醉中往往爱逃禅。

李白一斗诗百篇，长安市上酒家眠。

天子呼来不上船，自称臣是酒中仙。

张旭三杯草圣传，脱帽露顶王公前，投毫落纸如云烟。

焦遂五斗方卓然，高谈雄辩惊四筵。

杜甫《饮中八仙歌》

在这群醉八仙中，首先出场的是贺知章。杜甫说他喝醉酒后，骑着马就像坐船一样，摇摇晃晃。结果眼花缭乱的时候，失足落井，就在井底睡着了。汝阳王敢喝酒三斗再去朝拜天子，路遇卖酒的车垂涎三尺，恨不能把自己的封地移到"酒泉"。相传，那个地方，泉水清澈，甘甜如酒，日夜喷涌而出，故曰"酒泉"。假如真有这样一个好地方，恐怕不仅汝阳王会跑去定居，估计唐朝半数以上的诗人都会乐于在那里把酒言欢，醉卧红尘。

接着，杜甫写了丞相酒量恢宏，如饮百川之水。风流名士崔宗之，酒后英俊潇洒，衣袂飘飘，宛如玉树临风。而苏晋虽然吃斋礼佛，但还是喜欢在"酒"中逃避"佛"的束缚，宁愿用长久的修行换短暂一醉。"酒肉穿肠过，佛祖心中留"大概就是苏晋这类名流的理想吧。还有以"草圣"著称的张旭，他喝醉的时候，不会顾及王公显贵在场，会脱了帽子，奋笔疾书。笔走龙蛇，字迹如云卷云舒，潇洒自如。还有唐代著名布衣焦遂，五斗之后，便会高谈阔论，常常语惊四座。

当然，这八仙中，最著名的还是李白。

杜甫说："李白一斗诗百篇，长安市上酒家眠。天子呼来不上船，自称臣是酒中仙。"李白每次酒喝多了的时候，诗也就特别多。写了诗，干脆就睡在酒家里，醒了之后，还可以继续喝。这还不算什么，连天子叫他的时候都不上船，还说"我是酒中的神仙"，言外之意，可以不听你的号令，其酣然醉态彰显了不畏权贵的个性；也让他浪漫、可爱、无拘无束的形象深入人心。

李白既是诗仙，又是酒仙，诗借酒兴，酒壮诗情，常常让他的生活涂满了五颜六色的光彩。所以关于李白喝酒的故事有很多，最著名的就是"龙巾拭吐，玉手调羹，力士脱靴"。说的是有一次李白喝多了，玄宗用手帕帮他擦嘴，杨玉环亲自为他调了解酒的汤汁，而高力士亲自为他脱靴子。这种级别的待遇，恐怕翻遍大唐历史，也没有第二个人能够享受到。但这一切，似乎并没有让李白诚惶诚恐。相反，他依旧我行我素，"百年三万六千日，一日须倾三百杯"，活脱脱一副酒鬼的样子。普通人说喝酒是讲究心情的，或者是因为某个节日来庆祝，而李白则全然不是。

他寂寞的时候，要喝酒，"花间一壶酒，独酌无相亲。举杯邀明月，对影成三人。"哪怕只有月亮和自己的影子，也要喝个"歌徘徊，舞凌乱"，自赏自鉴，滋味浓郁香甜。高朋满座之时，他也要喝酒，还呼吁大家举杯同庆。

君不见，黄河之水天上来，奔流到海不复回。

君不见，高堂明镜悲白发，朝如青丝暮成雪。

人生得意须尽欢，莫使金樽空对月。

天生我材必有用，千金散尽还复来。

烹羊宰牛且为乐，会须一饮三百杯。

李白《将进酒》节选

他说滚滚黄河之水，从天而降，人生苦短，青丝染雪，很快就两鬓斑白。所以人生得意、快乐的时候，一定要开怀畅饮，不要停杯问月，空留遗憾在心间。千金散尽，总会失而复得；但青春年华如水奔流，必须要好好珍惜。所以，喝酒要喝上三百杯，才能解忧怀，抒愁绪，让生命挥洒自如，有声有色。在这首诗的最后，他将"万古愁绪"化为一杯浓香烈酒，饮之思之，酣畅淋漓。这就是李白，无论寂寞与开怀，都以酒入心，用酒神的自由、奔放浇铸了多彩的诗篇。

然而，唐朝的气度和酒量，似乎在李白之外，还有许多的佐证。那些诗名和酒名一样盛名的人们，都对酒充满了感情。

"子酌我复饮，子饮我还歌。"

王建《泛水曲》

"今朝有酒今朝醉，明日愁来明日愁。"

罗隐《自遣》

"葡萄美酒夜光杯，欲饮琵琶马上催。"

王翰《凉州词》

"一年明月今宵多，人生由命非由他。有酒不饮奈明何！"

韩愈《八月十五日夜赠张功曹》

　　得意人生，要诗酒壮怀，化作满腔舒豪，尽情地泼洒。失意之时，也可以自斟自饮，酒入愁肠，化作相思泪行。唐代的诗篇都是在酒坛子中泡开的，阳光之下，挥发出阵阵酒气。然而，酒气越重的人似乎越是风流、快活之人。就如魏晋贤士们，常常于竹林深处抚琴吟诗，饮名酒，然后散步于乡野田间，自由快乐。喝了酒，阮籍可以连月大醉不醒，躲避世俗的烦恼；李白连天子传唤也敢抗旨不遵。所谓"酒壮英雄胆"，大概就是这个道理。

　　其实，酒中乾坤，一半是真睡，一半是装昏。"假作真时真亦假，无为有处有还无"，醉眼看人生，常常更能看到人间百态，亦真亦假，如梦如幻，云里雾里，才能在这虚境之中找到些生活真实的感受，释放出难得一见的激情。所以，白居易说："酒狂又引诗魔发，日午悲吟到日西。"因为喝酒所以引发了诗情，从日中到日落，酒一直在喝，诗也一直在作。酒需要借诗来"发狂"，诗得了酒气而愈发沉香。

　　一壶浊酒，千古心事，多少诗篇，如陈年美酒，似旷古佳酿。那剑气、那月光，和着青春、诗歌与美酒，不断勾画着令人怀想的盛世大唐。

没有观众，没有掌声，没有登台与谢幕，一切都浑然于天地，宛转自如。

高调隐居，实为低调炒作

中国古人的生活非常有趣，不管什么事，都要有个等级，也就是所谓的规范。三纲五常，天地人伦，衣食住行，都要有秩序和等级。比如，从古代墙瓦颜色就可以看出地位的高下，灰墙灰瓦多为普通百姓的住宅，而红墙金瓦却是皇权的最高象征；甚至连宅门上的门钉多少，都是区分王侯将相等级的一个标志。最有意思的是，不但平常生活有各种规定，连本来应该秘而不宣的隐居都能分出不同的层次。

"小隐隐于野，中隐隐于市，大隐隐于朝。"这是传统文人对隐居的定义，也是他们对生活的理想。"看破红尘惊破胆，吃尽人情寒透心。"能够超脱红尘羁绊，忘怀得失，淡看花开花落，笑对云卷云舒，的确需要心灵的清修。而如何修炼正是对隐者的区分。有才能的人参透红尘，远离人群，在深山野林间躲避尘世的烦恼，但这只是小隐；更厉害的是中隐之人，他们不单纯依赖世外桃花源的宁静，而是选择在鱼龙混杂的市井之地修炼。世事繁华，唯我清静无为，这才是中隐的境界；最厉害的要数大隐。大隐就要隐在热闹喧哗、卧虎藏龙的朝廷，一腔救国救民的情怀，却丝毫不为名利所动，权倾朝野同样泰然处之。这才是真的隐士，在古人看来，唯有胸怀天下又虚怀若谷的人，才是隐者中顶尖的人物。

> 大隐住朝市，小隐入丘樊。
>
> 丘樊太冷落，朝市太嚣喧。
>
> 不如作中隐，隐在留司官。
>
> 似出复似处，非忙亦非闲。
>
> 唯此中隐士，致身吉且安。
>
> 白居易《中隐》节选

白居易说大隐在朝堂，小隐在山林。可是尘外寂寞又荒凉，朝廷又过分喧嚣，不如就在做官的当中隐居，差不多有个三品的闲职，不闲不忙、优雅从容。能够在富贵荣华和疲于奔命中找到一份稳定的惬意，在大小隐逸的夹缝间找到自己安身立命的根本与所在，才是中隐的至高境界。

本来，隐居应该是很低调的一件事，应该如北宋林逋一样，梅妻鹤子，从此不再踏入仕途半步。但唐朝的隐居似乎与其他朝代不同。首先是隐居的目的不纯，唐代人隐居并不是为了像陶渊明那样从此摆脱功名利禄的烦恼。相反，隐居常常是通往仕途的捷径。唐代卢藏在终南山隐居，结果人们都口耳相传，说终南山住着一个很厉害的人。于是，名声越来越响，后来被皇上知道了，就召进宫里做官去了。也由此流传下一个成语"终南捷径"。但实际上，假如真的想隐居的话，不管是朝廷许给什么样的官职，都会拒绝的。而朝廷一请便出山者，很明显并不是真正喜欢隐居的人。也因为这并不纯正的目的，唐代诗人隐居的另一特征就浮现出来了，简而言之，就是两个字：高调。

莫砺锋曾对此有过精彩的论述，他说："李白一生隐居过很多山，足迹遍布东南西北。陕西的终南山，河南的嵩山，山东的徂徕山，江西的庐山都曾是李白隐居的地方。隐居本来是件安安静静修炼身心的事情，为什么要天南地北地来回折腾呢？因为他的目的并不在于隐居，而是在于隐居背后带来的关注。"

所以，李白在每个地方隐居的时间都很短，隐了一阵马上换到另一座山，大有"唯恐天下不知"的感觉。等到玄宗终于下诏请他入京为官的时候，他立刻放弃了隐居生活，兴高采烈地跑去当官了，而且还写了一首很昂扬的诗。

白酒新熟山中归，黄鸡啄黍秋正肥。

呼童烹鸡酌白酒，儿女嬉笑牵人衣。

高歌取醉欲自慰，起舞落日争光辉。

游说万乘苦不早，著鞭跨马涉远道。

会稽愚妇轻买臣，余亦辞家西入秦。

仰天大笑出门去，我辈岂是蓬蒿人。

李白《南陵别儿童入京》

写作此诗的时候，李白已经四十二岁，但是以他的率真，丝毫没有"人到中年万事休"的伤感，反而因为即将入京而变得异常兴奋。烹鸡、酌酒，儿女欢笑，高歌痛饮，扬鞭策马，还怕自己到得不够早。然后想起了朱买臣不得志的时候，他的老婆因嫌弃他贫贱，弃他而去。结果后来汉武帝赏识朱买臣，封他做了会稽太守。言外之意，那些曾经轻视李白的人都和会稽愚妇一样。没想到吧，李白我今天也要辞别家乡入长安了。

最后两句写得尤其酣畅淋漓，多少踌躇满志的人听后都心潮澎湃，热血沸腾。"仰天大笑出门去，我辈岂是蓬蒿人。"这似乎是李白一生最喜悦的时刻，舒豪、旷达，志得意满又溢于言表！他终于可以结束天南地北的隐居生活，去实现自己的抱负了。虽然后来的经历证明了此时的李白高兴得太早，玄宗召他入京并不是要委以重任。李白，在当年不过是太平盛世的一个点缀。但如果从白居易《中隐》的角度看，李白的出仕还是不错的结局；既落得清闲自在，又可以游刃于官与野之间，实在是隐居中成功的典型。

不管结局怎样，李白的高调隐居和卢藏一样，都吸引了皇帝的注意，是一次成功的自我炒作行为。虽然历史上隐居的文人很多，自魏晋以来，就有许多文人前仆后继地走在归园田居的路上。参透了人间烦恼，看透了世间悲凉，能够了生死，出轮回，跳出红尘之外，的确是一桩幸事。但这其中，避战乱，躲暴政，又何尝不是另有苦衷。

而李白、卢藏等人，生于太平盛世，在整个知识分子阶层都摩拳擦掌想要做一番大事业的时候，他们却偏偏跑去隐居，这不正是自我炒作的行为吗？也许，他们的炒作并不高明，但却令人十分感动。不管是求官还是求财，他们的独辟蹊径和标新立异，不过是想成为唐朝耀眼的明星。他们甚至没有考虑过，假如皇帝永远注意不到他们，自己的隐居岂不是自毁前程！历史上，恐怕只有盛唐诗人，才能对生活抱着如此天真而又浪漫的幻想，并敢于拿青春和未来大胆地赌上一场！

张打油，另类诗风别样情

北宋王安石写诗的时候，常常苦于无处下笔，他说，"世间好语言，尽被老杜道尽"，"世间俗语言，尽被乐天道尽"。就是说，世界上好的语言都被杜甫说完了，而通俗的语言也被白居易写尽了，只要一提笔，便觉得自己的话都是多余。而鲁迅在写给朋友的信中，也说过类似的话，假如没有孙悟空七十二变，一个筋斗十万八千里的本事，就不要再来写唐诗了，世间的好诗早就被唐朝的人写光了。但是孙悟空再厉害，也没有跳出如来佛的手掌心，可见，想复制、再现或超越唐诗的辉煌，已经是不可能的事情了。

飘逸如李白，沉郁如杜甫，山水田园如王维、孟浩然，塞外风情如高适、岑参……每种风格在唐朝都有体现，每种经历和感受在唐朝都有描写。想要在此中寻求突破，标新立异，确立自己诗歌的特色，实在是非常艰难的事情。

但世事难料，偶尔也会有黑马出现。那些初生牛犊，并不知道河水深浅，只要勇敢，常常可以无意中闯开一番新世界，"不走寻常路"说的也就是这个道理。走在别人的后面，模仿得再好，你也只能是第二，但是开创属于自己的人生，你却将是永远的第一。而唐代诗人张打油是个中翘楚。他凭借自己的勇气和才华，开创了另类唐诗的风采，也因此令自己名垂千古。

关于"打油诗"的名称，历来有不同的争议。有人说是姓张的诗人在打酱油的路上写作的此类诗歌，故有这一称号。但普遍的观点是中唐时期，一位名叫张打油的人，他写的诗因别出心裁，无法归类，故用他的名字定义，唤作"打油诗"。其中最著名的一首，就是《咏雪》：

> 江山一笼统，井上黑窟窿。
>
> 黄狗身上白，白狗身上肿。
>
> 张打油《咏雪》

这首《咏雪》，通篇不着一个"雪"字，却将雪落大地给人们造成的视觉"误差"写得非常清楚。黄狗因身上的落雪而变成了白狗，白狗因为雪落在身上，看起来比原来更要胖了。虽然十分口语化，但却的确要费一番心思才琢磨得出如此构思奇特的诗句。

但是，虽然这首"咏雪"是张打油的代表作，但其真正作为一种品牌得以推广，还得益于一次偶然的机会。

传说，某年冬天里，一位大官到宗祠祭拜，结果发现大殿雪白的墙壁上写着一首诗：

六出九天雪飘飘，恰似玉女下琼瑶。有朝一日天晴了，使扫帚的使扫帚，使锹的使锹。

官爷一看就怒了，这是谁呀，胆敢写这种七扭八歪的诗，也不怕祖宗笑话，还写到这里来了。他命令周围的官兵前去缉拿此人，要捉回来治罪。这个时候，师爷不慌不忙地说："大人不用找了，除了张打油，谁会写这种诗啊！"于是，官人下令把张打油给抓来。等张打油听了大人的训斥后，摇头耸肩作无辜状，说大人我是喜欢胡诌，但是也不至于写出这么烂的诗来啊。不信的话，我愿意接受您的测试。

官老爷说好啊，安禄山兵变，围困南阳郡，你不如以此为题来作一首诗。张打油清了清嗓子，"百万贼兵困南阳"一句说出口，大人一听，好诗啊，开局气势非凡，于是捻须微笑，赞叹不已。张打油继续道："也无援救也无粮。"在场的人面面相觑，官爷心说："虽然有点怪异，但也算勉强可以接受。"于是，请他继续念。

历史发生了戏剧性的转折，张打油恐怕也没有想到，自己的诗又一次达到了"永垂不朽"。有时候，写诗也需要一种机遇，后代有无数行家里手，绞尽脑汁，力求独辟蹊径写出自己别样的诗风，都收效甚微。而清代乾隆皇帝更是一生笔耕不辍，写了近两万首诗，以求流传百世，却不幸，一首也不曾被人记得。可这个缺乏专业诗歌培养，也没有高雅文化造诣，甚至连明确的身份都弄不清楚的张打油（有的人说他是农民，有的人说他是木匠），竟然在唐朝别立新宗，开天辟地，开创了一条属于自己的诗歌奇幻之路，不禁令人啼笑皆非。这一切，似乎都得益于他在这位大人面前续写的后半首诗。

百万贼兵困南阳，也无援救也无粮。有朝一日城破了，哭爹的哭爹，喊娘的喊娘！

张打油得意扬扬地念完了自己的诗后，大家哄堂大笑。这"哭爹喊娘"和"使扫帚用锹"如出一辙，从精神实质到语言风格，都深深地打上了"张打油"的烙印。所以，张打油不但没有因此获罪，还从此威名远扬，成了中国"打油诗"的鼻祖！

很多人觉得打油诗都是一味地通俗、不分平仄，方言、俚语都能入诗，但事实上并非如此。细看此类诗歌，便可以发现，其实"打油诗"的首句，一般写得都很"入眼"，有时候不但不低俗，还很有气势。只是这种力量和劲道常常不能持续在诗中，经常是上半句说得气贯长虹，下半句说得萎靡不振，虽然前后语意也能顺承，但意境却截然不同，仿佛大帽子下面扣着个小脑袋，又像上身穿着名牌西装，下身却只穿了条休闲短裤，怎么说都非常搞笑。但正是这种别样的"山寨情调"却拉开了中国打油诗的序幕。此后其因通俗与幽默，更是蓬勃发展，瓜瓞绵绵。

无论怎样，能够以另类诗风在"诗歌的朝代"中确立风格鲜明的路线，张打油天不怕地不怕、积极冒充"诗人"的勇气，都为大唐多彩、宽容、活泼的诗坛增加了欢快的微笑和创作的灵动。

画壁与文身，唐诗的两道刺青

茫茫沙漠，狂风乱舞，飞沙走石。一座酒楼孤独地矗立在黄沙中。楼外百尺竿头上，悬挂着一块千疮百孔的破布，迎风招展、历尽沧桑。在人们的印象中，这样的场景多出现在武侠电影里。但实际上，这些导演都不是平空想象的，他们只是借助科技手段，完成了对历史生活的还原与再现。古代酒楼外面其实都不挂木质的牌子，更没有如今的霓虹闪烁。通常都是在外面挂一面旗，也就是一块布，上书几个大字"某某酒家"。这种酒亭，因为挂了面旗子，所以叫作"旗亭"。唐代有个著名的赛诗故事，就发生在旗亭中。

开元年间的一天，冷风嗖嗖，雪花飘飘。王昌龄、高适、王之涣三人相约去酒楼饮酒。诗人们碰到一起自然就畅谈诗歌，这是共同的爱好，也是大家的长处。聊着聊着，忽然见一群歌女走进酒店，登楼献唱。按照唐代的习俗，歌女们唱的都不是流行歌曲，而是七言或五言的流行唐诗。"凡有井水处，必能歌柳词"，人们通常只知道宋词是用来唱的，却很少有人注意，其实唐诗在唐代也是可以唱的，它本身就是流行乐曲的歌词。

三个诗人一看歌女上来，顿时来了雅兴，于是相约说："咱们几个平素都觉得自己颇负诗名，你不服我，我也不服你，这次咱们较量一下。看这群歌女唱谁的作品多，就说明谁更有名，更受人喜欢。"

不一会儿，有一个歌女起身唱道：

寒雨连江夜入吴，平明送客楚山孤。

洛阳亲友如相问，一片冰心在玉壶。

王昌龄《芙蓉楼送辛渐》

这首诗不像普通"送别诗"那样极力渲染离情，而是以寒雨、孤山来衬托自己的孤独。虽然没有直说自己思念朋友的心情，但却想象着朋友们对自己的思念，而且叮嘱说，假如他们问起我的话，一定要告诉他们，我的心依然像冰一样纯洁，像玉一样高贵。用冰和玉来映衬自己的志向，深藏了巧妙的语言功力，也给人留下了深刻的印象；确是上乘佳作。

王昌龄一听唱了他的作品，非常高兴。他就用手指在墙上画了一道记号："一首了啊！"过了一会儿，又有一个歌女站起来唱："开箧泪沾臆，见君前日书。夜台今寂寞，独是子云居。"这是高适《哭单父梁九少府》五言诗中的前四句。高适一听很高兴，也在墙上画了一道："有我一首绝句了啊！"接着，第三个歌女站起来又唱了王昌龄的《长信秋词》，王昌龄赶紧又画了一道："两首绝句了啊！"

这时候，王之涣开始郁闷了。本来觉得自己很出名，可这些歌女竟然没人唱他的作品，面子上有点挂不住了。他转头对高适和王昌龄说："你们不要高兴得太早，这几个歌女唱的都是下里巴人的东西。你们看那个最漂亮的歌女不是还没唱呢吗？等她要唱的话，还唱你们的，我就甘拜下风，再也不与你们争短长。要是唱我的，你们就得拜我为师。"话音刚落，王之涣说的那个最漂亮的歌女便站起来唱道：

> 黄河远上白云间，一片孤城万仞山。
> 羌笛何须怨杨柳，春风不度玉门关。
> 　　　　　　　　　　王之涣《凉州词》

这首《凉州词》虽是一首怀乡曲，却写得慷慨激昂、雄浑悲壮，毫无半点悲戚之音。"黄河远上白云间"，既有奔涌磅礴的气势，也有逆流而上的坚韧。"一片孤城"，"羌笛何怨"，将冷峭孤寂的情思脱口而出，却没有消极和颓废之感。万丈雄心与盛唐气象如水银泻地，流畅自如。

诗人们听到歌女果然唱了王之涣的诗后，都禁不住哈哈大笑。但是歌女们不明就里，赶紧跑过来问："几位大人在笑什么呢？"三人高兴地说，你们唱的都是我们写的诗。歌女们纷纷施礼："我们有眼不识泰山！"随后邀请他们去喝酒，大家又是喝又是唱，非常愉快。这就是唐诗中著名的"旗亭画壁"的故事。

所谓"画壁"，就是像三位诗人一样，拿手指在墙上画一道。人们越是欣赏你的诗，说明你普及程度越高，流行范围也越广。不过，说起流行来，诗坛之上，恐怕非白居易莫属。

白居易被贬江州后，曾经给好朋友元稹写信："这一路从长安到江州，三四千里的路程，遇到了许多的客栈和酒楼。墙上、柱上、船上，到处都有我的诗；男女老少人人都能够背诵我的诗。"白居易非常高兴自己的诗能受到大众的喜欢。而诗写得越好，名气也就越大，喜欢的人也就越多，流传得也就越广。这似乎是一个良性的循环。

在众多白居易的发烧友中，有一个人最为奇特，他的崇拜方式也非常疯狂。这个人叫葛清，就是《酉阳杂俎》中"白舍人行诗图"中的主角。现代年轻人常常为了买签名书、看首映场、听音乐会，不惜在寒冬腊月或三伏天排上几个小时的队，到了现场还又哭又笑，又跳又叫，常常给人一种疯狂的感觉。但和葛清比起来，这些实在是小巫见大巫。

葛清是白居易的忠实粉丝，忠实到什么程度呢？就是文身。

他的身上文的不是青龙白虎、麒麟貔貅什么的，他是全身刺字。前胸后背，手臂大腿，葛清的身上一共文了三十多首白居易的诗。而且他对这些诗的位置还特别熟悉，别人问起白居易的哪句诗，他都能指着自己的前胸或者后背说，你说的这首诗就在这里。别人一看，果然是在他指的那个地方。他这样走来走去，很像一块流动的诗板，所以大家就叫他"白舍人行诗图"。

古人讲究"身体发肤，受之父母，不敢毁伤"，葛清为了崇拜白居易竟然遍身刻字，体无完肤，可见他对白居易诗歌的狂热和痴迷。如果敢于大胆假设的话，或可推测他得到了父母妻儿的认可，全家都是白居易的发烧友也说不定。

无论是旗亭画壁的浪漫，还是葛清文身的震惊，唐代人对诗歌的喜爱，对诗人的崇拜，恐怕都是空前绝后的。而时间，虽然可以消磨诗人们留在墙上的画痕，或将"白舍人行诗图"永远地留在唐朝的深处，但他们刻在历史深处的记忆却永不褪色。画壁也好，文身也罢，都没能被岁月的风沙所掩埋，它们犹如唐诗的两条图腾：既有写诗者的冲动，也有读诗者的激情，相得益彰，终令唐代诗歌风流婉转，万古飘香。

山贼草寇，
劫钱劫色亦劫诗

　　根据《隋唐演义》记载，那天程咬金手持板斧跳将出来，说了这样一段经典的台词："此山是我开，此树是我栽。在下混世魔王，你们快快留下钱财，否则就别想从此处过。"这段话虽然并没有文采斐然，但却还算押韵。尤其重要的是，这段经典亮相已经成为一种固定的套路，被绿林好汉们争相模仿，并不断加工、改造、优化，终于形成了一套逻辑缜密、语言凝练、具有高度震慑力和威胁性并富有职业特色的自我介绍。

　　于是，月黑风高、杀人放火的时候，强盗们就不用过多表白自己的身份了，只要能顺畅地念完这段台词，过路之人便会纷纷解囊，以保平安。"盗士们"看到金银珠宝，开心的话也许给条活路，不开心的话手起刀落，就把此人送去见阎王爷了。而类似的故事也多发生在穷山僻壤。

　　这一天的傍晚时分，船遇大风停靠岸边。诗人李涉和书童正走在荒村绵绵的细雨中，准备找家客栈投宿。突然，眼前冲出来个人拦住了他们的去路。此人一声断喝："来者何人？"据估计，肯定也说了和程咬金大爷类似的话，诸如："此山是我开，此树是我栽，要想从此过，留下买路财！牙崩半个不字，爷爷管宰不管理！"书童马上回答说："这是李涉先生。"李涉是中唐时期非常著名的诗人，强盗一听是李涉，非常兴奋："久仰大名，如雷贯耳。我知道先生是很有名的诗人。这样吧，我也不抢你的钱了，你写首诗送给我吧。"李涉一听，当即写了一首诗送给他。

　　　　暮雨潇潇江上村，绿林豪客夜知闻。

　　　　他时不用逃名姓，世上如今半是君。

　　　　　　　　　　　　李涉《井栏砂宿遇夜客》

井栏砂是一个地名，"夜客"是文雅的称呼，这首诗主要讲的就是遭遇强盗这件事。李涉说，暮雨潇潇，我在这荒凉的村庄和夜色中，遇到了一位"豪侠"。这位大侠居然知道我的诗名。今天我赠给他一首诗，并且告诉他，你不用害怕别人知道你的名字了，现在这么乱的世道，强盗多得很。

李涉这首诗写得非常巧妙，他说"绿林豪客"都知道我的诗，这其实暗示了自己的诗普及率很高，非常受欢迎，社会各阶层人士都广泛阅读并喜爱。后两句写得更有意思，说你不用害怕我报官，现在你这样的人多得是。言外之意，今天的事儿就此打住，我是不会揭发你的。强盗一听当然乐啊，要是李涉义愤填膺地说"脑袋掉了碗大个疤，几十年后又是一条好汉"的话，强盗一生气，说不定还真就把他给杀了。但是李涉说"没事儿，这都不算什么"，强盗也就安心了。所以不但没抢他的钱，反而赠送了李涉很多礼物。就因为一首诗，李涉竟奇迹般地从强盗手里平安脱险，可以算得上千古奇谈了。

在一般人的眼中，强盗是什么样的呢？电影《天下无贼》中范伟曾经有一段非常精彩的表演，他戴着面具，操着弯曲的大舌头，结结巴巴地对同伙说："大哥，稍等一会儿，我要劫个色。"这一场景引得无数观众爆笑如雷。人们笑他"劫财劫色"本就是强盗的本职工作，而他却做得如此业余，还和人家玩起了智力测试题，结果不幸被捕，大大丢了抢劫行业的"面子"。但如果对比李涉碰到的劫匪来说，范伟还算是可造之才。毕竟他心里还知道劫个漂亮的女人，回去做压寨夫人。而那位中唐的绿林好汉却只劫了一首诗，不但没抢来东西，还送了一堆礼物给人家，赔了不少钱。

李涉的这次奇遇，从侧面印证了唐代社会的一个风气，那就是崇尚诗歌。连山贼草寇都推崇诗人，喜欢诗歌了，甚至能够为了一首诗而放弃"职业操守"，可见全社会对诗人和诗歌的重视程度已经相当之高。所以，唐诗在唐朝实际上已经成了一种文化潮流，或者叫时尚。所有的人都走在写诗和读诗的道路上。

首先是皇帝写诗赠给重臣。李世民当时和兄弟们夺权，玄武门外刀光剑影，大臣萧瑀毫不犹豫地站在了他的身旁，同甘共苦的生活考验了他们的勇气和感情。所以李世民写诗送给萧瑀说，只有狂风大作，才知道哪一种草吹不弯、折不断；也只有在乱世之中，才知道谁是真正的忠臣。一介武夫怎么能够明白什么是道义和原则呢，只有智者才能始终怀有仁义之心。

> 疾风知劲草，板荡识诚臣。
>
> 勇夫安识义，智者必怀仁。
>
> 　　　　　　李世民《赐萧瑀》

　　这首诗最著名的两句就是"疾风知劲草，板荡识诚臣"，讲的是"患难见真情"的一个主题。当一个人身处顺境、左右逢源之时，锦上添花的人肯定会很多。但只有当身处逆境，需要雪中送炭的时候，支持并帮助你的人，才是真正的朋友。"成者王侯败者寇"，刘邦和项羽，李世民和窦建德，都是这类的典型。胜利了就是一国之君，从此名垂千古；失败了就要遁入山贼草寇的行列，甚至有可能性命不保。李世民结合自己的人生经验，总结出精彩的诗句，引人深思也感人肺腑。

　　当然，这里提到李世民的诗，并不是因为他曾经差点当了草寇，而是说唐代写诗的风气是自上而下的。李世民不但自己写诗，他的妻子们也写诗。长孙皇后、徐惠妃，武则天女皇都有诗作传世。在唐朝，上至皇权贵族，下至平民百姓，人人都以写诗为乐。垂髫少年写童年事物："白毛浮绿水，红掌拨清波。"耄耋老者写回乡感慨："少小离家老大回，乡音无改鬓毛衰。"半文盲见雪生情："江山一笼统，井上黑窟窿。"农村妇女抱怨生活劳苦："蓬鬓荆钗世所稀，布裙犹是嫁时衣"……

　　放眼望去，生活感慨、事业挫折、家长里短、山川风物，但凡能够入眼的景物都可以入诗。唐诗面前人人平等。每个人都可以写心声、发感慨、抒愤怒，每个生活的微小细节都可以触动人们的情思。所有的人都把追求和爱好转移到写诗、读诗上了。所以，遭遇强盗，李涉不但没有遇险，还用自己的诗歌换了一堆礼物，山贼草寇的附庸风雅真是令人哭笑不得！所以，闻一多先生说："人家都说是'唐诗'，我偏要倒过来说是'诗唐'。"因为唐代的最大特点就是诗歌，这是一个"诗歌的朝代"，也是一片"诗歌的海洋"！

妖媚

蓝蓝的白云天，红红的美人脸，如花美眷，添香也添乱。华美的锦袍，曼妙的身段，倾国倾城的美貌，朵朵绽放在英雄的心间。斜风细雨，血雨腥风，在这尘世的浮躁与浮华后，经过了风雨的洗礼，她们明艳、绚烂也妖娆。

贤妻美妾，香闺大动春情

上林苑的桃花迎着朝阳开得正绚烂，深闺里美丽的女子心中涌动着春情。井栏边的桃花仿佛她红润的面色，屋檐下的新柳仿佛她细腻的腰身。她在花间徘徊，看那飞来飞去的彩蝶；她在树荫下乘凉，听那黄莺曲曲动人的歌唱。何必站在远远的林下询问呢？她的风流早就远近闻名，无人不知。美景配美人，春色动春情。如此的香艳、风流，的确是唐代女子的第一首绝唱。而这首诗也正是出自大唐第一夫人长孙皇后之手。

> 上苑桃花朝日明，兰闺艳妾动春情。
>
> 井上新桃偷面色，檐边嫩柳学身轻。
>
> 花中来去看舞蝶，树上长短听啼莺。
>
> 林下何须远借问，出众风流旧有名。
>
> 长孙皇后《春游曲》

在历史的叙述中，长孙皇后端庄贤淑、勤俭公正，为唐代后宫的表率，也深得太宗的信任。她善良、高贵、优雅，不但是唐朝女子们争相效仿的对象，也是现代社会知性女子的典范。如此之人，在想象中应该是正襟危坐、不苟言笑才对。唯其如此，方能震慑三宫六院，母仪天下，立德、立言、立行。谁能想到，长孙皇后所作的诗竟能如此活泼与奔放。

身为开国皇后，人们赞颂她以母性的温柔软化了太宗的杀气，几次挽救了名臣们的性命，她以自己的端庄、包容、贤淑，成为当之无愧的一代名后。但这些评判多为历史的功绩，却忽略了作为女人的感情。作为一个有爱、有才又正值韶华芳龄的女子，也有娇艳妩媚的一面，也有一时忘情的时候。而且诗中反映出的那种志得意满、踌躇洒脱的情态和她皇后身份地位完全吻合。这样真挚坦诚的感情，比后世那种迂腐虚伪的风气要健康得多。大唐的风气，正当如此。

长孙嫁给李世民的时候年仅十三岁，去世的时候也不过只有三十六岁。她以一个女人最好的时光默默地陪伴着自己的丈夫。有一次，李世民身中剧毒，她便握着一包毒药，日夜服侍心爱的男人，也随时准备随他而去。一个如此重情重义的女子，必然会赢得男人的爱情与尊重。所以，长孙皇后去世的时候，太宗痛不欲生，每每想到她便涕泪横流。"男儿有泪不轻弹，只因未到伤心处。"长孙的好也许只有他才能明白吧。"一个成功男人的背后总是站着一个伟大的女人"，在唐太宗夫妇身上，这句话得到了充分的验证。

有人说，"结束爱情的最好办法就是开始新的爱情"。也许是太欣赏前妻的才德，在长孙皇后去世两年后，李世民才开启了自己的又一段旷世绝恋。这段爱情的女主角便是大名鼎鼎的湖州才女——徐惠。

徐惠四五岁便熟读四书五经，八岁作诗《拟小山篇》歌咏屈原的高洁，并由此扬名："仰幽岩而流盼，抚桂枝以凝想。想千龄兮此遇，荃何为兮独往。"唐太宗爱惜才俊，一道圣旨翻山越岭来到湖州，年仅十一岁的徐惠就这样被召进宫门，封为才人。徐惠钟灵毓秀、天资聪颖，而且勤勉好学、温柔可人，深得太宗的喜欢。

据说，有一次太宗下旨召见徐惠妃，结果左等右等，千呼万唤就是不见踪影。太宗非常生气，正要发火的时候却忽然来了。但来的不是徐惠妃，而是徐惠妃写的一首诗：

朝来临镜台，妆罢暂徘徊。

千金始一笑，一召讵能来？

徐惠《进太宗》

太宗看完此诗之后，不仅没有大怒，反而哈哈大笑。原来，徐惠的诗上说："从早上开始，我就整理妆容，为了迎接陛下。但是等了很久你都不来，急得我在屋子里团团转。古人说千金才能博佳人一笑，现在怎么能你一下诏我就来呢？"这当然是徐惠和唐太宗开的一个玩笑。"女为悦己者容"，明明早上起来就梳妆等候心上人。终于等到他来了，自己却偏偏闹别扭，还嗔怪"你让我等了这么久"。这实在是恋爱花语，必得解花之人，才能明白其中的情味。

古代社会很讲究"夫妻有别"，太宗身为一国之君，与后宫佳丽既为夫妻，也是君臣。换作别人的话，此诗一出，若太宗震怒，说不定从此被打入冷宫，让你永远再没机会面圣。但徐惠能够毫不顾忌地开此玩笑，足见二人的感情绝非一般。唐代李端有诗云："欲得周郎顾，时时误拂弦。"很多时候，恋爱中的女子总是喜欢耍些小手段，有时欲擒故纵，还会说些心口不一的情话，这就需要两个人细心体会，才能感受到其中的情与趣。

好在太宗和徐惠都是绝顶聪明之人，自然能够读懂这份亲昵里的情思。

太宗喜欢徐惠的聪明可人、娇俏活泼，徐惠也崇拜太宗的英明神武、文采斐然，二人世界里"只有情，没有理"，所以才能彼此托出自己的一腔真诚。也因为两人感情太好，太宗死后，徐惠妃相思成灾并拒绝吃药，第二年也追随太宗而去，年仅二十四岁。曾经有人说："一生只谈一次恋爱的人是幸运的。"如此说来，徐惠爱得死去活来，并追随爱情而去，也算是一种幸福吧！

作为千古名帝，太宗开创了"贞观之治"，太平盛世的繁荣为他赢得了无比的荣耀。然而作为一个男人，这似乎并不足够。在那些冗长的卷宗中抬起头，他也愿意体会家庭的甜蜜和幸福，长孙皇后的温柔如水，徐惠贤妃的笑靥如花，一个是默契、恩爱的贤妻，一个是调皮、乖巧的美妾，得此妻妾，造就出两段同生共死的绝世恋情，总算不枉此生。

而作为大唐的红颜，长孙和徐惠也丝毫没有辱没大唐的风韵。她们热烈而坦荡，名利和地位都不是束缚她们的缰绳。她们和世间普通女子没什么区别，会笑会哭，会撒娇会动情。比起那些深锁宫门、利欲熏心的女子，她们活得是如此真诚。也许正是这份率直、情思与才华，才令她们得以在佳丽三千中脱颖而出，赢得属于自己的爱情！

至尊红颜的忧伤与嚣张

当代著名作家苏童有部小说叫《妻妾成群》，讲的是封建家庭中，三妻四妾们为了争宠而互相仇杀的故事。她们本来都是好端端的女子，但一夫多妻制造成的压抑和扭曲，令她们丧心病狂，不惜一切代价地迫害他人，酿成了一桩桩悲剧。到最后，死的死、散的散，全都没有好下场。而女人争风吃醋的缘由，多半是因为力求年轻的时候在家庭中争得一席之地。"从来只有新人笑，谁人听得旧人哭！"若不能趁着年轻，巩固自己的地位，晚景凄凉可见一斑。毕竟，古代女人唯一的指望就是男人和家庭。

然而，女人的美貌终究抵不过时间。再漂亮的女人也会有色衰的一天，犹如花开花落，春生冬藏。时间如手里的一捧细沙，握得越紧，流逝得也越快。如花美眷终究敌不过似水流年。很多女人就是因为觉得自己"无力回天"，所以常常自怨自艾，结果未及年老，人已珠黄。当然，也有钟灵毓秀的女子，并不以美貌为炫耀的资本，而是以才华打动人心。唐太宗的宠妃徐惠就曾经这样教育武媚娘。

据说媚娘和徐惠同为太宗才人的时候，有一次媚娘前去请教徐惠，如何能得太宗喜欢。徐惠只淡淡地说了句："以色事君者，短；以才事君者，久。"徐惠乃江南女子，柔弱婉约，她以自己的才情解读人间爱情的经验，这个"才"在她看来应该是女子的才情，或曰情思。但这句话在武媚娘听来就不一样了，这个"才"就变成了治世的才能、心机与城府。这当然也与她本身性情的刚烈有关。

武媚娘从小就不喜欢女红，英武十足，少年时曾随父母游历大江南北。山河壮美开阔了她的眼界和胸襟，也历练了她的胆魄和才干。据史书记载，武媚娘辞别寡母入宫时，曾对她的母亲说："如今我进宫见皇上，怎么知道就不是好事呢？不要哭哭啼啼的，像小孩子一样！"唐诗人崔郊有云："一入侯门深似海，从此萧郎是路人。"深宫高墙、宫门紧闭，能被皇帝宠幸固然是好事，但人生漫漫，哪一天不幸失宠，老死宫中恐怕也无人问津。媚娘母亲的痛哭想来也是人之常情。令人惊讶的倒是年仅十四岁的媚娘，面对未知的前途，没有丝毫的恐惧，似乎人生的一切已然成竹在胸。

可是，进宫后的武才人虽得太宗喜欢，但并没有徐惠得宠。以现代爱情观衡量也在情理之中。

太宗属于勇猛刚健型，徐惠则是小鸟依人，一刚一柔，相互欣赏也相互依赖，定然有许多情致。而武则天刚毅果决，充满霸气，和太宗的"气场"互有冲撞，反倒是和太子李治的柔弱、温顺相辅相成。

在爱情世界里，"互补原则"似乎屡试不爽。杨康处心积虑，一心勾结权贵，偏偏遇到的穆念慈宅心仁厚，无意功名利禄。郭靖老实愚讷、憨头傻脑，却被古灵精怪、多才多艺的黄蓉所看中。如果杨康和黄蓉在一起作恶，那真是乾坤颠倒、偷天换日。而假如穆念慈和郭靖共同生活，恐怕两人都寸步难行。由此可见，刚柔并济才更容易产生爱情。所以，在太宗时期，武媚娘不管如何飞扬跋扈，也很难专宠。可能媚娘也清晰地知道了这一点，所以在太宗生前，就开始和李治培养感情。

不料，太宗一死，武媚娘必须遵从后宫惯例，被送去感业寺出家为尼。但以武则天的计谋和心计，怎么可能会安心礼佛诵经呢。在寂寞中，她日夜思念着李治，也期待着心上人可以救她于水火之中。

但此时的李治已经贵为一国之君，左拥右抱的美女不计其数，还能想得起曾经的山盟海誓吗？

就在这样无端的揣测与不安的战栗中，人们读到了武媚娘一生少见的忧伤：

> 看朱成碧思纷纷，憔悴支离为忆君。
>
> 不信比来长下泪，开箱验取石榴裙。
>
> 武则天《如意娘》

此时的武媚娘，依然年轻貌美，同样有着对爱情的期盼与渴望。她眼见年华似水，却无法看到自己的幸福和未来，那份惶恐与忧伤呼之欲出。她说自己"已经看朱成碧，老眼昏花了。而这一切都是因为太过思念你。不相信的话，可以开箱验取，那些石榴裙上还有我滴下的泪水"。这份对爱情和相思的急迫表白，让人看到了武媚娘身为女子的柔弱。

幸好岁月将这首情诗封存并流传下来，才让人们在武后残忍、暴虐的形象中，找到了一丝柔情蜜意的光芒。当年的媚娘也一定明艳照人，有着年轻女子的温柔和忧伤。若非如此，后宫佳丽多如牛毛，李治又怎么会对她情有独钟！

假如，太宗的爱能够更温和一些，李治的爱能够再狂野几分，媚娘还会不会有后来无法遏制的野心和欲望？追忆往事，她是不是因为感业寺里的忧伤太过惨烈，才积攒了十足的怨气，在后来的岁月报复起李唐的江山与庙堂？而当李治满心欢喜把媚娘接回宫中的时候，他并不知道此时的武媚娘，已经不再是当年蜷在他的臂弯里撒娇的可人儿。感业寺里一番红尘劫难，令媚娘从钟情于爱的女子，变成了只相信自己的标准悍妇。而徐惠的那句"以才侍君"，在她的人生轨迹中也开始发挥巨大的作用。

以怎样的才学和城府经营日后的生活，保住自己的地位，恐怕是武媚娘再度进宫前，早就想好了的："女人只能靠自己。"所以，她能够狠心掐死自己的女儿嫁祸他人，并游刃有余地在后宫惨烈的争斗中立于不败之地。最后一再废掉自己的儿子，步步高升，终于自立为皇帝。寺庙本是断绝尘缘的地方，而武则天走出感业寺的时候，却看破人世争斗，完成了从倾城少女到至尊红颜的心灵转变。太宗在天有灵，恐怕也是始料不及的吧。

亦舒曾说："女人是世上最奇怪的生物之一。年轻的时候，清纯、柔和、美丽如春日滟滟之湖水。然后就开始变，渐渐老练、沧桑、憔悴、狡猾、固执、霸道，相由心生，再标致的少女到了中年，也多数成为另外一个人。"所以，年老衰退的常常不只是容貌，还有曾经明澈的心。这句话在武则天的身上得到了充分的验证。

当她已经站在皇权的至高点时，她全然忘记了媚娘石榴裙上那些风干的泪痕。取而代之的是女皇的狂妄与专横。权力的魔力令她疯狂。她不但要左右人间之事，还要调遣大自然的风光，寒冬腊月，居然喝令百花为之绽放。

明朝游上苑，火急报春知。

花须连夜发，莫待晓风吹。

武则天《腊日宣诏幸上苑》

传说众花神接到命令后，迫于她的淫威都纷纷开放，唯有牡丹严守花令，拒不开花。结果第二天，武则天一怒之下令人将牡丹连根拔起，并火烧其根，贬往洛阳。最有意思的是，唐中期诗人刘禹锡曾写诗云："唯有牡丹真国色。"而这句诗历来被世代推崇，公认唯有富贵、雍容的牡丹才是大唐国色天香的最佳代言。不知道一代女皇地下有知，会做何感想。

大唐公主，出嫁未若出家

　　他们相遇的时候，她身着华服，端庄秀丽、温柔文静，显示出大唐的从容与优雅。而他被热烈的太阳烤得皮肤黝黑、体格健壮，连带眉宇间的神采，都显示着男子汉的英气勃发。于是，她跟着丈夫去了遥远的吐蕃，那里水肥土美，牛羊成群，只可惜那不是她的祖国。文成公主虽然不是唐朝第一个和亲的公主，但却是历史上最著名的一个。唐太宗始终相信并实践着这样一个理念："一桩婚姻相当于十万雄兵。"于是，有了一段段和亲的婚事，也有了唐代公主们的纷纷远嫁。

　　但是，这些公主里，有的确为皇族女儿，有的只是宗族亲戚，还有的只是普通宫女顶着公主的名义罢了。毕竟，远嫁虽利国利民，但生离几乎等于死别，迢迢千里，恐怕再也无法与亲人团聚。相传，太平公主少年时就曾受到吐蕃的点名求婚，但唐高宗和武则天都舍不得爱女远嫁"蛮荒之地"，从此山高路远，永无再见之日。于是，修了一座太平观，谎称公主已经出家，用以逃避和亲。

　　其实，唐朝公主的所谓出家并不严格，不用青灯古佛、面壁思过。出家，只是一种姿态，一种生活方式的选择，抑或可以说，只是一种暂时的选择。比如太平公主，到了十六岁就还俗出嫁了。在出家与出嫁间，很多唐代女子是可以自由选择的。而且出家之人也并不辛苦，道观中常有风流名士为座上宾，品茗抚琴、吟诗作对，相当于时尚的文化沙龙。而在觥筹交错之际，眼波流转、眉目传情，自然也是常有的事。所以，唐代女道士，不但是文化沙龙的女主持，也几乎都是文坛交际花。但公主出家，由于身份的高贵，自然与别个不同。而在这些出家的公主里，最引人瞩目的便是玉真公主。

　　玉真公主是武则天的孙女，只有三两岁的时候，母亲窦妃就被武则天秘密处死。童年生活，几乎都是在战战兢兢中度过的。在她青春疯长的岁月里，所见所闻多为宫廷的血腥争斗，亲人间的情谊被权力的抢夺撕得粉碎。那些最飞扬跋扈、权倾朝野的公主，到最后往往死得最惨。所以，很多人都觉得玉真公主很像惜春，已经"堪破三春景不长"，所以誓死和姐姐金仙公主一同出家。

唐睿宗知道她们从小生活动荡，怜惜爱女，于是大兴土木，为玉真姐妹修建豪华道观，而且派了许多歌舞女郎陪伴，并有退休宫女侍奉公主起居。道观里有宫殿，还建造了很多山水景致，公主的开销用度一律参照皇家标准。每逢明月当空，公主便邀朋会友；丝竹之声、赏诗之笑，自然随轻风飘出道观，缕缕仙乐令人不胜神往。所以，公主名为出家，实则在搬离皇宫逃出禁锢后，都过上了更为逍遥自在的日子。而玉真年轻貌美、行动自由，加上唐代对女子的约束本来也少，所以，关于她的情事就渐渐浮现出来。其中，最令后人津津乐道的莫过于公主和李白暧昧的关系，而所有的捕风捉影都源于一首言之凿凿的诗。

玉真之仙人，时往太华峰。

清晨鸣天鼓，飙欻腾双龙。

弄电不辍手，行云本无踪。

几时入少室，王母应相逢。

李白《玉真仙人词》

这首诗的大意是玉真仙人，常常去太华峰修道。在她修道的时候，清晨就会听到雷声滚滚，犹震天之鼓；狂风大作，如龙翻云海。她拨弄闪电也丝毫不会灼伤玉手，腾云驾雾更是来去无踪。过不了多久，她就可以成仙得道，到时候王母娘娘也会亲自出来迎接。

这首诗打着鲜明的李白烙印，瑰丽的想象，奇绝的比喻，即便明知是着意夸奖玉真公主，也可以读出一份气势磅礴。也许正是因为李白称赞有术，所以玉真公主非常高兴，几次在哥哥唐玄宗的面前推荐李白，终于为他谋得一席之地。也有人考证李白曾几次入住玉真公主的别墅，二人寻仙悟道、炼制丹药，情谊非比寻常。更有人穿凿附会，认为"大诗人和公主的婚外恋"曾经引爆长安娱乐界。虽然这些多为传言，但唐代公主们的自由、洒脱非别朝可比，倒为实情。

自长孙皇后开创参政议政的风气，到武则天万丈雄心成就帝业，唐代公主们对于政治的热衷与追捧也是其他朝代所罕见的。太平公主、安乐公主莫不如是。她们积极地发挥自己的才华，为大唐王朝血雨腥风的时代，增添了云蒸霞蔚的绚烂。不但政治上富有传奇色彩，公主们的婚姻也极其自由。唐代公主再婚、再嫁者高达二十多人，频率之高，大有"前不见古人，后不见来者"的架势。

而唐代女子们的自由，一方面得益于"五胡杂居"的生活给时代注入了富有活力的因子，另一方面也因为唐代的富庶与繁荣，为李氏王朝带来了自信与开放。唐朝法律明文规定，"不和谐"的夫妻即可离异，其婚姻的自由度由此想见。但封建社会终究还是提倡从一而终的，在婚姻里，背叛同样可耻。高阳公主私通辩机和尚，太宗得知后大怒，腰斩辩机，一并处死奴婢十几人，责骂公主以示惩戒。可见，公主虽然贵为金枝玉叶，但同样要遵守国法家规，不能获得完全的自由。强行胡闹，说不定还会被远嫁异邦，难踏中原半步。所以，许多公主宁肯出家，在求仙问道中过自己逍遥快活的日子。

唐代公主出家后俸禄更丰，且自由不少。道观大门一闭，与世隔绝，如人间仙境。观中往来无白丁，即便爆出什么风流韵事，也是与名流雅士的花前月下，后世记载下来，公主才子，自然又是一段佳话。单单玉真公主，就与大诗人李白、王维等爆出过不同程度的绯闻。

相传，玉真公主晚年在安徽敬亭山修炼，而李白也住在安徽，并多次赴敬亭山拜望玉真。到底是李白感激玉真当年的举荐，还是有什么未了的情愫，外人便不得而知了。只能透过李白的诗句，寻找一点当年的蛛丝马迹。

众鸟高飞尽，孤云独去闲。

相看两不厌，只有敬亭山。

李白《独坐敬亭山》

有人说，李白一生漂泊，晚年独坐敬亭山，抒发了自己的不平和落寞，也在自然的怀抱中得到了安慰。也有人说，李白最后的这段时光，早已淡泊名利，超脱尘世；相看不厌的不是敬亭山，而是山中的玉真公主。凡此种种，皆为推测，无从考证。但也有可考之事：

公元762年，玉真公主葬于敬亭山；同年，李白病逝，葬于敬亭山下的当涂县。

三郎许我，一生的荣华和凋零

　　传说杨玉环刚进宫时，发现后宫美女如云，她根本无缘见到皇上，所以终日愁眉不展。有一次，为了打发寂寞的春光，便到御花园内赏花，无意中触到了一片草叶，叶子立刻卷了起来。根据现代科学来理解，这是含羞草长期以来适应自然产生的应激性。但放在唐代，也算奇谈怪事了。宫女们都很惊讶，一致认为是杨玉环美若天仙，所以花草都自惭形秽了，见到她不得不低眉折腰。唐玄宗听说后，马上召见了这位"羞花美人"，见其果然绝色倾城，立刻封为"贵妃"。从此，后宫佳丽三千，三千宠爱集于一身。

　　虽然这只是一种传说，却证明了杨贵妃的美貌足以倾国倾城。而唐玄宗虽身为一国之君，面对如花美眷，也有着普通男人的七情六欲。他会吃醋，杨贵妃吹了宁王的笛子令他深感嫉妒。他很重情，梅花飘落的时候，还会送一斛珍珠给曾经的宠妃江采苹（梅妃），以慰她上阳冷宫中的寂寞时光。所以，他也一样有虚荣，希望杨贵妃的美貌可以四海皆知，人人羡慕他有如此的娇妻。于是，他呼来诗仙为自己的女人和爱情写诗。

　　　　云想衣裳花想容，春风拂槛露华浓。
　　　　若非群玉山头见，会向瑶台月下逢。

　　　　一枝红艳露凝香，云雨巫山枉断肠。
　　　　借问汉宫谁得似？可怜飞燕倚新妆。

　　　　名花倾国两相欢，长得君王带笑看。
　　　　解释春风无限恨，沉香亭北倚阑干。
　　　　　　　　　　　　　　　李白《清平调词三首》

　　李白的这三首《清平调》自问世起便好评如潮，虽为奉承之作，但句句浓艳，字字香软。诗作忽而写花，忽而写人，由识人而喜花，由爱花而赞人，语意平浅但含意深远。清代沈德潜在《唐诗别裁》中赞其："三章合花与人言之，风流旖旎，绝世丰神。"虽然没有直写贵妃的容貌，却也写尽了杨玉环如花似玉的气韵与风流。

　　但正如《倚天屠龙记》中殷素素告诉儿子张无忌的话，"要小心女人，越是漂亮的女人越是要小心"。这倒应了历史对君王们的忠告——红颜祸水，添香也添乱。可惜的是，玄宗也没能逃过"美人关"。岂不知倾城与倾国？只怕美人难再得！于是，从此君王不早朝，人生苦短，不如及时行乐！

　　然而，假如历史不异常变幻莫测，也许杨贵妃的人生也不会有许多的转折。

　　光彩生门户，被君王宠爱固然是一件幸事。诗仙李白都来为自己写诗，受到的巴结和奉承多如牛毛，完全可以满足身为女人的虚荣。锦衣玉食，鸡犬升天，别说是嫁给普通人，就算嫁给皇帝的儿子寿王，也从来没有这份滋润与荣耀。可是，这份宠爱也有许多的附加条件。她要遭受三宫六院七十二嫔妃的怨妒，遭受百姓的指责：为了吃荔枝竟然举国震动劳民伤财。最为凄惨的是，她还要在大灾难来临时，做男人的"遮羞布"。

　　在兵临城下的时候，唐玄宗率领一千人等，撇下百姓暗地逃走，一颗鼠胆，毫无当年合力太平公主扫荡宫廷的威风。虎落平阳，将士们接受了历史的训导，"红颜祸水、奸妃误国"。杨玉环不死，军队便不再前行。与其说唐玄宗为了保全皇室英名，不如说他为了保住自己的性命。他不愿意让玉环死，笙歌夜舞，有多少共度的美好时光。但他又保不住玉环，贵妃不死，众怒难平。就这样，品尝了花容、凝香、春风，得到了皇上馈赠的人间无限风光后，杨贵妃又被心爱的三郎，送上了西天。梁上垂下白绫，抬头仰望，这个曾经赐予她无数珠宝、荣华的男人，今天却要硬生生地赐死她！三尺白绫，一段深情，挽了一个死结，却挽留不住她的青春年华！

杨贵妃死了，因为将士们说她媚惑玄宗，令皇上不理朝政，才导致安禄山的叛变、起兵。和西施一样，杨玉环常常被指为"红颜祸水"，人们借着积累的怨气，对她们祸国殃民的罪行大加鞭挞。但是，如果红颜如水，那么是不是也有"水能载舟，亦能覆舟"呢？身居后宫，长孙皇后和武则天都积极参政，相较之下，杨玉环却从来没有丝毫的政治野心，她原本只是期待可以得到一个男人全部的爱。不幸的是，这个男人的全部，竟然是一个国家。

正如紫霞仙子在电影《大话西游》的结尾含泪道出的心声："我的意中人是个盖世英雄，有一天他会踩着五彩云霞来见我。可是，我猜得到这开始，却猜不到这结局。"能够嫁给盖世英雄固然令人羡慕，但也因这份世人瞩目，要随时承担放弃爱情或生命的可能。大局当前，牺牲的常常是弱小的女子，她们用自己的青春和美丽换来了短暂的辉煌，也沦为政局动荡、平息民怨的炮灰。

但战乱的硝烟总会散去，激愤的群情也会渐渐冷却。所谓"红颜误国"也会引人深省。

马嵬山色翠依依，又见銮舆幸蜀归。

泉下阿蛮应有语，这回休更怨杨妃。

罗隐《帝幸蜀》

诗人罗隐说，"马嵬坡前，山色青翠依旧，这一次是黄巢攻入长安，唐僖宗仓皇出逃。唐玄宗泉下有知，恐怕会发出这样的感慨，这一回可不要再埋怨杨贵妃了"。言外之意，当年玄宗为堵众人之口，赐死杨贵妃，既是逼不得已，也是嫁祸于人。拿一个毫无政治头脑的女人为自己脱罪，折损了玄宗的一世英名。如今，罗隐假托玄宗的口气来劝告后辈，既有不平之怨气，又显辛辣与讽刺。没有杨贵妃，后代李氏子孙也一样难免出逃的厄运。杨贵妃，不过是充当了一次"历史的挡箭牌"。

而唐明皇所赐给杨贵妃的幸福，也如刀锋上行走的爱情，锐利、锋芒，有夺人的目光，也含着一片杀气腾腾。作家张小娴说："爱，从来就是一件千回百转的事。不曾被离弃，不曾受伤害，怎懂得爱人？"可是，假如爱情只是一种恩赐，假如快乐的尽头是悲凉的牺牲，杨贵妃还会做出这样的选择吗？会不会愿意永远留在寿王府，做开心、快乐的寿王妃，然后白头到老，儿女成群？

但是，作为封建社会的弱女子，面对皇权，她别无选择。最可笑的是，连自己的命运都无法改变的人，却必须担着祸国殃民的历史罪名。这样的红颜，当得还真是窝囊！

上阳宫，深锁三千寂寞时光

　　当追光灯洒在杨贵妃的身上时，人们只能看到历史前台的这个明星，她为杨家带来了荣耀与权力，所以天下父母从此开始希望生女孩，以加官晋爵、光宗耀祖，一朝得宠便都是唾手可得的风光。她的"神话"令人们眼花缭乱，误以为这就是每个女孩子的命运。

　　但既然历史本身就是一个舞台，有闪烁的聚光灯，美丽的女主角，也一定会有很多跑龙套的演员。在短暂的一生中，有的人只有一两句台词，而有的人却连出场的机会都没有。她们终身都在为自己的亮相而准备，但年复一年，容颜已老，大幕却不曾拉开。她们甚至连舞台的大小还没有见过，就被告知，节目已经散场。在这场表演中，人们只记住了"三千宠爱于一身"的杨贵妃。她靓绝六宫粉黛，举手投足间都是大唐的富贵与丰盈。却很少有人想起，那三千佳丽，将如何寂寞并幽怨地度此残生。

上阳人，红颜暗老白发新。

绿衣监使守宫门，一闭上阳多少春。

玄宗末岁初选入，入时十六今六十。

同时采择百余人，零落年深残此身。

　　　　　　　　　　　　　白居易《上阳白发人》节选

　　白居易作这首诗的时候，旁边加了小序，说是杨贵妃专宠后，后宫就再也没有人能够受到皇上的宠幸。但凡长得有几分姿色的妃嫔和宫女，都被送往别处幽闭。"上阳宫"便是其中之一。白居易以老宫女的口吻解说上阳宫中的生活，字字寂寞、句句幽怨，如泣如诉，饱含岁月的血泪和辛酸。

　　红颜渐渐地苍老，而白发却在不断地增多，入宫的时候才仅仅十六岁，现在已经六十岁了。当年一起进宫的百余人，现在都逐渐凋零，在寂寞的深宫，只剩下我独自一个人。幽闭的宫门重重关上，寂寥的岁月无边无际。上阳宫并不是轻歌曼舞、欢声笑语的华美宫殿，而是一座禁锢青春、绞杀热情和希望的坟墓，是一座无情无义、无声无息的监牢。

　　在这首诗的结尾，上阳人说，现在我的年龄是宫中最大的了，皇帝恩典我，赐我为"女尚书"。但这空空的头衔对于我来说，又有什么用？我依然还是穿着"小头鞋""窄衣服"的过时的女人，根本不知道外面已经流行宽袍大袖了。外面的人看不到也就罢了，要是真的看到了，一定会笑话我的，因为我现在的装束还是天宝末年的打扮。

> 今日宫中年最老，大家遥赐尚书号。
>
> 小头鞋履窄衣裳，青黛点眉眉细长。
>
> 外人不见见应笑，天宝末年时世妆。
>
> 白居易《上阳白发人》节选

　　身为一个落伍者，她被淘汰的岂止是衣着服饰，还有那四十年前的青春、梦想和流年。面对无可挽回的明眸皓齿，上阳人并没有因为自己的不合时宜而羞涩，相反，她还自我嘲笑了一番。可是在这嘲笑中，似乎又带着深深的苦痛与悲愤。王夫之说："以乐景写哀，以哀景写乐，一倍增其哀乐。"含泪的微笑、隐忍不发的情绪，才容易深深地把人感染。

三千佳丽，被深锁在上阳宫中，没有君王的召见，也无法与家人团圆。风霜雪雨，她们就这样不声不响地凋落，听凭命运的"清场"。就像繁华的一场春梦，未及开始，已经散去。空留下白发宫女，人老珠黄，在寂寞的日子里，倾听岁月的怀想。

寥落古行宫，宫花寂寞红。

白头宫女在，闲坐说玄宗。

元稹《行宫》

元稹的这首《行宫》和白居易的诗有着相似的内涵，也有共同的艺术指向和效果。"寥落""寂寞""闲坐"三个词，有白发宫女对岁月的感触，也有历史的变迁与伤怀。她们回忆天宝旧事，说玄宗却不说玄宗的是非对错，令人不胜感慨。弱水三千，只取一瓢饮；佳丽三千，只专宠一人。青春都是一样的光鲜，却未必能够绽放自己的光彩。

"枯木逢春犹可发，人无两度少年时。"寒来暑往中，见宫花年年火红，而宫女们的黑发却日渐雪白。满怀希望入宫来，不料却被安置在上阳宫，除了遥想贵妃的丰腴、玄宗的恩宠，留在心里的记忆还能剩下什么呢？她们只能寂寞地打发时光，而时光又因为寂寞显得无比漫长。

银烛秋光冷画屏，轻罗小扇扑流萤。

天阶夜色凉如水，坐看牵牛织女星。

杜牧《秋夕》

杜牧的这首《秋夕》同样描绘了一幅深宫的图景。白色的烛光让屏风上的画面更添幽冷，深深的夜色，清冷如水，闲下来的宫女坐在这一片月光中，看着牵牛织女星，举着团扇的宫女正在兴致盎然地扑打着流萤。古人说腐烂的草容易化成流萤，那么宫女居住的庭院却有飞来飞去的流萤，足见其荒凉。团扇本是夏天用来纳凉的，到了秋天，气候寒冷，扇子也就没有用了。所以，秋天的扇子常常用来比喻古代的弃妇。而宫中的夜色与人情一样薄凉，宫女们只能凭借扑流萤来解闷。日子太漫长了，千篇一律的都是寂寞，甚至可以望见人生的尽头，也是寂寞堆砌的时光。

更为不幸的是，有的上阳宫人并不是天生就没有亲近皇上的机会，而是受了宠幸后又遭遗弃。对她们来说，这日子就比普通宫女更加难熬了。玄宗曾经宠爱的梅妃就遭遇了这样的尴尬。当年，玄宗受了杨贵妃的挑唆，将梅妃江采萍发往上阳宫居住。相传，梅妃因忍受不住上阳宫的清冷，便写了一首《楼东赋》送给玄宗。玄宗看后心有所动，但怕杨贵妃生气，所以只偷偷地送去了些珍珠。梅妃大失所望，将珍珠退还，并赠诗一首：

> 柳叶双眉久不描，残妆和泪污红绡。
>
> 长门尽日无梳洗，何必珍珠慰寂寥。
>
> 江采萍《一斛珠》

从此，上阳宫中的梅妃再也不是玄宗的心上人，她和无数的白发宫女一样懒于画眉梳妆，孤独、寂寞地生活在冷宫中。安史之乱的时候，唐玄宗顾不上带走梅妃，便匆匆逃跑。有人说，梅妃被安禄山的士兵乱刀砍死；也有人说，她为保贞节，投井自尽。而那被玄宗带走的杨贵妃也终于还是死在了马嵬坡前。红颜薄命，大抵都是如此的吧！

唐玄宗当年亡命天涯，后人只能在零星的资料中，读到这些宠妃们的结局，却无法猜测那深锁在上阳宫里的三千佳丽，魂归何处，逃往何方。但是，无论哪种结局，能够冲散那紧闭的宫门，逃出这幽闭的监牢，对于她们来说，都是一种解脱吧，总比闷死在寂寞的时光中要痛快得多。

浪漫

世界上只有两样东西具有这种非凡的魔力：在的时候，藏也藏不住；不在的时候，装又装不出。一是青春，二是爱情。尘世诸多的欢乐和痛苦都根源于此。

每每相逢，在青春与爱情的十字路口，人们迷茫、徘徊、犹豫，只希望如花的生命，在绚烂的季节，绽放出诱人的芳香。于是，一段段清香，化成一首首诗行，用金色的琥珀保留了唐代关于浪漫的怀想。

偶遇的刹那，生命正艳如桃花

　　世间爱情的结局也许千差万别，但所有爱情的开篇都同样美丽，一切的浪漫都源于初见时的惊喜。有人说，爱情是种化学物质，当两个人凝望对方的眼睛长达三秒后，空气里的分子结构就会发生改变，爱情也由此诞生。这一说法并没有什么确实的科学考证，但却因爱情故事的甜美令这一理论神采飞扬。爱情和人生四季一样，也需要经历悲欢离合的基调，品味苦辣酸甜的段落。而在这爱情的四季中，如果把热恋比喻为躁动的盛夏，那么人生的初次相逢就犹如早春的桃花，鲜艳却带着柔媚、矜持与羞涩。

　　在那年清明节的午后，刚刚名落孙山的崔护独自出城踏青。长安南郊的春天草木繁盛，艳阳高照，桃花朵朵。一望无边的春天里弥漫着融融的暖意。随意漫步中，崔护忽觉口渴，恰好行至一户农家门外，便轻叩柴扉，讨一杯水喝。门里传来姑娘轻柔的询问："谁啊？"崔护说："我是崔护，路过此处想讨杯水喝。"农庄的大门徐徐地拉开，两个年轻人便在明媚的春光中浪漫地邂逅了。

　　姑娘温柔地端了一碗水送给崔护，自己悄然地倚在了桃树边。崔护见姑娘美若桃花，不免怦然心动。可是，即便大唐再开放、宽容，但生活在"非礼勿视、非礼勿言"的封建时代，男女之间的禁忌还是颇多的。所以，从头到尾，姑娘其实只说了一句话"谁啊"。

　　第二年的清明，崔护又去了南郊踏青。没人知道他是不是去寻找那曾经令他刻骨铭心的笑容。后世记载，说他看到门上一把铁锁，怅然若失地写下了这样的诗行：

　　　　去年今日此门中，人面桃花相映红。

　　　　人面不知何处去，桃花依旧笑春风。

崔护《题都城南庄》

诗的大意很简单，去年的这个时候，我在这扇门前喝水，看到青春的姑娘和盛开的桃花交相辉映。今年的这个时候，故地重游，发现姑娘已不知所踪，只有满树的桃花，依然快乐地笑傲春风。崔护的诗写完了，但崔护的故事却没有结束。唐代人用自己特有的浪漫情怀，为这首诗编排了续集。

唐代孟棨的笔记小说《本事诗》中，记载了崔护的这一段情。崔护题完诗后，依然有许多放不下的心事，到底惦念着，几天后又返回南庄。结果，在门口碰到一位白发老者，老者一听崔护自报家门，便气急败坏地让崔护抵命。原来去年自崔护走后，桃花姑娘便开始郁郁寡欢。前几天，刚好和父亲出门，结果回来看到这首诗写在墙上，便生病了。姑娘不吃饭不睡觉，没几天就把自己折腾死了。崔护听后，深深地感动了，他跑进屋里，扑倒在姑娘的床前，不断地呼唤姑娘："崔护来了。"这感天动地的痛哭，竟真的令姑娘奇迹般地活了过来，与崔护有情人终成眷属。后世《牡丹亭》里也曾写到杜丽娘因爱起死回生，用汤显祖的话来说："情不知所起，一往而情深，生者可以死，死者可以生，生而不可以死，死而不可复生者，皆非情之至也。"

当然，没有人能证明崔护的爱情是否真的存在续集，但"人面桃花"的明媚和"物是人非"的落寞，却吟诵出人们对平常生活的感喟。尤其是那初见时的倾心，满树盛开的桃花犹如怒放的心花，令人沉醉其中，流连忘返。

在封建社会，除了父母之命、媒妁之言，很多年轻人根本接触不到其他的异性。所以一见钟情对于他们来说，显得尤为珍贵。宝玉和黛玉第一次相见的时候，心里也都不由得一惊，觉得对方十分"眼熟"，倒像在哪里见过。目光中惊心动魄的那次相撞，足以断定是否此生可以相知相许。这三秒钟深情的凝望，倾注了对人生幸福的所有期盼与锁定。"最是那一低头的温柔，像一朵水莲花不胜凉风的娇羞"，在两情相悦的瞬间，所有年轻的爱情都源于最初的心动。

当然，也有许多爱情，在最初的相见中就摒除了羞涩和矜持，而代之以坦率和真诚。

> 君家何处住？妾住在横塘。
> 停船暂借问，或恐是同乡。
>
> 崔颢《长干行》

"易求无价宝，难得有情郎。"在这碧波荡漾的湖面上，年轻的女子撞见了自己的意中人，爽朗地询问起小伙子："你的家住在哪里啊？"还未等人家回答，便着急地自报家门，我家住在横塘，你把船靠在岸边，咱们聊聊天，说不定还是老乡呢。其淳朴的性情、直白的语言将年轻姑娘的潇洒、活泼和无拘无束生动地映现在碧波荡漾的湖面上。与桃花姑娘的妩媚相比，倒也别有一番质朴和爽朗。

　　同样是初次相遇，有的姑娘无奈地看着爱情离开，静待明年春天可以迎来新的惊喜；而有的姑娘却敢于直抒胸臆，大胆奔放地表白。一静一动，相辅相成，为唐诗里一见倾心的爱情留下了迥异的韵味和风采。爱情，犹如姹紫嫣红的百花园，唯有各自盛开，才能为春天带来五颜六色的新奇和精彩。桃花的妩媚、妖娆与风姿绰约，正是唐朝女子的象征。年轻的心在春风中笑靥如花，轻风过处，花枝乱颤，心动神驰……也正因如此，人们喜欢用桃花运代指爱情的降临。

　　《长干行》的第二首，小伙子也憨厚地回答了姑娘的提问：

> 家临九江水，来去九江侧。
>
> 同是长干人，生小不相识。
>
> 崔颢《长干行》

　　虽然我们同是长干人，可原来却并不认识。诗人崔颢并没有告诉人们这故事的结局。但是，能有如此浪漫的开篇，想来也应该是美丽的结局。不管最后能否经得住时间的大浪淘沙，每一段爱情的开始都艳若桃花，青春也在生活和生命的春天里绽放了无限的光华。

　　作家沈从文曾这样描绘自己与张兆和的爱情："我一辈子走过许多地方的路，行过许多地方的桥，看过许多次数的云，喝过许多种类的酒，却只爱过一个正当最好年龄的人。"实际上，在最好的岁月里，遇到心爱的人，能够相守固然是一生的幸福，但只要彼此拥有过动人也撩人的心跳，一切就已经足够。

　　席慕蓉说她愿意化成一棵开花的树，长在爱情必经的路旁。于是，那些正当年华的人，每当走过一树树的桃花，都深深地记得，要认真收获人生美艳的刹那！所谓"曾经拥有"大概就是这个道理吧。而这，也正是崔护的故事留给后人的浪漫启示。

天长地久是爱的守恒

　　金庸先生在一次访谈中，曾经不无感慨地说，"青梅竹马，白头到老"是最完美的爱情模式，也是许多人的期待。而金庸先生的武侠世界，似乎也一直在诠释这样的主题：那些最浪漫的事，便是"牵着手，一起慢慢变老"。郭靖和黄蓉，杨过与小龙女等"模范夫妻"的代表，都有一个共同之处：从青梅竹马、相知相许的时候，便认定了"执子之手，与子偕老"。这是古代传统的爱情道德，也是现代追求的爱情信念。从青梅竹马到白头偕老，不仅是两个美丽的成语、浪漫的故事，也包含着团聚、分别、等待、相思，包含生活的百般滋味。在这条时间的链条上，连同爱情一起生长的，还有不断膨胀的青春与时光。

　　　　妾发初覆额，折花门前剧。

　　　　郎骑竹马来，绕床弄青梅。同居长干里，两小无嫌猜。

　　　　十四为君妇，羞颜未尝开。低头向暗壁，千唤不一回。

　　　　十五始展眉，愿同尘与灰。常存抱柱信，岂上望夫台。

　　　　十六君远行，瞿塘滟滪堆。五月不可触，猿鸣天上哀。

　　　　门前迟行迹，一一生绿苔。苔深不能扫，落叶秋风早。

　　　　八月蝴蝶黄，双飞西园草。感此伤妾心，坐愁红颜老。

　　　　早晚下三巴，预将书报家。相迎不道远，直至长风沙。

　　　　　　　　　　　　　　　　　　　　　　　　李白《长干行》

　　当头发刚刚能够盖过额头的时候，我会折些花在家门前玩耍。你骑着竹马过来，我们就快乐地绕着井栅栏做游戏。因为从小就是邻居，在一起玩，一起度过美丽的童年，一起跟着时间长大，所以两颗心从来就没有猜忌。长大以后，两个人便结婚了。男子出去经商，女子在家殷切地思念，并不断地回忆往事，觉得日子过得太快，因为思念丈夫，满面愁容逐渐令红颜苍老。最后，她还痴情地说，"什么时候回来，提前告诉我，我远远地就去迎接你的归来"。故事虽然简单，但却写得优美动人。据说，因为故事性极强，加上李白的威名远扬，这首诗在美国也同样家喻户晓。由此看来，"青梅竹马"是人们普遍追求的一种爱情理想，在哪里都会受欢迎。

《唐宋诗醇》评价此诗说："儿女子情事，直从胸臆间流出，萦迂回折，一往情深。"实际上，这首诗不仅开创了一种"两小无猜"的爱情模式，也为后世提供了"两小无猜"的范本。从相知相许到相伴一生，似乎隐藏着爱情的能量守恒，这个定律说到底就是"不离不弃，从一而终"。这里的"从一而终"不是指封建社会中女子的道德压力，而是两个人对于爱情的坚守、执着与专注。

当年，卓文君和司马相如私奔时，并不计较如何穷困潦倒，且当街卖酒，贴补家用。不料司马相如功成名就后，打算抛弃她。卓文君悲愤交加，提笔成文，写下了流传千古的汉乐府名篇《白头吟》。司马相如看过此篇，想起当年情分，于是断绝了纳妾的念头，夫妻和好如初，留下一段佳话。而《白头吟》中那句"愿得一心人，白头不相离"写得深情哀婉，颇动人心。

从两情相悦到白头偕老，看似一条简单的道理，实则要经过时间的无数次萃取，唯有能够经得住时间的考验，方能见证爱情的坚贞与纯粹。

法国经典爱情电影《两小无猜》讲述的就是这样的故事。两个主人公是从小一起长大的好朋友，他们经常玩一个叫作"勇敢者"的游戏。在游戏中，他们为对方制造不同的困难、险境，让对方来突破、尝试，不断超越生活与自我。随着他们渐渐长大，友情的天空里出现了爱情的彩虹。可因他们害怕承受爱情的负担，在一次次误会和逃避后分道扬镳。十年之后，当他们知道岁月无法抹去爱的痕迹，便跳进水泥地基中，将爱情牢牢地凝固在那一刻。结尾处，在一个阳光灿烂的午后，老奶奶挑选彩色的糖块放进老爷爷的嘴里，他们甜蜜地亲吻，幸福地说着"我爱你"。

这一幕感动了无数观众，据说，每每上映这部电影，都会座无虚席，很多人屡次观看，只为了一次次体会这个幸福的结局。这是人们所共同期待的幸福。

　　"少年夫妻老来伴"，能够牵着彼此的手，跨过岁月的沟沟坎坎，不管沧海桑田岁月轮换，矢志不渝地相爱相伴，的确是人生一大幸事。人生旅途上总会出现许多不稳定因素，诸如天灾人祸，都有可能夺去人的生命，更别说脆弱的爱情。能够携手走过尘世的风风雨雨，对抗情感的诱惑、生存的威胁、离别的愁绪，将爱情进行到底，不但需要对抗情感和生活的各种诱惑，也需要有顽强的意志说服自己坚持、不放弃。借用白居易的诗句，应该是"天长地久有时尽，此恨绵绵无绝期"，只有上天入地追随而去的执着，才能牢牢地守住爱的阶梯。

　　相传，唐代大诗人李商隐在年轻的时候，曾有个青梅竹马、情投意合的恋人，小名叫"荷花"。李商隐在进京赶考前一个月，荷花不幸身染重病，李商隐虽然日夜陪伴，但终于还是回天乏术，只能看着荷花在细雨中凋残。但时光的变迁并没能淡化李商隐的爱情，他依然深深地眷恋着美丽的荷花姑娘，写了许多荷花诗表达自己的深情。

　　　荷叶生时春恨生，荷叶枯时秋恨成。

　　　深知身在情长在，怅望江头江水声。

　　　　　　　　　　　　　李商隐《暮秋独游曲江》

　　又见荷花，心中无限伤感。荷叶生长的时候，春恨也随着疯长。荷叶枯败的时候，秋恨也已经生成。我深深地知道，只要还活在这个世界上，这份感情就不会断绝。但也只能眺望无边的江水，听她呜咽成声。短短一首小诗，将浓浓的痴情化作奔流的江水，其中"身在情长在"五个字更是穿透世间爱恨，荡漾起天长地久的深情。不管你身在何处，我心中的爱将随着生命一起流淌，直到海枯石烂，人在，情在。

　　从青梅竹马到白头偕老，虽然这其中有无数的波折、坎坷，打击、诱惑，有思念，有背叛，有快乐与伤感，但能够一路走来，经过无数的风风雨雨，总算是对爱情有一个交代。虽然有许多流行口号，宣称"不求天长地久，只求曾经拥有"，但这实在是一种托词。在选择爱情的时候，其实人们都愿意一生只拥有一次幸福的爱情。平平淡淡，携手同游人间，无数次分分合合，始终走在一起，也算是完成了尘世的爱情之旅。

　　此生相知，情深不渝，守住了爱情，也便守住了自己。

相思，生命延长线上的爱情

究竟什么才能叫作相思？满城飘飞的柳絮，长街蒙蒙的春雨，那封迟到的情书，已经被岁月染黄的照片，抑或仅仅只是留在千年历史中，孤独而被风干的背影。这是一个传奇而又动人的故事，有一个女子因为思念老家的丈夫，而长久地站在山上眺望。日出日落，月圆月缺，她凝望未来的目光，穿越了时间的尘埃，撒落在爱情的银河里。花开花落年复年，几千载的时间过去了，她苦苦相思的身影化作了坚固的磐石，变成了一座动人的雕像。

终日望夫夫不归，化作孤石苦相思。

望来已是几千载，只似当时初望时。

刘禹锡《望夫石》

时光如一条静静的河流，轻轻地流淌在她的身边，但是相思之情已经令她完全忘记了自然界的更迭。她遥遥地望了几千年，却和当年刚刚站立的时候一样深情，这份苦苦的相思让她的爱情在人们心中化为永恒的磐石。

当然，世界上的爱情千差万别，人间的相思也有许多种。有的如望夫女，苦苦地守候丈夫的归程；也有人愿意把浓浓的相思寄托在定情信物上，任凭山河斗转，心中情怀依旧。每当翻阅往事，总会历历如新，找到当年恋爱时的感觉。这种相思，就显得颇为甜蜜。

红豆生南国，春来发几枝。

愿君多采撷，此物最相思。

王维《相思》

王维说红豆是生长在南国的，不知道春天来了，又生出了多少枝？希望你可以多多地采摘，留着它，这个红豆最能惹人相思。有的人说，这首诗里面的相思，并不是爱情，是王维和彼时正处在南国的朋友间的情义。但不管作何解释，有一点始终不变："相思"是红豆永远的主题。

　　红豆有着大自然赐予的天性：它色红如血，坚硬如钻，从外形看，也像一颗红心。它不腐不蛀，鲜红亮丽而永不褪色，正恰恰象征了爱情的坚贞与恒久。而红豆的故事也和望夫山一样悠久，讲的是南国的女子因为思念丈夫，便终日流泪。泪水流尽了，再流出来的便是滴滴鲜红的血水。血滴落地，生根发芽，长成参天大树，结了满树的红豆。因为这是思念的结晶，所以人们把红豆称为相思豆。南方人常常用红豆来做各种饰品，比如手链和项链，挂在身上，以示相思。

　　无论是望夫山还是红豆，都是表达相思的一种媒介。中国人向来含蓄，表达感情也极少奔放。尤其是在男女授受不亲的古代，连说话的机会都很少，更别提表情达意了。但爱情毕竟是人类生活的主题，沟通越有障碍，人们越是想方设法建立起彼此的联系。红娘传书，月老牵线，私订终身的事也都屡禁不止。而王维的诗也同样有这种妙处，虽然句句写的是红豆，却可以读出背后无尽的相思。而青年男女也便在各种信物的传递中滋生出更加浓浓的真情。

　　冯梦龙的《山歌》中有这样一首："不写情词不写诗，一方素帕寄心知。心知拿了颠倒看，横也丝来竖也丝。这般心事有谁知？""丝"和"思"是谐音，借用真丝素帕，实际表达的是自己"横竖都是相思"的感情。更有情深如李商隐者，乃"春蚕到死丝方尽"，唯有生命停止，才能令自己忘却此情。读罢，不禁令人感动，也充满淡淡的感伤。这句"至死方休"的誓言，在无情之人看来，也许只是无稽之谈；而在深情之人看来，却是价值千金的承诺。无论在生活中，还是艺术世界里，执着的爱情始终令人神往。

　　在那座伦敦著名的滑铁卢桥上，曾经有一对倾心相爱的情人。他们决定去结婚的前一天，男子罗伊被部队调走去了前线，很快他的名字就出现在阵亡的名单里。女子悲痛欲绝，迫于生计，只能沦为娼妓。战争结束后，他们竟然在车站意外重逢，而且幸福地发现他们依然相爱。不幸的是，女主角竟然有了如此不光彩的一段，她为了不给心爱的人蒙羞，在他们曾经相遇的桥上自杀身亡。二十年后，罗伊再次来到这里，思念起自己曾经心爱的姑娘玛拉，泪如雨下。二十年，可以令年轻人失去青春的激情与冲动，却不

藤弱蔓依石
枝引未為凌
托託子而君

世界上只有两样东西具有这种非凡的魔力：在的时候，藏也藏不住；不在的时候，装又装不出。一是青春，二是爱情。

足以抹去一段刻骨铭心的爱情。著名作家张洁说："爱，是不能忘记的。"这句话似乎成了《魂断蓝桥》中罗伊和玛拉凄美爱情的最佳诠释。

似乎不仅仅只有罗伊和玛拉，杨过和小龙女也曾经一别数年。当年的龙儿知道自己命不久矣，便纵身跃下绝情谷，为丈夫杨过留书一行，相约十六年后在此团聚。从此，平息江湖风波、化解世间恩怨都成了杨过的主要任务。但是，这一切都只是他排遣相思的手段。在他的心里，生活可以有很多内容，却只能有一个主题：那便是思念。但杨过比罗伊幸运，他终于等回了小龙女，从此过上了童话般的幸福生活。但这只是世俗的看法，也许在罗伊的眼中，爱情并没有因生命而中止；绵绵的思念可以随着不老的爱情贯穿整个人生。

如果说，生命是一条线段，那么生与死便是两边固定的端点，这其中有限的距离就是人生最宝贵的经历。台湾作家三毛说："人，空空的来，空空的去，尘世间所拥有的一切，都不过转眼成空。我们所能带走的，留下的，除了爱之外，还有什么呢？"对于望夫山上的女子、泣血成红豆的姑娘、苦等十六年的杨过、至死不渝的罗伊来说，生命是有限的，但爱却是无限的。

而相思，恰如这生命线段的延长线，它并不因为一方生命的结束而中止，它会随着另一方的爱而绵延下去。很多人的眼中，虽然这只是一段虚线，但在当世者的眼中，午夜梦回，多少个辗转难眠的日子依然会涌上心头。有些人希望可以有一种叫作"忘情水"的东西，喝下去，前世今生便什么都不记得了。然而，奈何桥边，亲手接过那碗孟婆茶，还是会有人想起望夫山、绝情谷，想起那些曾经一起走过的岁月，以及拴在岁月门廊上的爱情。

> 入我相思门，知我相思苦，长相思兮长相忆，短相思兮无穷极。
>
> 李白《秋风词》节选

"长相思，摧心肝"，通达明澈如李白这样的人，都终究放不下一个"情"字。正如一首歌中唱道："明明知道相思苦，偏偏为你牵肠挂肚。"正因为有了这许多的不舍，有了尘世中这放不下的爱，人们才对生命无比眷恋，不忍离去。然而，天上人间永别之时，幸好还有相思这剂良药，虽不能根治，但总可以熨帖无数孤独行走在尘世的心灵。

情书见证苦乐与共的光阴

　　韩国电影《假如爱有天意》里曾经有一组非常优美的镜头：在一个灿烂的午后，女主人公因收拾旧物，发现了父母生前珍藏的盒子。她怀着好奇心打开，竟然是父母年轻时满满的一箱情书。风从窗口吹来，情书纸片一样四散飞去，随之弥散在女儿生活中的就是醉人的爱情。因着这些情书的指引，她洞悉了父母的故事，也体会着当年的况味，因缘巧合还找到了自己的爱情。在这部电影中，情书成了两代人精神交流的寄托，当然也是爱情的信物。其实，世界上任何角落里的情书，因情而生，都是爱的佐证。只是有时候，因为爱的粗浅与深沉、矜持与放纵、炙热与冷艳，令情书显示出迥然的差异。

　　卡夫卡的情书，里尔克的《三诗人书简》等堪称世界情书史上的典范。而鲁迅与许广平的《两地书》，沈从文与张兆和的《从文家书》，王小波与李银河的《爱你就像爱生命》也是中国现代情书史上的佳作。可能是职业的原因，这些作家的情书，读来不但有时代特色，也有很强的个人风格，落笔虽从容洒脱，但同样可以读出字里行间的真情。所以，著名学者李辉曾这样评价情书："虽然是私人间的交流，但它都流露一个'情'字，有了情就有了文学性。"

　　而在中国古代的情书中，大致可分为两类：其一是柳永、秦少游等风流才子，在寻欢作乐后写给青楼歌妓们的词，风花雪月逢场作戏。另一种便是唐代著名诗人们写给妻子的情书，这其中最著名的当数李商隐的《夜雨寄北》：

　　　　君问归期未有期，巴山夜雨涨秋池。
　　　　何当共剪西窗烛，却话巴山夜雨时。

　　　　　　　　　　　　　　　　　李商隐《夜雨寄北》

关于这首诗的争论始终没能平息，有人说这是写给朋友的信，因为李商隐的妻子在他写作此诗的时候已经去世了。也有人说这首诗是写给妻子的，在《万首唐人绝句》中题为《夜雨寄内》，而"内"在古代自然是内人、妻子的代称。放下这些纷乱的争论，只看这首诗的内容，的确像是写给妻子的。

你问我什么时候才能回家，我也说不清楚。我这里巴山的夜雨已经涨满了秋池，我的愁绪和巴山夜雨一样，淅淅沥沥，凝结着我思家想你的愁绪。什么时候才能够回家呢？和你一起剪烛西窗，到那个时候再和你共话这巴山夜雨的故事。短短的四句诗，第一句回答了妻子的追问，第二句写出了雨夜的景致，第三句表达了自己的期待，最后一句暗示了如今的孤单。四句话，简而有序，层层铺垫，写出了羁旅的孤单与苦闷，也勾画了未来重逢时的蓝图，甚至把连绵细雨也写进笔底波澜，堪称最为简短而又全面的情书，一波三折，含蓄深婉地衬托了与妻子隔山望水的深情。

如果仔细研究中国古代的情书，会发现非常有意思的一个特征：回忆共同岁月。而外国的情书多是一种想象，借以描摹主人公内心的跳动。比如诗人茨维塔耶娃写给里尔克的情书："读完这封信后，你所抚摸的第一只狗，那就是我。请你留意她的眼神。"这样的句子写得生动有趣，一个活泼女子的形象立刻映入眼帘。而中国的情书大抵不是勾勒妻子的状貌或心理，而是对同甘共苦岁月的某种追忆和珍惜。

白发方兴叹，青蛾亦伴愁。

寒衣补灯下，小女戏床头。

暗澹屏帏故，凄凉枕席秋。

贫中有等级，犹胜嫁黔娄。

白居易《赠内子》

白发苍苍的我刚刚叹息，我的妻子也陪着我发愁。深夜已至，还要妻子挑灯为我缝补衣裳，就只见小女儿无忧无虑在床头玩耍，她哪里能够明白父母的困苦。屋里的屏风已经破旧不堪，望望床上，我们只有枕头和席子，这将是怎样一个凄凉的秋天啊！诗作结尾，忽而转入对妻子的安慰，"虽然贫穷，但嫁给我比嫁给更穷的黔娄还是要强些的"。黔娄乃春秋时期的贤士，家贫如洗，死的时候席子放正了都无法遮盖全身。白居易用黔娄自比，既暗示了自己"不戚戚于贫贱"的志向，也安慰了善解人意的贤妻。

　　虽然这只是写给妻子的赠诗，但也可以看作是一封动人的情书。白居易因诗闻名，也因那些讽喻时政的诗歌而被贬官。宦海沉浮，能够有妻子同喜同忧，快乐可以加倍，愁苦可以分担，人生还有什么更多的奢求呢？正如小说《牵手》的结尾留给人们的那句话："共同岁月之于婚姻，有时候，比什么都重要。"所以，当光武帝刘秀有意把姐姐湖阳公主嫁给贤臣宋弘时，宋弘谢绝了富贵的垂青，选择坚守自己的婚姻和爱情，并留下"糟糠之妻不下堂"这句感人之言。

　　在宋弘、白居易等人的眼中，那些甘苦与共的岁月、相濡以沫的支撑，是人世沧桑中最宝贵的一份真情。

　　贺铸有词云："空床卧听南窗雨，谁复挑灯夜补衣！"贫贱夫妻百事哀，如果能够得到妻子的理解与陪伴，对仕途上常常遭遇挫折并时常颠沛流离的文人来说，实在是一种难得的精神安慰。明晓了这层含义，便不难理解古人的情书了。写给青楼歌妓的多为浓艳香软之词，而写给妻子的情书，虽然平实、质朴，但却深切感人。正如世间无数个平白如水的日子，虽然没有咖啡的浓烈、可乐的刺激，但却细水长流、不可或缺。

　　当然，有的诗人天性洒脱，写出来的情书自然也情趣盎然。

　　　　三百六十日，日日醉如泥。
　　　　虽为李白妇，何异太常妻？
　　　　　　　　　　李白《赠内》

　　一年三百六十日，林黛玉天天发愁，李太白日日醉酒。五柳先生说"造饮辄尽，期在必醉"，李白和他也差不多，只要一喝便要尽兴，而且希望自己能够喝醉。但是喝醉了睡着了总还是要苏醒的，睁开尘世的双眼，李白就觉得对不起妻子了。整天烂醉如泥，害妻子担惊受怕，觉得非常不好意思。所以，给妻子写情书，怜惜她嫁给李白也没什么好日子过，整天在收拾饭局。如此活泼的笔法，实在看不出太多的歉意，而更多的是一种撒娇和淘气，很像做了错事向家长检讨的孩子，让人又气又爱。这份甜蜜、默契与无奈，源于李白为人的活泼洒脱，也源于他为文的情趣、乐观。

　　无论是李商隐巴山夜雨的相思，白居易荣辱与共的流年，还是李太白酒后猛醒的倾诉，这些情书都深刻地记录了相濡以沫、与子偕老的深情，也见证了他们苦乐与共的婚姻。有人说，"爱的最高境界就是经得起平淡的流年"。不管曾经沧海如何激情澎湃，回到日常生活，一粥一饭总关情，只有踏实的生活才是淳朴、美丽的。

沧海皆圆月，巫山只晴空

席慕蓉曾经写诗说，在年轻的时候，如果爱上一个人，不管相爱时间长短，一定要温柔相待，所有的时刻都十分珍惜，这样就会生出一种无瑕的美丽。假如不得不分离，也好好道别，将这份情谊和记忆深藏心底，等长大了就会知道，"在蓦然回首的刹那，没有怨恨的青春才会了无遗憾，如山冈上那轮静静的满月"。那些流年似水的日子，也因为这份爱而终生怀念。茫茫人海，没有早一步也没有晚一步，恰好在最好的年华遇到了最爱的人；这一生，繁花似锦，便再也入不得眼，进不得心。这既是对爱情的坚贞，也是对往事的怀念。

曾经沧海难为水，除却巫山不是云。

取次花间懒回顾，半缘修道半缘君。

元稹《离思》

这是唐代诗人元稹为悼念亡妻韦丛所做的一首诗。诗里说，曾经体验过沧海的波澜壮阔，别的水便无法再吸引我，曾经深味过巫山的云蒸霞蔚，别处的风景也便不能再令我陶醉。即使我从百花丛中穿行而过，也不会留恋任何一朵，更别说回头张望。这一半是因为修道的原因，另一半就是因为你的缘故。"万花丛中过，片叶不沾身"就是这样吧。

古人说，"观山则情满于山，看海则意溢于海"，山山水水总能留人愁绪，抒怀解忧。但是，在元稹看来，这一切似乎都毫无意义。他经历过最美的巫山云雨，体味过动人心魄的沧海波澜，世间任何的景物也不能打动他了。这就犹如大千世界，自亡妻别后，便再也没有爱情可言。全诗写的虽然是景致，不着半个"情"字，却烘托出了无限的爱意，也点出了"我只在乎你"的主旨。韦丛在天有灵，读到此诗应该也会颇感欣慰吧。

人的一生也许会爱很多次，但总有一次是刻骨铭心的。如果这份爱能够在对方的心里深深扎根，就可以长成参天大树；任时光匆匆年轮渐增，也带不去心底的这份执着。能有如此爱情，也算不枉此生。世上痴男怨女的爱情，正是因为有了这份不舍、不忍、不放下，才显得弥足珍贵。

电影《霸王别姬》中程蝶衣说："说好了一辈子的，差一年，差一个月，一天，一个时辰，都不是一辈子。"而伟大的爱情，也似乎正是因为这份"非你不可"的执拗而显得不容错过。

也许在他人眼中，韦丛并不是完美的女人，但在元稹心里，她的一颦一笑、举手投足都完美得无可挑剔。"情人眼里出西施"，爱的光芒照耀着人的内心，一切都是那样美满。假如心爱的人不幸离世，或两人被迫分开，那么留在心里的也一定是最美的回忆与惆怅。

> 锦瑟无端五十弦，一弦一柱思华年。
> 庄生晓梦迷蝴蝶，望帝春心托杜鹃。
> 沧海月明珠有泪，蓝田日暖玉生烟。
> 此情可待成追忆，只是当时已惘然。
>
> 李商隐《锦瑟》

这首《锦瑟》是李商隐爱情诗的代表，也是历来爱诗者最喜吟诵的诗篇。宋元之后，对此诗的解读更是众说纷纭。周汝昌先生认为以"锦瑟"开端，实则暗示了"无题"之意，是李商隐爱情诗中最难理解的一首。但不管怎么理解，人们都能读出一种无处释放的愁绪。

在锦瑟一音一节的弹奏中，李商隐似乎也看到了曾经逝去的流年。庄生迷梦，理想转眼成空；望帝啼鹃，生活化为悲鸣；明珠有泪，泣血而成；暖玉生烟，可望而不可即。四句诗，四个典故，四种意象，每一种都悲辛无限。锦瑟年华，如玉如珠，却只能换来一片怅惘。而这一份怅然若失，又正是人们在面对感情时的共鸣。

那些曾经欢乐与共的时光，如心头烈焰难以熄灭，并常常在某个日子不断涌起。或许因为年少轻狂，或许因为情深缘浅，总之是错过了、失去了，但却没能真的忘记。《东邪西毒》中的欧阳锋曾说，"当你不能再拥有的时候，你唯一能做的，就是让自己不要忘记"。李商隐做到了。他细数自己的生活、理想和爱情，并追忆那些流年似水的日子，那些"当时只道是寻常"的时光。

很多人觉得李商隐的爱情诗通常都比较晦涩，分不清他在写的是不是真的只有爱情，也不知道他真正是写给谁的；只是知道他爱着，并深深地爱着，却从来看不到女主角的身影。

身无彩凤双飞翼，心有灵犀一点通。

春蚕到死丝方尽，蜡炬成灰泪始干。

春心莫共花争发，一寸相思一寸灰。

直道相思了无益，未妨惆怅是清狂。

李商隐《无题》诗句选摘

读李商隐的情诗，很容易就看出他恋爱了，而且爱得死去活来。他相思了，而且思念得魂牵梦绕。但除此之外，没有花前月下、山盟海誓，他的心上人家住何方、姓甚名谁，一概无从考证。在他的心里，这份爱煎熬着他，令他不得不提笔写下自己炙热的爱情，但碍于身份、地位和婚姻，他又只能吞吞吐吐、含含糊糊地诉衷肠，并不能明确地告诉大家他的恋人究竟是谁。

有人说，如此模糊的诗意是李商隐诗歌的缺陷，影响了对他的解读。但实际上，这却恰恰扣紧了爱情的隐秘。两个人的爱情常常是秘而不宣的，只可意会不能言传。眉目传情，秋波流转，别人看不到的情意，恋爱中的人却可以独得其味。而古人对爱情的表达本也十分含蓄，他们不会互相高喊"我爱你"，他们只是默默地，用一生的行动去诠释、捍卫自己的爱情。而这份含蓄常常才是历久弥新、永不褪色的记忆。

雄浑

雄浑，是大漠里的孤烟，长河畔的落日，沙漠中战马的嘶鸣，也是一张张被尘土淹没的脸。然而，冲天的豪气，凛冽的风骨，都藏不住黄沙扑面的疼痛，更埋不掉心底的一份柔情。金戈铁马，保全万里江山，也为了托起家园的和平；披荆斩棘，了却国仇家难，只为早些与梦中人团聚。雄浑是唐朝褪不去的底色，战车滚滚，碾过了岁月的坎坷，也揉碎了彼此的心辙。

万里从军，保家便是为国

投笔从戎，将家国安危系于己身；听鼓角争鸣，望烽火边城，黄沙漫天的古道，闪烁着刀光剑影。策马扬鞭，一骑绝尘，青春的渴慕与热盼都是战死沙场，报答家国双重恩。这是王维的梦想，也是当年所有长安少年的渴望。

> 出身仕汉羽林郎，初随骠骑战渔阳。
>
> 孰知不向边庭苦，纵死犹闻侠骨香。
>
> 王维《少年行》（其二）

王维说，离开家不久便成了皇帝的御林军，随后就跟着骠骑将军辗转沙场，参加了渔阳大战。其实，谁不知道远赴边疆既辛苦又危险呢？但是保家卫国是每一个男人责无旁贷的使命，纵然战死疆场，留下一堆白骨，也同样飘着淡淡的清香。这是王维笔下的壮志，也是很多当年才俊的梦想。而由古至今，对"保家卫国"这一理想的诉求，似乎从未改变过。

曾经轰动一时的电视剧《士兵突击》就深刻地验证了这一点。这部围绕愚钝士兵成长经历的剧集，将生命的历练与萃取，朋友的选择，人生的担当和勇气，都巧妙地融合在一起，赚足了人气。很多评论家对此颇为不解，为什么和平年代，还有那么多人对绿色的军营魂牵梦绕，心向往之？也许，只有一个理由可以解释，那就是"成长与担当"。

从一个被人人忽视甚至鄙视的无名小卒，成长为一名卓越、优秀的战士，钢枪、军号，这一切都见证了士兵的成才与成长。对国家的忠诚，为百姓的平安，在挫折中战胜自己，也战胜了敌人。过得了这一关，人生的大风大浪便再也不怕了。

古今中外，军营都是对男子汉的历练与考验。而王维，那时也正青春年少，热血沸腾，对杀敌报国自然也充满了向往。所以，那些在许多诗人笔下凄惨的离别、遥远的相思，在他的身上还都不曾在意。他所关注的只是尽自己的全力报效祖国。而这份报国之志，似乎也是所有有志青年的共同心声。

闻君为汉将，虏骑罢南侵。

出塞清沙漠，还家拜羽林。

风霜臣节苦，岁月主恩深。

为语西河使，知余报国心。

崔颢《赠梁州张都督》

这是崔颢写给边疆将士的赠诗。诗中说，听说你做了将军，从此胡虏的铁蹄就再也不敢南侵。这里的汉将，其实和王维"出身仕汉羽林郎"一样，都是以"汉"代"唐"的比喻。大汉的风骨、气度、繁荣，以及天朝大国的霸气，似乎一直是唐代诗人所钦佩和羡慕的。以汉喻唐，追忆前朝的繁华，也倾注了对盛世王朝的仰慕。在这样的情怀下，能够杀敌报国，也便是男人的一种荣幸。所以崔颢接着说，你出塞回来，还朝就拜为"羽林军"。扑面而来的风霜和风尘，令将士们都感到辛苦，但随着岁月的流逝，大家都将感激皇上的恩情。

这一点恐怕现代人是理解不了的。"我在艰苦的环境中冲锋陷阵，班师回朝，还要感谢君王。而皇上坐镇朝堂，没有御驾亲征，没有深入军中体验生活，为什么感激他呢？"崔颢在诗歌的最后两句点明了这种感情：这首诗是为西河使所作，我知道你拳拳的报国之心。从这句话里，崔颢对西河使的勉励之情便跃然纸上。一个愿意驻守国家边陲、保社稷人民安康的将军，即便吃苦再多也会感激皇上。没有"主恩"，便没有匹马戎装的机会，更没有施展豪情与斗志的战场。所以，"谢主隆恩"在将士们的心目中，确为发自肺腑的热忱。也因为这份铁血男儿的斗志昂扬，书生们的爱国激情也被深深地唤醒。

烽火照西京，心中自不平。

牙璋辞凤阙，铁骑绕龙城。

雪暗凋旗画，风多杂鼓声。

宁为百夫长，胜作一书生。

杨炯的《从军行》

紧急的军情犹如燃烧的烽火，迅速传到了西京。"国家兴亡，匹夫有责"的感受将书生意气层层激荡，心中的英气突然翻滚，再也不想端坐书斋，消磨青春与人生。辞别皇宫，从皇帝的手中领到那只令箭，铁骑龙城，国人的希望都寄托在这金戈铁马的沙场。大雪纷飞，军旗上的彩绘也在岁月的风尘里渐渐褪色，狂风怒吼，鼓角争鸣的喧闹夹杂

金戈铁马，保全万里江山，也为了托起家园的和平，披荆斩棘，

了却国仇家难，只为早些与梦中人团聚。

在风中。诗作的最后两句,杨炯直抒胸臆:"宁为百夫长,胜作一书生。"哪怕只是在军中当个小官,也好过在书房里静坐。急迫的冲动,如飞流直下,在山涧中激起阵阵轰鸣,气壮山河。

谁都知道,戍边难,从军苦,生死未卜,常常承担妻离子散的危险。明月当空,想起远方的家人,对家的想念油然而生。可是,这些似乎都只是军旅生活的插曲,而回荡在他们心中的主旋律,永远都是"征战"。

> 葡萄美酒夜光杯,欲饮琵琶马上催。
>
> 醉卧沙场君莫笑,古来征战几人回。
>
> 王翰《凉州词》

其实,谁都知道从军打仗总会有所死伤,那么不如开怀畅饮,醉卧沙场。就算是喝醉了,希望也不会有人笑话我们,自古征战,有几个人是活着回去的呢?这本是一个引人伤感的话题,将士们为了家园的安宁必须出来打仗,而战争的背后似乎又是更多的死伤。但这一切似乎并没有动摇他们的志向。相反,在将生死置之度外后,他们显得更加豪迈。

甘甜的美酒,通透的夜光杯,断断续续传来的琵琶声,都汇成了独特的音乐,流淌在他们的心里。功名利禄似乎并不重要,封侯拜相也不再计较,只有此刻盛宴的豪华、开怀畅饮的痛快,才是人生最可珍惜的经历。

诗人戴叔伦在《塞上曲》中说:"愿得此身长报国,何须生入玉门关。"能够驰骋疆场,报国报民,又何必在乎自己的生死呢?可见,英雄之气,磊磊风骨,早已存在胸中,为国为民为众生,肝脑涂地,哪里还顾得上生死!

射雕英雄郭靖曾告诫杨过,"侠之大者,为国为民",他苦守襄阳多年,对抗蒙古大军,正是此类不为功名只为民的典型,也因此被江湖人士尊为"北侠"。纵观历史,无论是岳飞、文天祥,还是王维口中随骠骑将军大战渔阳的霍去病,他们精忠报国都不是为了功名利禄,加官晋爵,而是希望收复江山,还百姓以安宁。保家卫国,也只有这些放下个人得失的英雄,才能如诗中所说——"纵死犹闻侠骨香"。

烽火狼烟点燃塞外豪情

　　曾经有人做过粗略的统计："唐代诗人中，无论是著名的还是不著名的，至少都写过一首边塞诗。"朝堂高官，军队武将，甚至连文弱书生都能够写出豪放的边塞诗。"大漠孤烟直，长河落日圆"，盛唐的自信与自豪都消融在诗作里，化为一幅幅边塞美景，如烽火狼烟，从心底渐渐腾起。

　　　　十里一走马，五里一扬鞭。
　　　　都护军书至，匈奴围酒泉。
　　　　关山正飞雪，烽火断无烟。
　　　　　　　　　　　　王维《陇西行》

　　诗作起笔，以走马扬鞭的急迫态势，展示了十万火急的军情。风驰电掣的军书，只有简洁的一条消息，匈奴迫近，已经围住了酒泉（地名）。可是，抬眼望去，关山飞雪，一片白茫，根本看不到传递消息的烽火。这飞马疾驰传来的消息，该如何继续传递出去。刻不容缓的军情遭遇连绵的飞雪……这首《陇西行》犹如边塞生活的一曲琵琶，嘈嘈切切，弹出了军旅生活紧张的节奏，然后便戛然而止，消失得无影无踪了。至于后面的故事，犹如茫茫白雪，无迹可寻，却引人想象。

　　王维素以山水田园诗著称，其笔调清新优美，常常流淌着静静的禅意，被尊为"诗佛"。不料王维少年时也是一位深受儒家思想影响的人，有强烈的入世思想。这首《陇西行》快马加鞭的急促，风风火火的杀气，也算是对他早年积极进取的一种诠释。宋代严羽在《沧浪诗话》中曾说："唐人好诗，多是征戍、迁谪、行旅、离别之作，往往能感动激发人意。"而在这些诗中，边塞诗无疑是最具豪情的。林庚先生在《唐诗综论》中也说："边塞诗是盛唐诗歌高峰上最鲜明的一个标志。"

> 青海长云暗雪山，孤城遥望玉门关。
>
> 黄沙百战穿金甲，不破楼兰终不还。
>
> 王昌龄《从军行》（其四）

　　青海上空，长云漫卷，渐渐遮住了雪山。站在孤城之上，遥望远远的玉门关，不禁想起家乡和亲人。"黄沙百战穿金甲"，短短七个字中，深藏了战争的长久与艰苦，时间的流逝犹如滚滚黄沙，在身经百战中，渐渐磨透了将士们身上厚重的铠甲。这漫长的军旅生活不知道什么时候才能结束。可是，没有短暂的分离也便没有长久的相聚，只有打退了外族的入侵，才能回归田园，过幸福的日子。所以，还是要鼓励自己，激励同伴，并写下这豪言壮语："不打败敌人绝不还家。"辛劳与责任，光荣与梦想，都在气势如虹的边塞诗中得到了充分的展现。

　　有人说，唐朝是中国历史上最为意气风发的时代，因为强大，也因为壮美。辽阔的疆土，壮丽的河山，常常能令诗人们陡增豪迈之情；而这份冲天的志向，又以恢宏的诗篇丰富了大唐的雄壮。黄沙漫漫，白雪纷纷，边塞生活的劳苦与艰辛，恐怕是许多诗人早已料到的。

　　但即便如此，他们依然争先恐后地涌向绿色的军营。辞家而去保家，跑到条件恶劣的前线去体验生活，兑现自己的想象，不怕刀兵相见，不怕流血与牺牲。究其原因，恐怕和唐朝战争频繁且胜战较多有关。所以，岑参说："功名只向马上取，真是英雄一丈夫。"只有金戈铁马的纵横，才能更好地泼洒青年人的赤诚。而这份热烈的冲动，也燃烧了更多的激情。

而在理想主义和浪漫主义的交织下，苦寒之地的边塞荒凉，也常常变为诗人眼中的奇绝美景，散发着迷人也诱人的芬芳。

君不见走马川行雪海边，平沙莽莽黄入天。

轮台九月风夜吼，一川碎石大如斗，随风满地石乱走。

匈奴草黄马正肥，金山西见烟尘飞，汉家大将西出师。

将军金甲夜不脱，半夜军行戈相拨，风头如刀面如割。

马毛带雪汗气蒸，五花连钱旋作冰，幕中草檄砚水凝。

虏骑闻之应胆慑，料知短兵不敢接，车师西门伫献捷。

岑参《走马川行奉送出师西征》

岑参的边塞诗似乎都有一个共同的特点，就是语意新奇，壮烈而又瑰丽。诗歌从茫茫黄沙入手写起，戈壁的荒漠与寂寞都在这幕天席地的浑黄中展开。首先是狂风怒吼，那些像斗一样大的碎石，就随着狂风满地滚动，飞沙走石的险境历历在目。匈奴借着草黄马肥的机会，率领大军来侵犯大唐江山。将士们晚上都不脱盔甲，顶着如刀的狂风在暗夜里行军。

最为奇特的是那些同样劳累的战马，在寒冷的天气里，可以看到马毛上虽然沾着雪，却因连夜行军的奔跑，而令它们浑身冒着热气。但是天寒地冻，那热气一遇到冷空气，反而形成了一串串冰花凝结在战马的身上。而军帐里文书正打算起草檄文，却发现砚台里刚刚倒出来的墨水也凝成了冰。在这呵气成霜的时候，诗人的笔墨却似乎更加酣畅淋漓。他说战士们顶风冒雪的姿态一定会吓倒敌军，料想连仗也不用打了，我们就可以胜利还朝。虽然这只是岑参浪漫的幻想，但他对边塞生活细致入微的观察与描摹，却给人以蓬勃的激情、豪迈的气势，擦出了电光火石般的力量。

塞外风光的奇特与莫测，是大唐子民所无法料到的。如果不是亲历战争，恐怕岑参也很难从变幻莫测的气候中，捕捉到灵感的火花。作为由南方而来的战士，岑参对北方的生活充满了好奇。北风吹，大雪飞，塞外苦寒美。当他以"发现新大陆"般的惊喜来描绘北方的风景时，一切都显得那么神奇。

> 北风卷地白草折，胡天八月即飞雪。
>
> 忽如一夜春风来，千树万树梨花开。
>
> 轮台东门送君去，去时雪满天山路。
>
> 山回路转不见君，雪上空留马行处。
>
> 岑参的《白雪歌送武判官归京》节选

平地而起的北风，吹折了白草。八月秋高气爽之际，胡地竟然已经开始大雪纷飞。而大雪骤然降落，犹如一夜春风吹得千朵万朵的梨花沉沉地压满枝头。而诗的末尾处，岑参送客来到路口，漫天飞雪再也找不到客人。山回路转，只有雪上空空地留着马蹄的痕迹。在这歪歪斜斜的脚印中，岑参看到了什么呢？苦寒之地的奇景、豪情，抑或是如白雪一般悠悠不尽的思乡与惆怅！

战争的终点是和平

和西方人的对抗性相比，中华民族历来都不是一个"尚武"的民族。西方文化有很强的爆发力，生命的底色常常是为尊严、为爱情而战，著名诗人普希金就是死于一场决斗。而翻开古希腊神话，那些纵横在战场上的勇士，身上都凝结着股股杀气，"话不投机半句多"，只要被激怒了，就一定要将这盆烈火打翻，以换来更辽阔的燃烧。

相反，在中国传统文化中，人们喜欢冲淡、平和，也因此讲究中庸、守成，力求找到一种较为平和的方法来解决争端和纠纷。圆润与通达，似乎一直是中国文化如水般的底蕴。但"水随器而圆"，有清澈的池水，宁静的小溪，自然也有湍急的瀑布，拍岸的惊涛。就像中华民族虽然并不崇尚武力，但也从不害怕战争一样。所以，面对外敌犯境，很多诗人都表达了无所畏惧的信心：

> 秦时明月汉时关，万里长征人未还。
>
> 但使龙城飞将在，不教胡马度阴山。
>
> 王昌龄《出塞》

明代文学"后七子"的领袖李攀龙，将王昌龄的这首《出塞》评为"唐人七绝的压卷之作"，足见赞誉奇高。诗中说的"秦时明月汉时关"，秦、汉、明月、关塞，都融合在一起，叠加成各种不同的画面。

自秦汉以来，冷月边关，一切似乎都没有变化；而停在月下关口的征战似乎也从未停止。在辽远的时空里，战争似乎成了明月、关隘唯一的主题。万里征途，将士们此去还没有回来。假如镇守龙城的卫青、抗击匈奴的飞将军李广还在，便再也不会有外敌入侵边境。实际上，龙城和飞将都不是指代某个人，而是暗含了对良将名臣的呼唤。只要有这样勇猛的将军，便可以让人们过上和平的生活。其实不仅是秦、汉，世世代代的人们所渴望的都不过是安居乐业的生活。

这首诗看似平常，写的是古代常见的边塞战争，但实际上却暗含了一个主题：和平。

王昌龄说只要有奋勇杀敌的将军，为国捐躯的战斗精神，就可以抵御外族的侵扰，还百姓以安宁。这里，并没有"笑谈渴饮匈奴血"的胆魄，也没有"直捣黄龙"的野心，在他的心里，只要能够镇守住边疆的平安、祥和，对敌人有震慑力就足够了，并无攻城略地，挥师抢占别国领土的意图。而这份"点到即止"的战争观，其实就来自于传统文化的"平和"之气。

《论语》中说："礼之用，和为贵，先王之道，斯为美。"翻译成现代文字，就是：礼的功用就是要以和为贵。而君王治理国家，最宝贵的地方也正在于此。而中国人向来性情温润如水，农耕文明的安定性也决定了，这个民族不像游牧民族那样喜欢打仗。能够安安稳稳地过日子，是历代百姓的共同心愿。所以，中国古人的战争，绝少是为了征服，而更多的是希望以短暂的战争换取长久的和平。如此一来，"战"似乎就不再重要，而如何"战"，并快速结束战争就成了讨论的焦点。

> 挽弓当挽强，用箭当用长。
> 射人先射马，擒贼先擒王。
> 杀人亦有限，列国自有疆。
> 苟能制侵凌，岂在多杀伤？
>
> 杜甫《前出塞》

杜甫说，挽弓一定要挽强弓，用箭一定要用长箭。这是说在进行战争前，要先准备好自己的工具。强弓、长箭自然都是锐利的武器，有助于战事的胜利。而射人的话，可以先射倒他的马，马倒了人自然也就丧失战斗力了。如果擒贼的话，应该先把他们的头领抓住，这样，"人无头不走，鸟无头不飞"，敌军队伍一乱，自然就对我方战局有力。

为什么要射马、擒王呢？因为可以少杀人，而且快速结束战争。所以，杜甫接着说，杀人是有限度的，每个国家都有自己的疆域。如果能够制服他们，不再忍受他们的欺凌和侵略，又何必多杀无辜的人呢？这似乎暗含了中国文化传统中"和为贵"的思想。

《孙子兵法》有云："是故百战百胜，非善之善也；不战而屈人之兵，善之善者也。"说的就是百战百胜虽然值得庆祝，但并不是最好的事情。能够不经历战争就让对方投降，或者如飞将军那样镇住敌兵，才是上上策，是最高的计谋和智慧。这种观点与杜甫的"守成"完成了思想内涵的一次对接；更将中国如水般的智慧演绎得淋漓尽致。

> 一条古时水，向我手心流。
>
> 临行泻赠君，勿薄细碎仇。
>
> 刘叉《姚秀才爱予小剑因赠》

因为同样的清澈、明亮，古人常常以水喻剑。诗人说，我的手里拿着的是一柄上古传下来的好剑，剑如流水藏在我的掌心。如今临行之时，我将这宝剑赠予你，它锐利的锋芒，如水泻地般流畅。但请君记得，不要把它用在个人细小的恩仇上，要用在建功立业的大事上。全诗清凉如水，宛转自如，"流"与"泻"二字有水的动感，也有剑的光芒。赠剑之时的叮咛更显水样的哲思：不要为小事剑拔弩张，而应该用这宝剑行侠仗义，做一番惊天动地的大业。

而另一位诗人张祜也曾表达过类似的观念。

> 三十未封侯，癫狂遍九州。
>
> 平生莫邪剑，不报小人仇。
>
> 张祜《书愤》

诗人说，我有世所公认的莫邪宝剑，却从不会为报私仇而轻易动用。这虽然只是个人的理想，但也可以看出古人在"争斗"之事上的原则。个人恩怨上，不会因为小事而引发殴斗，那么民族大事，更不会为了利益的取舍，而置国家安危于不顾。能够有良将镇守边关，能够有容人的气度和雅量，不触犯边界或尊严的底线，就可以容忍和让步。毕竟，战争只是一时之事，装在人们心里的还是对和平与安宁的渴望。

古道，热肠也柔肠

有时候，对于渴望成功的男人来说，事业和家庭似乎同样重要。没有自己的事业，会折损男人的尊严；但缺少如花美眷、幸福婚姻，似乎人生也少了几分春天。"平生只流两行泪，半为苍生半美人"，古往今来，所有荡气回肠的故事都大抵如此。匹马戎装虽然是每一个铁血男儿的梦想，但关河梦断，终究还是对平凡的家庭生活怀有一份深深的依恋。

男儿事长征，少小幽燕客。

赌胜马蹄下，由来轻七尺。

杀人莫敢前，须如猬毛磔。

黄云陇底白云飞，未得报恩不得归。

辽东小妇年十五，惯弹琵琶解歌舞。

今为羌笛出塞声，使我三军泪如雨。

李颀《古意》

　　幽燕一带自古多豪客，从小在那里长大的男子，注定会沾染慷慨悲歌的士气，也便多了几分刚烈与彪悍。长大以后更是从军戍边，将勇武的气概泼洒在疆场之上。文人间的逗趣常常是雅致清新，"摘花高处赌身轻，惯猜闲事为聪明"。而武将们的打赌却恰好相反。他们把最重的赌注押在战场上，争做杀敌的英雄，为取胜甚至不惜生命的代价。凶煞的胡须如刺猬的毛刺一样密密地直竖在脸上，强敌当前，居然不敢和他靠近。

　　在这紧张的节奏中，人们可以想象得到：一个七尺大汉，手持雪亮的战刀，背后黄沙漫漫，他怒目而视的眼神，吓倒敌军无数。就是这样一幅雄壮与伟岸，将男子汉的铮铮铁骨都展现在人们的面前。身后，黄云卷着白云，在天边翻滚，胸中的激情陡然升起："未报国恩，未立战功，怎可回还？"

　　假如这首诗就此结束，留在人们印象中的，就仅仅是一个彪形大汉，或者是勇猛的张飞，也可能是鲁莽的李逵；像陈列在历史博物馆中一个寻常的雕塑，栩栩如生，但很难血肉丰满。所以，李颀也像雕刻家般，对笔下的人物进行了修订。于是，他写道：辽东少妇年方十五，善于弹琵琶也善歌舞，今天忽然用羌笛吹奏了出塞的歌曲，曲波荡漾下，三军将士挥泪如雨。如此写来，不仅将虎虎生威的硬汉写得柔肠百结，也勾起了离家多年的军人们浓浓的思乡之情。

　　在外征战多年，乡音是一段脆弱的往事，一经提起，就会令漂泊的心灵支离破碎。当年项羽被围垓下，四面楚歌之声响起，军心动荡，思乡情切，部队再也无意征战，只盼着战争结束回归家园。这些曾经奋不顾身为功名、为事业，甘洒热血的男子汉，苦、累、伤、痛，都不曾令他们落泪。但家乡的音乐温柔流转，像一股清泉漫过心田。少时的同伴，老迈的爹娘，久别的妻子，那些流淌在岁月中的记忆被熟悉的旋律轻轻地唤醒，被刀光剑影磨出老茧的心渐渐如剥了壳的荔枝，露出了内在的甜美和柔软。

　　这一切不但没有损伤英雄的形象，反而还能为他们的人性加分。一个只知道杀敌报国的男人固然值得尊敬，但丝毫不为儿女情长牵绊的人，似乎也少了几分人性。反倒是李颀笔下的这些将士，有执着的血性，但也同样有为父母妻儿动情的泪光，才让人感到他们的铁血柔情，品出他们丰富的人性与人生。高适在《燕歌行》中有诗云："少妇城南欲断肠，征人蓟北空回首。"隔山隔水，两两相望，挡得住的是彼此的身影，挡不住的是思念的深情。

　　　　烽火城西百尺楼，黄昏独坐海风秋。
　　　　更吹羌笛关山月，无那金闺万里愁。

　　　　　　　　　　　　王昌龄《从军行》（其一）

琵琶起舞换新声，总是关山旧别情。

撩乱边愁听不尽，高高秋月照长城。

王昌龄《从军行》（其二）

　　王昌龄的这两首《从军行》虽然写法各异，但主旨却是同样的情绪：思乡。第一首写烽火台上，孤独的城楼矗立在荒凉的狂野上，举目四望，秋意渐浓，凉风一起，更添寂寞之情。此时，忽然传来笛声，曲调悠扬，如泣如诉，很像亲人切切的叮咛。想起久别的妻子，这个时候，她也一定坐在深闺里想念我吧。思极至此，不禁在心里深深地叹息。这长长的思念如漫长的征途，又像茫茫的荒漠，斩不断，理还乱，不知何时才是尽头！

　　第二首《从军行》描写的也是类似的情绪，只是角度更为新颖。诗人起笔本是一派歌舞欢腾的景象，音乐和舞蹈不断地变换，翻新曲调，但换来换去总是离别的伤情。这样的曲子总是能拨动人们的愁绪，而这愁绪又似乎总也听不尽。是乐曲不尽，还是曲尽人心愁绪不绝，诗人没有交代。但是，忘不了还是不想忘，似乎并不重要。唯一令人动容的是，原来这欢宴的底色上早已涂抹了一层重重的伤痛。于是，忽然想起那长城，长城上高高的静静的秋月，苍茫悲凉，冷月无声。

　　这些烽火台上的征夫，歌舞欢庆的士兵，哪一个不是别家而来，谁能没有归家的渴望！平日战火纷飞，生死一念的战场让人无暇顾及内心的感情。唯有在寂静的秋风中，落日的余晖下，才能想起家的温暖。岑参在《碛中作》一诗中说，"走马西来欲到天，辞家见月两回圆。"离家多日，漫长的西征仿佛要走到天边，而天边辽远的景色一旦映入眼帘，天高地阔，又想到此时离家已经有两个月了。细细品来，思乡之情，皎洁如月光泻地，莹润，但也清冷。

　　其实，每个人的心里都有一处非常柔软的地方，存放着所谓的"儿女情长"。所以，常常有人评论《天龙八部》，说假如阿朱不死，萧峰最后也不会跳崖自尽。因为他知道，有那样一个女子，是始终等着他的。这份深情的牵挂，犹如放风筝的时候，握在手里的长线，虽然飘荡出很远很远，但你总是知道，一切都是为着最后的团圆。

文人的意气与书生的骨气

在生产力比较低下的古代，书生们常常因为寒窗苦读，无法参与田间劳动，而养成一副"肩不能挑担，手不能提篮"的文弱形象，就像《新白娘子传奇》中的许仙一样，虽然儒雅，却少了几分英武，更别说霸气了。书生意气充其量不过是一种精神上的支撑，实在太没战斗力了。但常常又是因为他们柔弱的文字，激荡起人们心底的豪情。

> 荆卿重虚死，节烈书前史。
>
> 我叹方寸心，谁论一时事。
>
> 至今易水桥，寒风分萧萧。
>
> 易水流得尽，荆卿名不消。

贾岛《易水怀古》

当年荆轲刺秦，行至易水，高渐离击筑，荆轲慷慨悲歌："风萧萧兮易水寒，壮士一去兮不复还。"天地愁云，送行之人无不变色。后来荆轲虽不幸失手，但他肝脑涂地的热忱与忠诚，却令后世深深铭记。贾岛在易水畔，想起荆轲的故事，便写了这样一首诗。他说，荆轲用自己的节烈书写了历史，也为自己的人生写下了光辉的一笔。如今的易水桥上，寒风萧瑟，依然有当年的肃杀之气。易水东流，即便能有流尽的一天，荆轲的勇敢也将流芳千古，丝毫不减。

荆轲在走的时候已经想到了"一去不复返"，明知赴死也依然前往，这份侠之大气，震动了贾岛，被诗人赞为"虽死犹生"，即便海枯石烂，依然英名永存。后人读诗，常常知道"郊寒岛瘦"，知道贾岛的专注与推敲，却并不知道，在贾岛的心里，也存着这样一份天地豪情，英雄气度。读书人的心底，除了一声长叹外，还有对壮士的悲鸣！

对英雄的呼唤，似乎是每个时代都有的渴望。像李清照那般的弱质女流，在心里也对英雄有着深深的敬仰："生当为人杰，死亦为鬼雄。至今思项羽，不肯过江东。"南宋朝廷偏安江南，苟且偷生，在李清照看来，没有收复河山的志向，与蝼蚁无异。在她的心里，项羽那样宁折不弯的精神，才是顶天立地的男子汉所应该具备的品质。而投笔从戎，似乎也是每一位书生的心愿。

老当益壮，宁移白首之心；穷且益坚，不坠青云之志。酌贪泉而觉爽，处涸辙以犹欢。北海虽赊，扶摇可接；东隅已逝，桑榆非晚。孟尝高洁，空怀报国之心；阮籍猖狂，岂效穷途之哭！

勃三尺微命，一介书生。无路请缨，等终军之弱冠；有怀投笔，慕宗悫之长风。

王勃《滕王阁序》节选

这段文字的大意是：一个人老了，但是志气应该更加健壮、旺盛，怎么能头发一白，就改变自己的志向呢？有时候人难免遭遇精神困苦，但不管如何艰难，都不能改变自己的冲天志向。唯其如此，即便喝了贪泉的水，也会觉得神清气爽；即使身处干涸的地方，也会觉得心境欢快。北海虽远，但乘风就可达到；早晨已经过去，但珍惜黄昏也还为时不晚。孟尝君心地高洁，空怀一腔报国的热忱；阮籍恃才傲物、放荡不羁，难道要像他那样做穷途的哭泣？

在经历了这些选择与坚定之后，王勃鼓励着别人，也激励着自己。所以他说，我地位非常卑微，不过是"一介书生"，已经二十岁了，却不能像终军一样去请缨杀敌，我羡慕宗悫长风万里的英雄气概，但也同样怀有投笔从戎的志向。这就是作为"初唐四杰"之一的王勃，他虽然谦卑地说"三尺微命"，却志存高远，且丝毫没有倦怠生活之情。

大风起，云飞扬，得猛士，安四方。在古代文人的理念中，始终持有"修身、齐家、治国、平天下"的传统，为苍生谋福祉一直都是他们的执着追求。

天覆吾，地载吾，天地生吾有意无。

不然绝粒升天衢，不然鸣珂游帝都。

焉能不贵复不去，空作昂藏一丈夫。

一丈夫兮一丈夫，平生志气是良图。

请君看取百年事，业就扁舟泛五湖。

李泌《长歌行》

这首诗的大意是：天覆盖着我，地也承载着我。天地生我应该是有意义的吧。否则，可以不食人间烟火，直接得道成仙，或者也可以担任比较重要的职位，总之是应该有意义的。不然的话，难道让我既得不到富贵功名也不能修炼成神仙吗？这岂不是令我枉为七尺男儿，愧为大丈夫！大丈夫啊，就是要有志气有抱负，将平生的理想都放在建功立业之上。各位诸君，可以看我这短短人生，百年之事，等到我功成身退的时候，就会乘一叶扁舟，到五湖四海中过自己逍遥快乐的日子！

看李泌的理想，似乎和春秋时的范蠡有所相似。治国平天下，我可以为国为民生死不惧，一旦成就霸业，反而功成身退，隐姓埋名，过隐居的日子去了。就像汉初的张良，他辅佐刘邦打败了项羽，为汉朝江山的巩固立下了汗马功劳。但是，他却不领赏，放弃了高官厚禄，跑去寻仙学道，求长生不老去了，实际上也是另一种隐居的生活。这些人的身上都有一种共通的追求，就是"做一番大事业"。但是，他们并不是贪图荣华富贵，也不追求功名利禄，只是在家国有难之时，挺身而出，怀着"为万世开太平"的心愿，来改造时代的。

所以，李泌说"业就扁舟泛五湖"，成就了自己的人生价值，也完成了历史的转折与递进，功成身退时便了无遗憾了。

从王勃一介书生的请缨，到贾岛易水怀古的慷慨悲歌，还有李泌建功立业后泛舟游湖的洒脱，似乎可以看到传统文人"安邦定国"的一种情结，用老子的话来说，那就是"功成、名遂、身退、天之道"。

这文弱书生气中的指点江山的激昂，挥斥方遒的震荡，似乎凝聚了中国文化至柔至刚的精神内蕴。就像故事里的许仙，虽然温文尔雅，没有男子的刚烈与勇猛，却能够在白娘子被镇压在雷峰塔下后，坚持自己的信念，吃斋礼佛，为妻子祈福。所谓英雄，既有荆轲的悲壮，也应该有许仙这种以柔克刚的坚韧吧。唯其如此，才能把手中的文化和力量，汇成刚柔相济的一潭活水，穿山过海，无往而不胜。

激昂

在每个人的心中，都有一段不可磨灭的历史，朝代的更迭、家国的变迁、兴衰的慨叹，澎湃着激情，也掺杂着感伤。在意气风发的唐朝，渴望与希望并存。怀才不遇，竟然成了然而，期待越大，失意越多；得意和落拓都变得如此强烈。盛世唐朝最为尴尬的『理想』。好在，行路虽难，却始终有人满怀着激情，一步步坚实地走下去。所以，那个时代永远不曾绝望！

怀古，目光与志向的交融

　　登高远眺似乎是古人的一种情怀。"目之所及，心之所致"，沧海桑田的变迁，万里河山的壮美，人与自然的交融，身世之感、家国之叹、兴衰之变，都能令诗人荡气回肠，感慨无限。而曹操的《观沧海》，似乎也开创了登高的传统。"树木丛生，百草丰茂。秋风萧瑟，洪波涌起。日月之行，若出其中；星汉灿烂，若出其里。"一代枭雄将胸襟的伟岸、志向的高远、恢宏的气度都容纳在波澜壮阔的沧海之中，洗去了秋天的萧瑟，代之以苍茫和沉郁。此时的"登高"，已经不仅是一种行动，还是一种态度、姿势和情怀。

前不见古人，

后不见来者。

念天地之悠悠，

独怆然而涕下。

陈子昂《登幽州台歌》

　　当陈子昂登上幽州台，他的目光便穿过历史的隧道，直抵燕国。当年燕昭王筑黄金台招才纳贤，令天下臣服。而今，陈子昂孤独地立在台上，却再也看不到贤王。回望前尘，张看身后，再也没有一位那样贤明的君王来效仿此法了。天悠悠之高远，地悠悠之壮阔，与漫长的历史长河比起来，我是多么微不足道。人生无奈、独自哀伤，我只能在此怀古伤今，暗自垂泪！听起来，陈子昂应该是孤独的，千百年的寂寥都在他的笔下荡漾，但实际上，陈子昂的"怆然泣下"似乎并没有太多的忧伤，反而给人以苍茫天地、建功立业的豪情。

　　李泽厚先生在《美的历程》中这样评价此诗："陈子昂写这首诗的时候是满腹牢骚，一腔愤慨的，但它所表达的却是开创者的高蹈胸怀，一种积极进取，得风气先的伟大孤独感。它豪壮而并不悲痛。"陈子昂生活在初唐时期，天下初定，万事更新，一切都处在激烈的变化中，含着历史层层断裂的悲痛，也有着对新生的渴望与追逐。所以，他没有辛弃疾那种"儒冠误身，英雄无路"的叹息，也没有张孝祥那种"匣剑空蠹，一事无成"的愁苦。相反，在他的诗中，始终贯穿着报国的激情。所以，即便悲伤、孤独，也都显示出格局的大气与开放。这不仅是陈子昂的特色，似乎也是许多唐代诗人登高时的感触。

> 白日依山尽，黄河入海流。
> 欲穷千里目，更上一层楼。
>
> 王之涣《登鹳雀楼》

这首诗的大意是：傍晚的夕阳依偎着西山，已经沉沉落下，滔滔黄河也汹涌着奔入海洋。如果想把千里山河的美景更好地纳入眼中，那就要登上更高一层楼，才能够看到。此诗历来被认为是"登高"诗中的绝唱，更有评论说堪称"独步千古"。王之涣为后世留下的诗篇并不多，但仅此一首，就足以令他千古留名。

"欲穷千里目，更上一层楼"，想要看到更远的地方，就必须登到更高处；也唯有登高，才能望远，看到更辽阔的景色。这是观赏风光的道理，也是人生意境的哲思。王安石有诗云，"不畏浮云遮望眼，只缘身在最高层"。当胸怀和气度都达到一定的境界，才会有高远的目光。"站得高，看得远"也正是这个道理。而古人登高，不仅登山，也登楼、登台，一切可以令自己目光更开阔、胸襟更豁达的地方，都要去攀登。这似乎是登高的魅力，也是诗人们积极奋进的一种情怀。

凤凰台上凤凰游，凤去台空江自流。

吴宫花草埋幽径，晋代衣冠成古丘。

三山半落青天外，二水中分白鹭洲。

总为浮云能蔽日，长安不见使人愁。

李白《登金陵凤凰台》

李白生活在盛唐时期，安天下、济苍生始终是他的人生理想。当他登上金陵凤凰台，登高怀古、感时伤世的情绪便油然而生。凤凰台上的凤凰已经飞走了，只有空空的凤凰台看着江水东流。当年华丽的吴国宫殿，连同它的花草，一并被埋在幽静荒僻的小路上。而晋代的达官显贵也已经没入黄土，化为一座座坟丘。远处的三山若隐若现地耸立在青天之外，白鹭洲将长江分割成两道。天上的浮云随风荡漾有时会遮住太阳，而望不到长安就会令我感到忧愁。对浮云蔽日的焦虑，正是对帝王的忠心；而对国都长安的担忧，也是对国家前途的思考。李白一生仗剑天涯，寄情山水，浪漫豪放，仿佛什么事都不会放在心上。但这首凤凰台上的感慨似乎印证了李白志在报国的豪情。

无论是陈子昂的悲怆，还是李白的豪情，唐人登高怀古的时候，似乎都有一种辽远的胸怀、高远的目光。他们不拘于一台、一楼、一山的景物，而是将深刻的历史感、悲壮的现实感都融汇在景物里，贯穿在诗篇中。唐代辽阔的疆域，给诗人们放眼山河留下了巨大的空间；而唐代风气的大气、刚健和明朗，也令诗人们壮志在胸，意气风发。登高，已经不单纯是一项写诗作赋的乐事，更升华成一种思想的萃取和提炼，一次精神和情操的攀越。

西上太白峰，夕阳穷登攀。

太白与我语，为我开天关。

愿乘泠风去，直出浮云间。

举手可近月，前行若无山。

一别武功去，何时复见还。

李白《登太白峰》

　　李白本字太白，此番又费力攀登，终于登顶太白峰，又听太白金星对他说话，为他打开通天的途径。这一连串瑰丽的想象，似乎正是李白抑郁不得志的一种抒怀。伸手便可以触到月亮，但似乎再往前走便没有山了。林则徐说："海到天边天作岸，山登绝顶我为峰。"但是，李白似乎已经登到了峰顶，仿佛体会了"峰顶绝顶，两首空空"的伤感。可即便如此，李白似乎也并不死心，回望武功山，不知道这一别，何年何月才能再回来。一种失望、落寞与惆怅，徒然涌上心头。这种出入翰林中微妙、复杂而又矛盾的心态，实在耐人寻味。

　　其实，许多唐代诗人都和李白、陈子昂相似：一面抱怨世风日下，一面却对政治的清明、国运的亨通寄予深切的希望。因此，他们笔下的时代悲歌，常常没有愁苦与绝望，反而是对建功立业的渴望。生于盛唐，历史的好戏刚刚开场，登高远望的诗人们，除了感慨时代沧桑，更多的还是内心不断涌起的对未来的期望！

一草一木都关志士心声

　　"世界上并不缺少美，而是缺少发现美的眼睛。"虽然只是寻常的莲花，周敦颐却在寻常之处看出不寻常，"出淤泥而不染，濯清涟而不妖，中通外直，不蔓不枝，香远益清，亭亭净植"。简单几句便使莲花的高洁、遗世独立的个性，都得到了充分的展现。和雍容富贵的牡丹相比，莲的清幽、雅致更见细水长流的君子之风。所以，周敦颐不但称赞莲花高洁的志向，还将自己对生命的独特体验融化其中，既有莲的清香，也表达了自己"出淤泥而不染"的节操。这种手法是古人历来所推崇的。

　　岁寒三友"松、竹、梅"是人们纯净灵魂的代表，"蜡炬成灰"总是被用来形容无私奉献，"落叶归根"也是对故乡深情的一种怀恋。在自然中，一花一草一木，都关乎人的感情。与自然惺惺相惜、呼吸与共的心灵，总能找到那些发自肺腑的声音。哪一朵花替你绽放了心中的情怀，哪一声虫叫唱出了你的忧伤与惆怅，只要愿意去用心体会，总可以找到与自己身心合一的共鸣。

西陆蝉声唱，南冠客思深。

不堪玄鬓影，来对白头吟。

露重飞难进，风多响易沉。

无人信高洁，谁为表予心。

骆宾王《在狱咏蝉》

　　这是初唐诗人骆宾王的一首名作。写作此诗的时候，骆宾王因得罪武则天，所以被收监，故而名为《在狱咏蝉》。秋蝉声声，骆宾王在监狱里听得阵阵心寒，一个"客"字意味深长。他觉得自己本不属于此，却被关在牢中，所以他把自己当成客人。如此的心境，哪里经得住蝉鸣呢？你看秋蝉黑色的羽翼，而我已经白发苍苍。人无两度少年时，这种对比，实在令人心生伤感。

　　汉时卓文君因司马相如移情别恋，写下"愿得一心人，白头不相离"的诗句。骆宾王在此借用"白头"二字，写出了不足四十岁即鬓发花白的忧虑，也写出了为情所伤的惨痛，可谓一语双关，平添不少韵味。露水很重的时候，蝉翼淋水，没办法振翅高飞；风声呼啸，它再大的鸣叫也容易被淹没。所以，骆宾王不禁对蝉感叹，浊世昏昏，无人相信你的高洁，除了我之外，还有谁能够知道你的心意呢？这句话似在对蝉低语，又仿佛安慰自己。蝉的心事没人知道，难道他的志向就有人明白吗？由蝉到人，因功力深厚，诗作结尾丝毫不见漂浮之意，反而顿挫有力，沉思哀婉。

骆宾王写作此诗后不久便被释放，但他继续反对武则天当政，而且写下著名的《讨武曌檄》，号召天下人群起讨伐武则天。武则天看过他的文章后，不但不怒，反而大赞其文采斐然，并感叹他确为人才，甚至有宰相之能。可惜的是，他投靠叛军，兵败身亡。也有传说他逃到山里隐居，九十岁大寿而终。但不管传说有多少种，他生前的时候并没有得到重用。

郭沫若曾盛赞武则天的统治，"政启开元，治宏贞观"。却不料失掉了骆宾王这样的贤才，是女皇的遗憾，也是骆宾王的悲哀。假如骆宾王能够以宽容的眼光来看待女子当政，那么唐代的朝野总会给他留有一席之地，不会只有狱中小蝉听他低吟浅唱。

不仅是骆宾王，似乎文人们都喜欢以咏"蝉"来自比高洁，清代沈德潜在《唐诗别裁》中说："咏蝉者每咏其声，此独尊其品格。"所以，古人说"餐风饮露"既有蝉的清高，也有做人的风骨。在唐诗中，咏蝉诗年代最早的一首，就是虞世南的《蝉》：

> 垂緌饮清露，流响出疏桐。
> 居高声自远，非是藉秋风。
>
> 虞世南《蝉》

"緌"是古人帽带下垂，结在下颌的部分，类似于蝉的触须。垂緌是官宦、显赫的一种身份象征，与蝉饮清露似乎略有矛盾，既贵且清的人和事也并不多见。所以，虞世南说，蝉长长的鸣叫从梧桐树里飘出来，很响亮。这是什么道理呢？只要身居高位，并不需要借秋风吹送，声音也自然可以传得很远。这恰恰解释了"清"与"贵"的关系。"登高而招，臂非加长也，而见者远。顺风而呼，声非加疾也，而闻者彰。"一个人志存高远、心地清洁，其人格魅力显著，自然不需要靠权势、地位才能给自己树立声望。

在每个人的心中，都有一段不可磨灭的历史，朝代的更迭、家国的变迁、兴衰的慨叹，澎湃着激情，也掺杂着感伤。

唐太宗经常称赞虞世南的"五绝",认为他"德行、忠直、博学、文辞、书翰"等方面均是上品。从这首《蝉》中,似乎可以读出虞世南的自信与从容。同列为唐人"咏蝉三绝"之一的骆(骆宾王)诗说"露重飞难进,风多响易沉",是一种不得志的抱怨;而"居高声自远,非是藉秋风"却显示了虞世南淡定的气质、自省的精神。所以,古人咏树、咏柳、咏春,甚至咏蝉、咏梅,其真实意图都不是单单描写纯色的自然,而是把自己的感情夹杂在情景之中,借大自然的山川万物来抒发自己的情趣与志向。

秋丛绕舍似陶家,遍绕篱边日渐斜。

不是花中偏爱菊,此花开尽更无花。

元稹《菊花》

菊花,没有牡丹的华丽,兰花的名贵,却常常以迎风傲霜之姿态,深得文人的喜爱。诗人从比喻入手,将菊花与陶渊明的气质迅速对接。陶渊明说"采菊东篱下,悠然见南山",静谧的菊花是陶渊明隐逸生活的象征,也是他躲避尘世烦恼的栖息之所。元稹说,绕着这个院子走了很久,太阳已经开始落山,我还是流连忘返,不忍离去。并不是我偏爱菊花,而是因为一旦菊花凋谢,自然界也便没有别的花好欣赏了。只此一句,就点出了元稹偏爱菊花的原因。

菊花通常是百花中最后凋落的一种,历尽风霜,许多温室里的花朵都早早凋谢,却唯有菊花,可以迎风傲霜,守候最后的绚烂。也因此,在百花凋零的季节,人们便会偏爱得天独厚依然绽放的菊花,欢唱她的风骨,也颂扬她的坚贞。而元稹在这后凋的菊花中,参悟到的不仅是自然的哲理,还有人生的操守和坚持。在古人的眼中,"一花一世界,一叶一菩提",每一刹那都可以感悟到自然给予生命的启迪。蝉的高洁,花的雅致,都随着岁月的微波轻轻荡漾,弥漫在人们的心头,世代相传,久久不曾散去。

行路难行，仍要行

　　石康的小说《奋斗》被改编成电视剧后，受到年轻人的追捧，被奉为"80 后的精神圣经"，讲述的是刚刚从学校毕业，迫不及待闯荡社会的一群年轻人的故事。他们恋爱、结婚，不断化解理想与现实的对抗，寻找人生在社会中的位置，追求人生的价值。

　　在他们身上，有鲜明的时代印记，那就是"奋斗"：为事业、为理想、为爱情、为人生，坚持不懈地奋斗。

　　他们是大学生，但却自由地选择自己的生活，出国、创业，他们可以做出不同的选择，但同样可以获得幸福的人生。这是多元文化社会给年轻人的无穷机遇。服装界、建筑界，这些只是年轻人追求现代生活的一个缩影，广阔天地，各行各业都可以创造奇迹。古人说"行行出状元"就是这个道理。

　　但最有意思的是，这句话虽然是古人所说，但在古代，似乎给读书人预留的人生职位却并不多。"万般皆下品，唯有读书高。"古代知识分子读书后，似乎只有一条路，那就是"仕途"，只有"当官"，才能报效祖国，实现自己的人生价值。所以，像李白那样清高的人，其实骨子里也都是渴望为国为民效力，干一番事业的。李白和很多人的区别在于，他并不在乎高官厚禄，他在乎的是国家的昌盛和人民的幸福。风调雨顺、国泰民安的时候，他就会真的去做隐士了，不会再期望自己做官或者安享富贵。可是，这个愿望却很难实现。

　　李白隐居的时候想的是"济世安民"，可是在皇帝的眼里，他只是太平岁月的一个点缀。皇帝召见李白，并不是用他的才学来安邦定国，而只是用他来写诗。李白的诗可以用来称赞杨贵妃的美貌、大唐王朝的盛世，顺便歌颂一下皇帝的英明神武；除此之外，他在皇帝的眼中，没什么大用。所以李白很失望，在自己的诗歌里反复表达自己的失意，写了一组《行路难》。路，指的就是自己的前途，行路难，就是很难找到自己的前途，觉得理想没希望实现了。

> 金樽清酒斗十千，玉盘珍馐值万钱。
>
> 停杯投箸不能食，拔剑四顾心茫然。
>
> 欲渡黄河冰塞川，将登太行雪满山。
>
> 闲来垂钓碧溪上，忽复乘舟梦日边。
>
> 行路难，行路难！多歧路，今安在？
>
> 长风破浪会有时，直挂云帆济沧海。
>
> 李白《行路难》（其一）

　　金樽、玉盘盛来美酒佳肴，面对朋友们的好意，我应该"一饮三百杯"才对，但不知道何故，我却停下杯筷，胸中郁闷令我喝不下也吃不下，拔剑四下环望，心中一片茫然。想渡黄河，结果冰川阻塞；想登太行，不料大雪封山。这两句似乎正应了诗的题目"行路难"。垂钓、乘舟都是在等待贤君降临，到时便可以东山再起，一展宏图伟愿。世路难行仍要不断努力，这么多的道路，我不知道应该走哪一条！

　　但是，李白毕竟是"诗仙"，他为尘世的追求而沮丧，也同样可以令人看到不屈不挠的振奋。所以，他说，总会有乘风破浪的一天，到时高挂云帆，畅游沧海，直抵心中的彼岸。这就是李白的追求、昂扬与自信，不管世事如何艰难，总有长风破浪的乐观，在任何失意的时候都能在结尾给人以光明、鼓舞和力量。这是李白的特色，也是盛世唐朝赐给他特有的精神。同样是人生坎坷，世路难行，南朝的鲍照留给后人的却是唯诺不敢言的《拟行路难》。

　　"泻水置平地，各自东西南北流。人生亦有命，安能行叹复坐愁。酌酒以自宽，举杯断绝歌路难。心非木石岂无感？吞声踯躅不敢言。"鲍照说，就像水放在平地上一样，任由东西南北恣意流淌，每个人都有自己的命运，怎么能行也愁坐也叹呢？举杯喝酒聊以自慰，人非草木孰能无情，不过是忍气吞声不敢多言罢了。鲍照笔下的日子，愁尽苦来，如水置平原，无踪无影，喝酒的时候并不能解忧，反而觉得人如草木，不敢表达自己的意见，其惶惶不可终日的"为难之意"栩栩如生。

　　鲍照生活在南北朝时期，隐士们都躲在山野之外，政局动荡，战争频发，满眼乱象。所以，鲍照兴奋不起来，他郁闷、感伤，叹怀才不遇，生不逢时。在《拟行路难》的最后，他说，除非像草木石头一样变成自然的一分子，"敢怒不敢言"的日子实在令人难以忍受。这是行路之难，这路不仅是前途，还有普通百姓安居乐业的理想。所以，行路难，就等于"生活的艰辛"。这一切都与李白笔下的"前途渺茫"有着不同的感受和追求。

李白也有"渡黄河，登太行"的志向，虽然达不到，但不至于流离失所，而鲍照就完全没有这份气定神闲，更没有乘风破浪的自信与乐观。很多评论家说这是李白胜于鲍照的地方，却很少有人在意这是时代精神在他们各自心底留下的烙印。生在天朝大国，一个旷世才子最大的冤屈恐怕也只能是暂不得志，除此之外，便是满肚子的豪气冲天！所以，盛唐不仅仅是唐朝的一个历史阶段，也是扎根在每一位诗人心中的气度和精神。拥有这份阔达与自信的，除了李白，还有杜甫。

> 岱宗夫如何？齐鲁青未了。
>
> 造化钟神秀，阴阳割昏晓。
>
> 荡胸生层云，决眦入归鸟。
>
> 会当凌绝顶，一览众山小。
>
> 杜甫《望岳》

这首《望岳》是目前现存杜诗中，年代最早的一首，也是杜甫诗歌中最为昂扬奋进的一首。当杜甫登上泰山，他用拟人的手法写大自然"钟情"于泰山，所以造就了她的美丽与灵秀。泰山高耸入云，向阳向阴只是一面之隔，却恍如晨昏之别。只有登上这山，才能够一览众山的渺小！人们常以杜甫之诗沉郁顿挫，却不料老杜也有如此豪迈的气魄、浪漫的情怀。盛世唐朝，在他的诗里，原来也同样可歌可泣。"会当凌绝顶，一览众山小"不但被刻为泰山的石碑，屹立千古，也随着杜甫的青春、唐朝的豪迈永垂不朽。

生逢盛世，无论有着怎样的抱怨，其实都不足信，李白说"行路难"，但又做了第二首，依然在抱怨"大道如青天，我独不得出"，不平之气喷薄而出，又做了第三首"且乐生前一杯酒，何须身后千载名"。

可是，李白骗得了天下人，却骗不了自己。

"天生我材必有用，千金散尽还复来"，在李白的世界里，世路难行，仍要不断努力；人生漫漫，仍将上下求索！这就是李白留给后世宝贵的精神——"失意却并不失志"，不管前路如何坎坷曲折，都要用青春的热情浇铸人生的丰碑。

盛世的尴尬是"理想"

萧伯纳说："在这个世界上，出人头地的人都是运筹帷幄、主动找寻自己想要的环境。要是遍寻不获，他们就自己创造一个。"

这句话实实在在地鼓励了很多现代人。

在自由、开放并高扬个性的时代，这句话无疑有着深刻的变革思想和开创精神。但这句话放在古代，却是行不通的。古人所称赞的贤臣，是不管君王如何窝囊，如何落魄，都要陪在他身边的臣子。这些人，不离不弃，如屈原，如孔明。他们不管自己怎么委屈，也要鞠躬尽瘁、死而后已，所以，后世一面称颂他们的忠贞，也一面惋惜他们的才华。

> 丞相祠堂何处寻？锦官城外柏森森。
>
> 映阶碧草自春色，隔叶黄鹂空好音。
>
> 三顾频烦天下计，两朝开济老臣心。
>
> 出师未捷身先死，长使英雄泪满襟。
>
> 杜甫《蜀相》

到哪儿去找武侯诸葛亮的祠堂呢？只有到城外柏树森森的地方去找。柏森森既庄严肃穆，也静谧、凄凉。台阶上，碧草深深，只有黄鹂在树上兀自鸣叫。当年，刘备三顾茅庐请先生出山，为苍生济世定天下三分，作为开国元老，承业先臣，诸葛亮一生鞠躬尽瘁，忠肝义胆。可惜的是，出师尚未成功却病死军中，以至后世英雄每每提起，都替他悲哀，涕泪满衣襟。杜甫写此诗的时候，安史之乱尚未平息，在江山社稷风雨飘摇的时候，杜甫想起了曾经披肝沥胆的蜀相，他当年的功勋已经被历史所磨灭，荒草丛生，柏树阴森，还有谁能在意丞相的祠堂呢？换句话说，还有几个人记得宰相的功劳呢？最后两句尤其感人。

　　宋代爱国将领宗泽因无法杀敌报国，收复失地，愤懑成疾，临终时不断吟诵这句"出师未捷身先死，长使英雄泪满襟"，足见杜甫这首诗感人之深，影响之远。在这类咏古诗中，诗人们常常选取符合自己人生理想的古代人物来歌颂，在称颂他们的同时，也表达了自己的心愿和心声，在慨叹他们命途多舛、生不逢时之际，也抒发了自己对现世的情怀。所以，后人在吟诵这些篇章的时候，不仅想起诸葛亮，也感叹起杜甫；会产生双重的悲伤和同情，也会对前后两个时代有清晰的比较和深刻的印证。

　　除了诸葛亮以外，唐代诗人还喜欢吟咏的历史人物，就是昭君。昭君是中国古代四大美女之一，在汉元帝的时候被选进宫里。但那个时候皇帝一般不直接召见后宫佳丽，而是让画师给美女们画像，凭画像上的模样评判美丑，决定宠幸与否。结果昭君觉得自己很漂亮，没有向画师行贿，被画师画得很丑，进宫几年始终都没机会见到皇上。正赶上有一次匈奴单于来朝拜汉朝，元帝为了显示邦交友好，就选了五名宫女嫁给他。昭君觉得自己几年都没见过皇上一面，一气之下就主动报名远嫁匈奴，做和亲的"使者"。

　　按着当时的礼节，在昭君临走的时候，要接受汉天子的赐宴。结果昭君一出场，真是"靓绝天下"，汉元帝当时就后悔了：这么漂亮的美女，我怎么从来没见过啊？虽然心里舍不得给，但一言既出也没法收回，只能忍痛割爱。所以，昭君后来还是被嫁给了单于，并死在了匈奴。

　　后世大多称赞她大义凛然，将中原文化带到了匈奴，并将和平与安定还给了汉朝。但对于昭君本人来说，怀才不遇的岁月却是人生的大不幸。

> 汉家秦地月，流影照明妃。
>
> 一上玉关道，天涯去不归。
>
> 汉月还从东海出，明妃西嫁无来日。
>
> 燕支长寒雪作花，蛾眉憔悴没胡沙。
>
> 生乏黄金枉图画，死留青冢使人嗟。
>
> 李白《王昭君》

面对昭君的远嫁，李白不禁感叹：长安附近，月光如流水一般倾泻在明妃的身上，一步走出这玉门关，从此天涯路远，再也不能回来了。汉代的月亮依然从东海升起，但是明妃西嫁，却永远没有回来的日子。燕支山常年严寒，只有雪花可以当做花朵，美貌的昭君渐渐憔悴在胡地的风沙中。活着的时候，昭君没有黄金送给画师，结果死后，只能留下一堆青冢令人叹息。

士为知己者死，女为悦己者容。昭君天生丽质却没能被天子赏识，就如肝胆相照的志士却找不到可以舍生取义的知己。

"男怕入错行，女怕嫁错郎"，女人的美貌被时光埋没，和男人才华的不得施展，都是各自的不幸。于是，李白在昭君的身世中看到了自己的悲哀，他吟咏昭君的痛苦，也深深地感叹自己的失望。"怀才不遇"似乎是杜甫、李白等唐代诗人的集体性"症状"。就像宋代所有的词人差不多都陷入谈情说爱一样，唐代诗人几乎都有种抑郁症，就是"不得志"。

但是，纵观唐代历史，从唐朝开国到安史之乱爆发前，唐朝的发展可谓是顺风顺水。杜甫有诗说，"稻米流脂粟米白，公私仓廪俱丰实"，可见国运亨通，人们衣食无忧。而科举考试的大力推广，也令寒门出身的才俊有了走上仕途的机会。尤其是对文艺的重视，更是提到了历代所没有的高度；上至皇权，下至百姓都对唐代诗人尊敬有度，礼遇有佳。可是，就在这样的气氛中，李白杜甫这些唐朝顶级诗人，居然还会觉得怀才不遇，实在令人费解。假如非要对此事做一科学界定，恐怕是和诗人们敏感的心理特质有关。

有人说："诗人是时代的晴雨表。"当盛世的时候，他们居安思危总是慨叹"未雨绸缪"，乱世的时候，他们更是伤今怀古，期待"雨后天晴"的

彩虹。所以,有时候,壮志难酬的渴望并不是因为真的生逢乱世、怀才不遇,
而是他们对自己人生的期待无法实现。故而常常借古讽今,用前人的故事来
比喻自己的不得志。

> 宣室求贤访逐臣,贾生才调更无伦。
>
> 可怜夜半虚前席,不问苍生问鬼神。
>
> 李商隐《贾生》

李商隐说汉文帝到处求贤才,而贾谊的才气更是无人能及。可惜,文帝
半夜不眠,所问的并非天下苍生的大事,而只是些乱离怪神的奇谈。所以,
李商隐感慨贾谊的才华不能施展,也哀叹自己的志向无法实现!但是,无法
否认的是,汉文帝时期,经济发展迅速,社会比较安定,甚至出现了封建社
会辉煌的盛世"文景之治"。可见,国家并无忧患,皇帝也并不昏庸,只是
在诗人们的眼中,国家的前途、个人的命运都应该比现在更好才对。也许正
是这份希望与失望的落差,才让他们在理想与现实间难以平衡吧。唯一能够
获得突破的便是抒发自己的"怀才不遇"!

而一个人,能够期待大鹏展翅,渴望更多建功立业的空间,应该对时代
与自我,都还是满怀期望的吧。

城池随风飘逝，山河依旧

看一个人的实力要看他的对手，看一个人的底牌要看他的朋友。那么，看一个朝代的盛衰，看的就应该是人们身上的意气、志气和骨气。"一代有一代之文学"，不仅指每个朝代都有代表性的文体，还指在各种诗词歌赋下，埋藏的时代特色与气息。诗经的古朴，楚辞的华丽，汉赋的气象万千，宋词的妩媚婉约，都打着时代深深的烙印。

而唐诗，也因为广阔的襟怀和气度，书写着自己的风采。在这些诗人的笔下，山川秀美是恒久不变的主题，但建在草木山石之上的都城，却年年月月都发生着自己的变化。

上阳花木不曾秋，洛水穿宫处处流。

画阁红楼宫女笑，玉箫金管路人愁。

慢城入涧橙花发，玉辇登山桂叶稠。

曾读列仙王母传，九天未胜此中游。

王建《上阳宫》

　　王建的这首《上阳宫》描写了上阳宫的景色和宫中奢华的生活。他说上阳宫的花木好像从来都不曾经历过秋天，草木繁茂永远藏着勃勃生机。洛水从宫中穿过，四散分流到各处。雕栏玉砌的楼阁上，有宫女在欢笑；箫管齐奏的声音婉转地飘到了宫外，引起路人的愁思。涧水边上，幔帐围起的小城里，橙花才刚刚开放，桂叶浓稠桂香四溢的时候，妃子们坐着玉辇出来游玩。

　　上阳宫始建于唐高宗时，武则天在位的时候又进行了扩建。宫内，殿堂楼阁连绵不绝，洛水穿城，将城市"切"成两半。河水沿岸，桃李飘香，绿树成荫，碧波荡漾，花团锦簇。相传，一年四季风景如画。触景生情，王建不免感叹，我也读过列仙传和王母娘娘传，但我觉得她们住在九重天的宫殿之上，也不如在上阳宫好啊！在王建看来，纵然九天仙女下凡尘，也会"当惊世界殊"！

　　南京、洛阳、长安……在那些繁华古都的背后，流尽的是王朝的更迭、兴衰、气数；流不尽的是壮丽的山河，华丽的宫殿。历史是巨大的操盘手，她策划并排演了一场场令人哀伤、欢腾的戏剧，却将所有的不动声色都深深地消弭在自然的风物中。

　　刘禹锡在《西塞山怀古》中说："人世几回伤往事，山形依旧枕寒流。"王朝的灭亡如此感伤，但山河依旧，只有不变的自然能够撑起万变的人生。所以，盛唐的诗人们喜欢昂扬高歌，带着狂飙突进的热情，将自己的一腔希望都铺洒在壮丽的河山之中。

日照香炉生紫烟，遥看瀑布挂前川。

飞流直下三千尺，疑是银河落九天。

　　　　　　　　　　　　李白《望庐山瀑布》

天门中断楚江开，碧水东流至此回。

两岸青山相对出，孤帆一片日边来。

　　　　　　　　　　　　李白《望天门山》

　　这两首诗是李白家喻户晓的名作，喜欢他诗歌的人，都喜欢深藏在其中的气魄。远远地看到瀑布挂在前面，湍急的河流一落千丈，犹如九天上落下来的银河。这样的比喻带着英雄的气度、胸怀和磊落。很多评论都说，只有盛唐才能产生出如此奔腾、热烈的诗歌。第二首诗也同样大气磅礴，天门山被楚江断开，碧绿的江水滚滚东流，到这个地方忽然掉转头回去。两岸青山，对峙耸立，有一艘小船沐浴在阳光中，从天边缓缓驶来。其壮阔、辽远的景致，水遇险峰的阔达，天门山雄奇的景色，不但内化了诗人的自我精神，也借此抒发了诗人对山河壮美的热爱。

王朝的更迭，人世的变迁，多少情怀如云烟过眼。能够带走的是历史风卷残云后的硝烟，带不走的是月色、夕阳，花草树木深埋地下的根。

朱雀桥边野草花，乌衣巷口夕阳斜。

旧时王谢堂前燕，飞入寻常百姓家。

刘禹锡《乌衣巷》

朱雀桥边冷冷落落，长满了野花野草。乌衣巷口的断壁残垣，也正横七竖八地倒在夕阳里。原来王导和谢安家的堂前燕子，如今也飞入了寻常百姓家筑巢。曾经车水马龙的繁华街道，如今也已经遍地荒凉，只有筑巢的燕子，飞来飞去，不知人世沧桑。刘禹锡曾写诗说"秋日胜春朝"，将满腹的豪情壮志都书写在秋高气爽的天空中。然而，在他的咏古诗中，似乎可以发现，他那澎湃的激情并不是一时的热血奔涌，其对历史的反思、凭吊，显出了这个朝代乐观背后的一种思索。

每一个朝代，都有自己的欢歌与悲歌。盛极而衰是规律、常态，也是一面光照古今、引以为戒的明镜。所有的朝气蓬勃，安于枕乐，到最后都会如乌衣巷那样，被历史的车轮滚滚地轧折。开元盛世的梦想，火树银花不夜天的灿烂，霓裳羽衣曲的华丽，还有那包容的文化，朝贡的宾国，浮华尘世如一枕黄粱，醒来之后，发现都城已经改变，朝代已经更迭，唯有山川江河，万古常新！

这份沉甸甸的感慨，并没有影响刘禹锡的豪迈，他依然渴望能够早日实现"便引诗情到碧霄"的壮志。有了关于历史沉重的思索，也便有了对于未来更深的期盼与执着。这时的建功立业之心，才显出更多的赤诚与火热。也因为有了那些关于历史恒常与无常的反思，才让这悲伤显得凄婉，而又坚实沉厚！

冲天杀气，漫透长安

据说，写诗的那一年，他刚刚五岁；也有人说他已经八岁了。那年秋天，父亲和祖父在庭院里咏菊。按照古代文人的审美习惯，自陶渊明后，菊花便成了隐者志洁与高贵的象征；而咏菊也成了诗坛雅士的一种传统。但归根结底，所有的主题都脱不了孤高傲世的精神底色。结果这一天，在父亲和祖父还没有写好菊花诗的时候，他就抢先说了这样一句："堪与百花为总首，自然天赐赭黄衣。"这句诗的意思是：能够与百花共存，而且被尊为花王，上天自然会赐我为王。赭黄衣是皇帝袍服的代称，象征了无比的权贵。

彼时，他还仅仅是个学龄前儿童，应该和神童骆宾王一样，写些"白毛浮绿水"的句子，不料却吟诵了这样奇怪的诗。父亲生气了，刚要责打他不学无术，反倒是祖父替他解围，说让他再赋一首试试。思忖片刻，他高声吟诵出这样一首七绝：

> 飒飒西风满院栽，蕊寒香冷蝶难来。
>
> 他年我若为青帝，报与桃花一处开。
>
> 黄巢《题菊花》

秋风萧瑟中，满院秋菊赏心悦目。但毕竟不是风和日丽的春天，蕊寒香冷，连蝴蝶都很难过来采摘。如果有一天，我当了号令春天的花神，我定要让菊花和桃花，一起在盎然的春色中绽放。有评论说，这十足体现了诗人打算执掌大权，救百姓于肃杀的秋天中，让他们体会春天温暖的雄心壮志。也有人说，凭什么桃花能在最浪漫的春天开，菊花却要独守寂寞呢！让百花都在一个季节开放，深刻体现了古人朴素的平等观念。然而这些理想，很显然都是后人根据他的英雄事迹分析出来的。在当时，也许他只是一时兴起，并无明确的称帝念头。但不管怎么说，能够咏出"若为青帝"的诗句，黄巢在未来岁月"振臂一呼，应者云集"的态势，已然初露端倪。

说来也算一种历史的巧合。似乎不仅黄巢喜欢写诗，历朝历代的政治领袖、神武将军、马上英雄、山寨大哥，都有类似的爱好。像梁山好汉宋江，在喝醉了之后就曾题诗一首《西江月》，说："他时若遂凌云志，敢笑黄巢不丈夫！"言外之意，等我实现了自己的凌云壮志，人们就会知道，我宋江比黄巢还英勇，我的事业才是真的大丈夫所为！这虽然是酒后的疯话，却可以看出，作为农民起义的领袖，宋江不但不是文盲，还是个喜欢舞文弄墨之人。唐末诗人林宽有诗云："莫言马上得天下，自古英雄皆解诗。"似乎也正应了这个道理。胜者王侯败者寇，不管能否最终成就霸业，在起兵之时，皆有鸿鹄之志。刘邦、项羽、李世民等都如此，黄巢也一样。

> 待到秋来九月八，我花开后百花杀。
> 冲天香阵透长安，满城尽带黄金甲。
> 黄巢《咏菊》

这首《咏菊》，是黄巢流传最广、影响最深的一首诗，也有人称为《不第后赋菊》，说是在黄巢落第后，写此诗表达强烈的反抗精神。但就诗中的气度来看，应该是他人生鼎盛时的作品，也就是他率领数十万起义军围困长安时所作。黄巢在兵围长安之时，胸中止不住的豪情荡漾，想到未来将一鼓作气，以激越、湍急之势冲抵长安，更增添了对胜利的磅礴想象。

九月初九本为中国传统的重阳节，这一天里人们登高、赏菊，与亲人团聚。秋高气爽、心旷神怡，以登高来祝福生活的步步高升，既有节日的喜庆，也有一层成功的寓意。所以，黄巢说，九月初八的时候，当菊花开遍京城时，百花都已经凋落了。只有秋菊的香气，四处弥散冲透长安，而遍地开放的，正是犹如黄金铠甲般的菊花！

此诗最为精妙处在于，虽然题为"咏菊"，但全诗不着一个"菊"字，通过对色彩、气味、状态、场景的描绘，将菊花和起义军的气魄，合二为一，形神兼备，斗志昂扬。而那直逼长安、迫不及待的感情，也随着菊花的浓郁直冲云霄。历来，咏菊者甚众，但多为意境高远、避世消难的象征。唯有黄巢，以不可匹敌之势，改写了菊花的风采，令她在隐士的气质上，增添了战士的豪迈，也由此刷新了"咏菊诗"的主题。

关于黄巢的结局，始终众说纷纭。有人说他兵败后自尽，也有人说他削发为僧。出家的传说，都来源于那首《自题像》：

> 记得当年草上飞，铁衣著尽著僧衣。
>
> 天津桥上无人识，独倚栏干看落晖。
>
> 黄巢《自题像》

《全唐诗》一共收录了黄巢三首诗，而这一首的真实性，常常因为他人生扑朔迷离的谢幕，而变得富有争议。那些心如狂草的日子已经一去不复返了，脱掉了铠甲换上了僧衣。从俗世入佛门，看似只是一步之遥，却是从戎马倥偬的波澜壮阔，变身为佛门清修的静如止水。"天津桥上无人识，独倚栏干看落晖。"天津桥上，曾经叱咤历史舞台的风云人物，居然没人再认识。独自依着栏杆，看落日余晖，英雄迟暮的岁月，挽不住韶华流逝的悲哀。

其实，在所有的结局与想象中，对黄巢来说，"遁入空门"应该是最好的归宿。《倚天屠龙记》中的金毛狮王谢逊，也曾是两手沾满鲜血的恶魔，但放下屠刀，却修炼成一代高僧。有过金戈铁马的豪壮、纵横江湖的霸气，有过生命炙热的痛与乐、爱与恨，回首已经千疮百孔不堪回首的人生，定会有许多寻常人所不能体会的妙悟。

余晖散尽后，黄巢是否还能记得那些童年青帝的梦想，冲天香气的誓言？又或者也能偶尔怀念起他那灿如金菊的光辉岁月吧！

黄巢起义后，唐王朝勉强维持了二十几年，便灭亡了。

安详

看云卷云舒是自在的安雅，赏花开花落是难得的悠闲。浮生若梦，偷得半日清闲，邻里乡情，家长里短，在山水田园间慢慢安置一颗躁动的尘心。繁华落尽，人生如云烟过眼，丑妻可以白头，薄酒可以解愁，徐行不必车马，称身不必貂裘。

守得住朴实无华的世界，也便守住了自己的一亩心田。

情致淡方见，人生慢始长

　　和古代相比，现代社会有许多优越性，比如便捷的交通工具，即时的通信设备，全自动化的生活。所以，著名学者南帆说，现代生活似乎只剩下了一个字："快！"当"时间就是效率，时间就是金钱"这样的口号越来越响亮的时候，没有人会反省"快"到底有什么不好。

　　乘坐几个小时的飞机，你就可以逛遍祖国大江南北，十分钟的缆车就可以登上泰山的南天门，电脑敲下几个字就可以省去研习书法的冗长岁月，连爱情也讲求快餐，只要能获得片刻的欢愉，便可以不惜一切闪婚闪离。

　　在人们的错觉中，似乎这样的生活更加五光十色，比起古人来，现代人似乎多活了几辈子。

　　但这的确是一种错觉。

　　古人骑一头毛驴旅游，走走停停，看天看云看山，看生活也看自己。他们行走在广阔的时空里，观察莺飞草长，欣赏土肥水美，他们把自己的心灵静静地铺在生活的土地上，细腻的感受犹如种子落地，花开无声，但却深深地扎根在他们的心里。哪里有高山、盆地，哪里有湖泊、山林，他们都知道。而现代人的旅游，只是目的地的转移；匆匆一瞥，脑海中留下的不是一幅饱满的山水画，而是一张绘满了旅游景点的地图。这就是古代生活和现代生活的区别。

> 千山鸟飞绝，万径人踪灭。
>
> 孤舟蓑笠翁，独钓寒江雪。
>
> 柳宗元《江雪》

　　这是一幅唐代的雪景图。各座山里的鸟都飞走了，而道路上也没有人的踪影。一叶孤舟默默地停在寒江边，穿着蓑笠的老翁，在静静地垂钓。老人不惧怕寒冷，也不畏惧孤独，他在这宁静、凛冽的白雪中，享受生活的静谧与从容。他能够有时间体会这独得的乐趣，也有心情细细地品咂生活的况味。这份甘于寂寞的平静与恬淡，似乎正是现代人所缺少的一份自然。现代人讲究潇洒，但其实并没有古人那般自然。风来顺风，水来顺水，一切都是随缘而安。

《世说新语》中就有一则这样的故事。说某天夜里，风雪大作，王徽之忽然想拜访一位友人，于是他顶风冒雪地来到朋友家，结果当他看到朋友家里昏黄的灯光时，却不想进去，索性转身回家了。后来，有人问起他这件事，说你已经到了门前，为什么不进去呢？王徽之说，凡事"乘兴而来，兴尽而去"，又何必强求结果。

"随兴而至，随兴而去"，这似乎是古人生活的一种情趣。无论观山、看海，还是普通的垂钓，抑或只是美人一次深情的回眸，都能在他们的心里投下细腻的感受。就像王徽之一样，在兴致盎然的路上，每一个脚印都踩在快乐上，每一片雪花都融化在期待里，等到兴味消失，也并不觉得遗憾。因为在来时的路上，他已经充分享受到了心灵的漫步。而这些精致的生活场景，又常常存在于清雅、闲适的时光中。

空山不见人，但闻人语响。

返景入深林，复照青苔上。

王维《鹿砦》

王维说空寂的山里看不到有人，但却能听到有人在说话。阳光射在树林深处，又照耀在青苔之上。有人说这是王维参禅悟道的体会，有阳光和心灵的透明感。好像佛法与人生，求之不得反而在转身的刹那看到了希望。但实际上，抛开王维的佛学思想，只看他细腻的情感，就可以体会那动静结合的美妙。

在寂静无人的空山深处，可以听得见人声却看不到人影。而身边那青色的苔藓却染上了一层金色的阳光。在王维的诗中，不但有高大的青山，灿烂的骄阳，还有脚下毛茸茸的苔藓和布满苔藓的碧绿心情。假如心里涌起的是尘世的浮华和躁动，就不会看到如此精致的生活细节。每一个刚刚冒出新芽的小草，或者只是某一棵背光的鲜花，都能令人感受到它细微的震动。

寒来暑往，春夏秋冬，每一片落叶掉在头上，都可以触动敏锐的情思。这就是人们最自然也最敏锐的生活状态。现代人的一目十行、一日千里，在古人的心中是无法想象的。他们喜欢"行到水穷处，坐看云起时"的淡然，欣赏"曲径通幽处，禅房花木深"的空静。生活犹如一杯淡淡的香茶，他们的诗篇就像茶水中慢慢绽放的茶叶，尽情地舒展，然后释放出一缕缕浓香。也如一次次雨后的空间，清新洗练，荡漾着温润和松软。

空山新雨后，天气晚来秋。

明月松间照，清泉石上流。

竹喧归浣女，莲动下渔舟。

随意春芳歇，王孙自可留。

王维《山居秋暝》

新雨后的山色一片翠绿，秋天的傍晚天高气爽。明月静静地照在松林之间，脉脉清泉静静地在石头上流淌。竹林里洗衣归来的妇女欢笑着离去，江上的莲蓬晃动渔翁也在收线。春天的芳菲已然散去，但是诗人依然喜欢停留在这片山色湖光之中。

王维用淡淡的笔墨写下了这首诗，也描绘了这幅美丽的水墨山水画。这正应了苏轼对王维的称赞，"诗中有画，画中有诗"。王维的每一首诗都是优美的画卷，山色、湖光、宿鸟、鸣虫、晚照、轻风、朗月、晴空，所有自然的景物都在他的画作中拥有了自己的生命，活灵活现，栩栩如生。大自然似乎把所有的感情和景色都和盘托出，呈现在诗人的眼中。

在古人的世界里，一切都是那么清幽、雅致。"天街小雨润如酥，草色遥看近却无""夜来风雨声，花落知多少""蝉噪林逾静，鸟鸣山更幽""几处早莺争暖树，谁家新燕啄春泥"。每一场春雨过后的清晨，每一次驿站古道的启程，每一段重逢的喜悦与离别的酸楚，都深深地刻在古人的诗行中。他们慢慢地丰富着生活，也细细地咀嚼人生。

而浮光掠影的生活常常只是故事梗概的记录，只有恬淡轻柔的节奏才能挽得住细腻的心情。唐朝被称为诗歌的朝代，但全唐诗算下来也不过四五万首，按字数来算，恐怕都抵不上后来普通作家一年的"产量"。可就是在这有限的唐诗中，后代以此为滋养，读出了唐代的繁华与风流，富贵与端庄，读到了国计民生的大事，家长里短的平常。它用有限的文字，记录了无限的大唐风光。这就是唐诗的风采，也是古人和我们的区别。

现代式写作，像是把文字泡在水里，让它膨胀、发酵，将贫瘠、短小、无聊的故事拉长、熨平。而唐诗却正好相反，她将所有的心事都晒在阳光下，浓缩了无尽的感情，然后被岁月层层包裹，最后沉淀为一颗晶亮的琥珀。于是，当人们读现代的故事，总会感到心灵的枯竭，因为蒸发了水分的文字就再也掂不起任何的分量。而读唐诗，却恰好相反，要用丰富的生活来浸泡，才能在明媚的下午，看茶叶丝丝舒展，听心灵绽放，品读一壶茶香！

我心深处即人间乐园

彼时的杜甫已经在成都浣花溪畔，建了一座草堂作为安身之地。经历了颠沛流离后，他更加珍惜这份来之不易的安定。春暖花开的时候，他的心情也变得异常轻快，来到江畔散步、赏花，并写下了一首著名的诗篇。

> 黄四娘家花满蹊，千朵万朵压枝低。
>
> 留连戏蝶时时舞，自在娇莺恰恰啼。
>
> 　　　　　　　　　　杜甫《江畔独步寻花》

杜甫的大部分诗歌都凝结着浓重的哀愁，所以后世常觉得他"苦大仇深"。倒是这首小诗，笔调轻快流畅，一洗往日的愁怨，春天的喜悦也在字里行间不断迸发。黄四娘家的小路上开满了缤纷的花朵，千朵万朵的花把树枝压得很低。彩蝶在花间飞舞流连忘返，自在的黄莺在娇嫩地啼叫。在这条乡村的小路上，繁花似锦，莺啼蝶舞，美不胜收的有景色，也有愉快的心情。胡兰成也曾这样描述自己儿时的农村生活："春事烂漫到难收难管，依然简静。"只此一句，春天的意境便尽情地舒展，田园的乐趣也逐渐铺开。

> 桃红复含宿雨，柳绿更带朝烟。
>
> 花落家童未扫，莺啼山客犹眠。
>
> 　　　　　　　　　　王维《田园乐》（其六）

红红的桃花上还含着昨夜的雨露，绿色的柳条上也沾满清晨的烟雾。落花满园，家童还没来得及清扫，黄莺在清脆地啼叫，山客还在睡梦中酣眠。早春过后，低低的雾霭夹杂着氤氲的水气，昨夜被春雨打落的花瓣散在院中。粉红的桃花，碧绿的枝条，一切都带着春天的气息，泥土的芳香。在王维的这首诗中，桃红柳绿莺啼，都如美丽的画卷般徐徐展开。寂静的清晨里滑过黄莺的欢叫，而这一切都消融在客人甜美的梦境中。乡村的早晨，凝霜含雾，带着雨后土地的气息，渐渐地在空气中弥散。

很多人说，"往上查三代，祖先都一样是农民"。作为农耕文明的代表，中国人似乎天生就和土地有着一种亲近。所以，很多生活在城里的人，都喜欢在放假的时候去郊外度假，既能在自然中放下平日的烦恼，也能在久违的乡村生活中寻得别样的经历和体会。所以，那些"农家院""农家菜"正是此类需求的一种满足和实现。

据说，在长城附近，也开始了这种生活的"回归"。年轻人都喜欢去登所谓的"野长城"。这样的长城通常都是在郊外，附近有农家院，可以吃农民菜园里的农家菜。当然，还可以在农民的家里住宿，睡通铺。在很长的火炕上，大家并排地挤在一起，听抽烟的老人讲讲"过去的故事"。于今于古，这样安详的田园生活，似乎都是人们最美的期盼。

斜光照墟落，穷巷牛羊归。

野老念牧童，倚杖候荆扉。

雉雊麦苗秀，蚕眠桑叶稀。

田夫荷锄至，相见语依依。

即此羡闲逸，怅然吟《式微》。

王维《渭川田家》

田园生活，在夕阳晚照时映红的村落里，在放牧归来的牛羊走进的小巷中。老人惦念着放牧的孩子，拄着拐杖，倚着门扉，等着他们回来。野鸡在鸣叫，吃饱了桑叶的蚕也开始渐渐休眠，荷锄归来的农夫们彼此寒暄，悠游地聊着家常。一切都被夕阳镀上了金色。诗人也在这醉人的金色中，体会到一种闲适与安详。

繁华落尽，人生如云烟过眼，丑妻可以白头，薄酒可以解愁，徐

行不必车马，称身不必貂裘。

"夕阳返照桃花渡，柳絮飞来片片红。"在这美好的景致面前，诗人禁不住羡慕农村生活的悠闲与安逸，在这样的时空里，忽然想起《式微》。《式微》乃《论语》中的名篇，"式微，胡不归？"意思就是，天黑了，怎么还不回家？很多评论都说王维的这首诗表现了他的退隐精神。但纵观王维一生，他厌恶官场却又不能决然而去，所以始终过着半官半隐的生活。陶渊明说："误落尘网中，一去三十年。羁鸟恋旧林，池鱼思故渊。"开荒、守园，看似简单，其实都透着不寻常。繁华落尽，能够守着恬淡生活固然是好事，但能将这"淡而无味"的生活守到云开雾散、甘之如饴的地步，却并不是件容易事。这需要清净的思想，绝尘的灵魂。

而王维，站在世俗的拐角处，用佛学的理念来弥合了官与隐之间的缝隙，将田园的乐趣发挥到极致，建造了属于自己的"人间乐园"。乡村，也因为有朴实的感情，热烈的骄阳，劳累后身体的疲惫与心灵的轻松，而受到人们的喜欢。古代如孟浩然、王维等诗人，都能将自己的情怀放置在山水田园间，呼吸自由的空气，感受生命的真实。

而生活在现代都市拥挤的街区里，人们似乎更需要心灵的释放、田园的乐趣。所以，很多人都喜欢在虚拟的空间经营自己的菜园，房前种一片香草、花果；屋后养几头牛羊，鸡窝里还要买几只下蛋的芦花鸡。在那些年轻人喜欢冲浪、遨游的网络里，这些所谓"不切实际的生活"，都深深地吸引了年轻人的注意力。学者李新宇曾这样评价现代社会："人被高高地悬在城市的高空，找不到脚踏实地的感觉。"可能正是因为这份虚空，所以才有更多的人迷恋网络，钟情于在虚拟的时空构建自己的"桃花源"。

然而，无论是古代的山水田园，还是现代社会的虚拟空间，真正能够让人放怀自在的乐园，都只存在于自己的内心。正如林清玄先生所说："重要的是你的心，你的心广大，书房就广大了；你的心明亮，世界就明亮了。你的心如窗，就看见了世界；你的心如镜，就观照了自我。"所谓的田园生活又何尝不是呢？游刃在官场，一样可以守住内心的宁静；纵横于江湖，同样可以心系天下苍生。寸心之间，知荣辱，可进退，就是人间最舒适的乐园。

衣暖，菜香，邻里情长

据说，现在南方的很多乡村，仍然保留着中国社会传统的人际关系。只要家里有人，从最外面的一扇大门，一直到卧室的门都是敞开的。街坊邻居彼此并不设防，而且经常互相走访，今天张三家娶了媳妇，明天王五家生了小娃，消息都像长了翅膀一样，四处乱飞，很快就能传遍整个村落。在那遥远古老的乡村，口耳相传的都是故事，推杯换盏的都是宝贵的乡情。酒席未必丰厚，村舍也并不豪华，但就像孟浩然诗中倾诉的一样，只要能够相聚，这份默契便是心底涌起的最温暖的细流。

故人具鸡黍，邀我至田家。

绿树村边合，青山郭外斜。

开轩面场圃，把酒话桑麻。

待到重阳日，还来就菊花。

孟浩然《过故人庄》

当老朋友准备好了饭菜，便邀请我到他们家做客。朴实的农家坐落在青山绿树之中。整个村子被绿树环抱，郊外的山上苍松翠柏，一片碧绿。打开窗子，映入眼帘的就是打谷场和菜园子，我和朋友都边喝酒，边讨论着家长里短的琐事。宴罢归家，依依不舍，还不忘约好等到重阳节的时候，再到这里赏菊饮酒，倾诉人生的酸甜苦辣。

这首诗写得很平淡，没有亭台楼阁的典雅，也没有奇花异草的神秘，甚至连山珍野味都没有，"鸡黍"说穿了也就是烧鸡和米饭。但就是在如此普通的农家小院里，孟浩然却和自己的朋友开怀畅饮，聊着庄稼的收成、农村的生活。外面是菜园、谷场，应该还有小孩子在房前屋后跑来跑去，嬉笑欢闹。这是一幅普通的农家景象，但也因为这份朴素，而显得格外动情。

老朋友在一起，有时候常会翻些陈芝麻烂谷子的旧事，甚至他有脚气，打呼噜，挖鼻孔也都没关系。吃得好与坏、家的贫与贵也不重要，重要的只有一点，就是"聚首"。多年的情谊就这样汩汩地流淌，在彼此的身上，可以找到时间的倒影和剪影。小时候爬过同一座山，蹚过同一条河，在同一个池子里洗过墨……在绵长的光阴里，不断伸展的是田园的生活，也是岁月的快乐时光。所以，无论是去朋友家聚会，还是有朋友造访，都是一样的欢快、开心。

> 舍南舍北皆春水，但见群鸥日日来。
>
> 花径不曾缘客扫，蓬门今始为君开。
>
> 盘飧市远无兼味，樽酒家贫只旧醅。
>
> 肯与邻翁相对饮，隔篱呼取尽余杯。
>
> 杜甫《客至》

杜甫说，在我茅舍的南北两侧，都静静地流淌着春水，鸥群整日飞来飞去，环境幽雅静谧。我的花径已经很长时间没有清扫过了，落花无数，却并不曾有客来临。今天听说朋友要过来，紧闭的大门才将为你而大开，酣畅淋漓的快意挥洒自如。等朋友来后，又可见到杜甫频频劝酒：自己家离菜市场太远，只能吃点简单的饭菜；买不起太昂贵的酒，也就只能喝点自己酿造的酒。虽然并不阔绰，但盛情与愧疚，都显得十分纯朴。估计朋友也并不介意，所以酒酣处，竟然想到与邻居那个老翁对饮，隔着篱笆，高声呼唤邻居过来一起痛饮。

这是很有意思的一个场景，大诗人在家与朋友喝酒，兴高采烈处，竟然向隔壁的老翁高呼："我的朋友来了，你也过来一起喝酒啊！"看似江湖英雄般的意气，却出现在老成、持重的诗人杜甫身上。诗作至此戛然而止，虽然没有写到后来的欢闹，但料定比杜甫停笔处更为热烈，而邻里乡情也在这其中得到了充分的展现。

相较如今社会而言，曾经的呼朋引伴，早已是旷世绝响。在被现代社会迅速物化的时代，钢筋水泥拔地而起，楼越盖越高，房子越住越大。但是，人心却越来越远。"鸡犬之声相闻，老死不相往来。"曾经被用来形容西方冷漠人情的语言，也开始逐渐用来解读不断前进的自身。

尤其是城市化进程的加速，高楼大厦阻挡了人们的视野，没有青山绿树的陪伴，更休提落花满园的情致。能够看到的只有不断闪烁的霓虹，还有和人心一样，越来越冰冷的水泥马路。杜甫那种隔着篱笆招呼邻居饮酒的乐趣，现代人恐怕没办法再体会了。一扇扇加固的防盗门，隔开了距离，也阻断了交流。很多住在同一层楼的人们，剩下的只有一串清晰的门牌号，至于周围的邻居姓甚名谁，可能都不知道，还何谈举杯共饮。而"街坊邻居"这样的词也将随着推土机的轰鸣，而被推进历史书中，风干为一页书签，作为资料去珍藏。

中国有句俗话叫"远亲不如近邻，近邻不如对门"。住得近的邻居，常常可以彼此照顾。亲戚虽好，毕竟"远水解不了近渴"，反倒是邻居，可以彼此帮助照顾小孩、老人，甚至发生危险情况的时候，在第一时间里采取应急措施。有人说，前世的五百次回眸才能换来今生的一次擦肩而过，邻里乡亲，能够谈得拢，聊得来，也应该是一种缘分吧。能够像南方乡村中的人们那样，因袭古风，守着人类生存最初的乡村，静静地听大人们酒酣胸胆时回顾当年的雄壮，也是一种无比的幸福！

今天，虽然人们不用再体验"布衣暖，菜根香"的艰苦生活，也不用吃孟浩然、杜甫他们所说的粗米糙饭，但能够在这样朴素的生活理念下，守得住自己对人对事的一片真诚，也算没有愧对有滋有味的人生吧。

无一片落叶不归根

西方人始终不理解，为什么中国人过年一定要不惜一切代价地"回家"。春运的压力逐年递增，可依然抵挡不住中国人过年回家的热情。年轻的西方人通常喜欢背着行囊到处游走，有时结婚也只是需要一个可以移动的"车房"；除非有了孩子，才开始定居。而中国人，却从骨子里渴望一种安定。对家园的眷恋与回归，始终是中国文学的一个主题。

寒山吹笛唤春归，迁客相看泪满衣。

洞庭一夜无穷雁，不待天明尽北飞。

李益《春夜闻笛》

这首《春夜闻笛》是诗人李益著名的思归之作。诗的大意是：寒山、远笛，触动了士卒的乡愁，而"迁客"也由此引发了归乡的渴望。等待北飞的大雁，似乎被笛声所唤醒，纷纷自由地北归，连天明都没有等到，一夜之间，也就都飞尽了。但此时的李益，却是谪迁之人，没有朝廷的恩赦，始终不能北归。望着远去的雁群，听着悠远的笛声，思乡之情盈满于胸，只能空怀怅惘，泪满衣衫。春回大地，万物复苏，却很难温暖人心，一切全因为对归家的渴望。而那笛声也恰似一种贴心的温柔，丝丝缕缕，直达心底。

日本陶笛大师宗次郎有一首久负盛名的乐曲，叫《故乡的原风景》。曲子没有歌词，但音乐起起伏伏，如一股淡淡的哀愁盘旋在心头；如泣如诉如低语，在人们的心里铺开了一条回家的路。也许音乐的本质是不需要歌词的，只需要静静地聆听，听那心灵的脚步，轻轻地踏上故乡的路，那里有故乡的碧波东流，有熟悉的山村小路。多少次，梦回故乡，被揪心的欢愉和忧伤深深地抓住。可一旦美梦成真，却又几乎不敢相信眼前的情景。

正如宋之问的那首《渡汉江》："岭外音书断，经冬复历春。近乡情更怯，不敢问来人。"和家里断绝音讯已经很久了，从冬天到春天就一直没有消息。等到离家乡近了，心理上反而有了疏离与惊恐，因为不知道家里的情况会怎样？更不敢问家里的情况。在这看似矛盾的心理背后，却掩藏着诗人的焦灼与渴望。

杜甫说："烽火连三月，家书抵万金。"当战乱的马蹄踏碎了家园，分别日久，不知道家中是否已经横生变故。对亲人的关切、家园的担忧，恰恰让人不敢轻易触碰。几番梦回故里，笑着睡去；如今荣归故里，反倒不知该如何自处。

家中的一切是否如昔？老屋外的草地、草地边的小溪、小溪畔的垂柳、垂柳下的旧居，一切都在岁月的流逝中静静地数着年轮。而那长长久久的乡愁，盘旋在心头的熟悉，就这样在欢天喜地中渐渐扬起……

少小离家老大回，乡音无改鬓毛衰。

儿童相见不相识，笑问客从何处来。

贺知章《回乡偶书》（其一）

离别家乡岁月多，近来人事半消磨。

惟有门前镜湖水，春风不改旧时波。

贺知章《回乡偶书》（其二）

贺知章早早就离开了家乡，所以自称少小离家。等到八十六岁，在外奔波了将近半个世纪，终于在高龄的时候回到了家乡。一个人的生命能有多长呢？大概和记忆的铁轨一样漫长，深深地铺向生命的尽头。多少年过去了，他依然白发苍苍，可骨子里那份对故乡的依恋和执着，却从未有任何的变化。但年轻的孩子们却并不认识他，还笑着问他是从哪里来的。本来是故乡的人，却被误以为"客"，世事苍茫，人生短暂，心头不免涌起无数感慨。

于是，在《回乡偶书》的第二首诗中，他将这份归乡之情描绘得更加直白。他说：离开家乡已经太久了，近来人事沧桑，所以返回家乡。实际上，贺知章一生仕途都较为平顺，虽然没有大红大紫，但也算善始善终。八十几岁告老还乡，得到玄宗赏赐的土地，而且有许多朝中大臣都来唱和送行，也算衣锦还乡了。但一切荣耀都抵不上返乡的渴望。沧海变幻，物是人非，少年依然不认识当年的老者，但老者当年走时又何尝不是少年。故乡，只有门前的镜湖之水，在春天的微风中依然荡漾着旧日细碎的柔波。物是人非的感慨就这样在诗人的眉底、心间轻轻地震动。

陆游说："文章本天成，妙手偶得之。"当半个世纪的光阴和故事，就这样恍如隔世般在贺知章的眼前展开，回乡的"偶书"也便写出了人们的共识。席慕蓉有诗云："故乡的歌是一支清远的笛 / 总在有月亮的晚上响起 / 故乡的面貌却是一种模糊的怅惘 / 仿佛雾里的挥手别离 / 离别后 / 乡愁是一棵没有年轮的树 / 永不老去"。

故乡，在人们的心底就像一棵老树。

年轻时的人们渴望从老树上飞出去，刺探辽远的天空、新鲜的空气、斑斓的世界。可是，及至老年，才知道对故乡的眷恋是每个人都逃脱不了的命运，就像叶子对根的情意。

所以，西方人会问："何处是我家园？"而中国人却从不追问，因为他们知道"树高千丈，叶落归根"。不管树多高多大，也不管叶片如何丰厚，到最后，都要落叶归根，才能献上对土地的最后一片挚爱。在中国很多地方，直到现在依然保留着古老的民俗，不管死在何处，最后一定要葬在自己的故乡。就像叶子腐烂了，但也要滋润、供养自己的土壤。

贺知章漂泊一生，返乡不久后便过世了。这不禁令人想起韦庄的那句"未老莫还乡，还乡须断肠"。但是，在故乡熟悉的山水中柔肠寸断，总比流浪天涯肝肠寸断要幸福得多。就像落叶静静地掉下来，落在树根旁，与随风飘逝不知去往何方相比，始终是最为安详的一种结局。

度红尘，且修无尘心

　　佛陀说，每个人都是一粒佛的种子。在人间苦海中不断修炼，逐渐明心见性、摒去尘埃，还内心一片明澈。但是，人心常常是最难把握和控制的。所有的善与恶，都在一刹那完成，人们只能看到最后的结果，却不知道这其中经历了怎样的思想。而意大利伟大的诗人但丁在《神曲》中也将"暴食、贪婪、懒惰、好色、骄傲、妒忌、暴怒"列为人类的七宗罪。细看这七种罪行，每一种无节制的行为都起源于内心微妙的悸动。而"心如止水"常常只是人们的一种期待。

　　　瞿塘嘈嘈十二滩，人言道路古来难。

　　　长恨人心不如水，等闲平地起波澜。

　　　　　　　　　　刘禹锡《竹枝词九首》（其七）

　　瞿塘乃三峡之一，水流湍急，地势险要，素有"瞿塘天下险"之称。以瞿塘峡的险峻比喻人心曲折、世情变幻，确有惟妙惟肖之感。所以刘禹锡说，瞿塘峡九曲回肠，到处都是险滩，自古以来，人们就觉得这里的道路非常难走。接着，诗人笔锋一转，由瞿塘的险峻想到了世路的艰难。刘禹锡参加永贞改革失败后，受到诬陷、排挤，几次被放逐在仕途之外。所以，不禁感叹：水遇险阻而变成急流；而人心之猜测、怨妒、陷害，常常还不如江水，等闲平地，就能掀起波浪滔天。

　　当年，中国著名影星阮玲玉撒手人寰，只留下四个字"人言可畏"，令活着的人不寒而栗。到底是人心不如水，无中生有，掀起许多流言蜚语，终于击垮了阮玲玉全部生活的信念。她是如水一样的女人，有水一样的温柔、顺从，也有水一样的善良、清新，被誉为"中国的英格丽·褒曼"。可这样的人，终究还是抵不住世俗潮水般的非议。

世间唯有看破红尘，才能惊觉人情的淡泊，再大风浪到最后都不过是一句长叹，所谓"人心如水"，甘苦自知，只能自我消化。不同的是，有的人看不破，如阮玲玉，只能以香消玉殒的决绝来告别尘世；而有的女人却早已参透人生，落尽繁华的结局只有一个，便是：平淡。

> 至近至远东西，至深至浅清溪。
> 至高至明日月，至亲至疏夫妻。
>
> 李季兰《八至》

唐代才女李季兰写下这样的诗行后，人们纷纷推断她一定曾历尽沧桑，阅尽人生，所以才能于繁华绚烂的背后，抽出这样深刻的思想。最远最近的就是东西两个方向，最深也是最浅的就是"水"，如小溪之浅，海量之深。最高也最明亮的就是太阳和月亮，正如最亲密也最疏远的关系，莫过于人间的夫妻。她用极平淡的语言道尽了复杂的人性与人生，没有浓墨重彩的熏染，却含义隽永。

许多时候，家确是温暖的港湾，温柔的妻子，宽厚的丈夫，交织成幸福的画面。但有时，疾病、贫穷，生活线上窘迫的挣扎，都常常导致亲人间更大的伤害。因为彼此的亲昵与信任，也就常常在争吵的时候，将对方的弱点一语中的，揭露得淋漓尽致。就像很多女人明知道，"你什么也不是，一点儿都不像个男人"这种话是最伤人自尊的，但还是常常这样指责对方。说出来的话如泼出去的水，夫妻虽为亲人，但毕竟没有血缘关系，平常的亲爱算起来更多的都是一种恩爱。等到感情消磨殆尽，走到尽头的时候，反目成仇，常常比普通朋友还不如。

"大限来时各自飞"，唐玄宗那样深切地爱着杨贵妃，军心动荡之时，仍然还是赐给她"三尺白绫，一条死路"。所以"至亲至疏"实在是朴实而又生动。也许是悟到了这份玄机，李季兰终究还是了却尘缘，入了空门。但如果真的彻悟，佛门内外，又有什么不同呢？释迦牟尼树下枯坐十载，顿悟的不是佛法，而是人生。这一条漫漫人生路，每一处风景，都是对内心的一次萃取和历练。

白发如今欲满头，从来百事尽应休。

只于触目须防病，不拟将心更养愁。

下药远求新熟酒，看山多上最高楼。

赖君同在京城住，每到花前免独游。

张籍《书怀寄王秘书》

张籍说，白发渐多，马上就是满头沧桑，在这个时候，很多人事消磨，也都该放下了。生活的重心理应放在防病、清修上，而不该让自己的心情更添愁绪。新酒调药方，有病要及时治疗，看山的时候要多多登高，好好锻炼身体。看花也好，登山旅行也罢，一定要多和朋友接触，不要总是孤单一人。这是张籍为老年人的养生开出的一剂"保健良方"，放在当今社会，也不失为晚年幸福的"指针"。能够看破人生，放下执着，方能涵养性情，独得人生之乐。

世事烦扰，仕路坎坷，情路挫折，及至年老，还常常因为放不下旅途的重担，而令人生越发沉重。"看得破，忍不过；拿得起，放不下"，人生一世，所有的执着大抵都是如此。

所以，佛说："苍生难度。"

如果人心能如水般善良、明澈，也就没有等闲波澜，没有亲疏远近，更不要说落日余晖里卓然独立的风采。

有时候，人生就像一杯水，放糖就是甜的；放盐就是咸的；放进咖啡，就是苦涩的；放入善良、宽怀，就是无尘的慈悲之水。

温暖

像海底一棵悠游的海草，像山间一股奔流的小溪，像郊外一朵盛开的雏菊……

在每个人心灵深处，总有一处宁静的角落，洒满阳光与温情。血亲、婚恋、友谊、这些看不到、摸不到的情感，在唐诗中都能找到生动的印证。人生的悲欢离合，世间的喜怒哀乐，都深深地浓缩在一首首诗中，令后人不禁感叹，人间常情千古事，原来没什么两样。

掬一怀满满的乡愁

居然真的有人动用了许多科学数据，妄图论证一下：外国的月亮确实比中国的圆。可是，再精确的计算也测不出感情的弧度。望月思乡，不只是时空的距离，也是内心的思恋。"露从今夜白，月是故乡明"自诞生之日起，就已变成中国文化的一种内在涵养，经由文学的传承，在人们的心田里世代流淌。

故乡是一个很模糊的概念，到底什么才最能代表故乡，恐怕谁也说不清。门前那棵粗壮的古树，上学途经的那条溪流，伙伴们郊游的那个春天，恋爱时约会的那位姑娘……故乡是生命开始并成长的见证，也是未来许多岁月都抹不去的一股熟悉的味道。即便两个素不相识的人碰面，如果他们都来自同一个地方，那么乡音乡情，总会令他们彼此亲切并信任。所以，中国人将"他乡遇故知"列为人生四大喜事之一，足见故乡在人心中的魅力。

可是，假如一个人遇到了自己的老乡，会问些什么呢？

应该会问当年那个淘气的同学，现在是不是也同样娶妻生子，青云平步；当年那条清澈的小溪是不是还能洗米洗衣；我们的学堂和先生是否依然如昔……大千世界，人海茫茫，并不是每个人都有机会遇到邻里乡亲的。真的遇到了，千言万语，一时又不知从何说起。即便是最会说话的诗人，问的也是芝麻绿豆的小事。

> 君自故乡来，应知故乡事。
> 来日绮窗前，寒梅著花未？
> 王维《杂诗》

当王维遇到了自己故乡的人，他开心地问：你从故乡来，也应该知道故乡的事情。你来的时候，我窗前的梅花开了吗？诗人以最通俗平淡的语言，用最寻常的小事发问，让人不免思考，离家这么久怎么只记得那一束梅花？

其实，故乡的青山绿水，柳暗花明，都在离开故乡后，开始在诗人的心底低回。

往事如电影一样，在心里温习了无数次。

能够深深记起的，一定是当年最刻骨铭心的故事。或许是寻常的一件乐事，或许是浪漫的一次邂逅，又或者只是偏爱自己窗前的梅花。总之，是不起眼的小物件勾起了大诗人的乡情，在每一个孤独的夜晚静静地升起，浓浓的思绪就这样，在慢慢的品味中荡漾开去。

> 独在异乡为异客，每逢佳节倍思亲。
> 遥知兄弟登高处，遍插茱萸少一人。
> 王维《九月九日忆山东兄弟》

在这一年的九月初九，王维忽然觉出了伤感。在这重阳之日，远方的兄弟们一定在登高、饮菊花酒，庆祝金秋的丰收，品尝收获的果实。登高是对生活步步高升的期望，菊花是人们希望长寿的象征，九九重阳，久久相聚，兄弟们一定遍插茱萸，以昭示祛病健身，可惜在如此喜庆的日子里，却没有我的参与。

在这样的感觉和情绪里，远游的王维发出了这样的叹息，"每逢佳节倍思亲"！只此一句，道出了世代游子的心声。当一个人漂泊在举目无亲的异乡里，常常会有一种孤独感。万家灯火点亮时，却没有豆大的灯光是为自己而点燃；倦鸟尚且需要归巢，何况是一个有血有肉的人呢？平常的日子也就罢了，在别人合家团聚的时候，自己却孤身一人，寂寞将时间撕扯得更加漫长，每个细小的感受都变得更加清晰，思乡的细胞也就开始不断分裂，扩散出更多的想念，也因此令王维的这首诗名垂千古。

其实，唐诗中很多名篇佳句之所以能够打动人心，并不是因为其辞藻华丽，或者发了如何另类的癫狂之语。恰恰相反，许多唐诗之所以深刻感人，广为传诵，主要是源于对生活真诚、细腻地描摹，对人类共通的普适性情感的一种解读。星移斗转，长河湍流，人们仍然可以通过阅读古典诗词仰望唐朝的天空，从前人的故事中品出自己的人生。生活就像一条长长的旅途，人们走在这条路上，漂泊不定，却又常常在中途的驿站停留。每一次驻足时，都会想起上一次停靠的港湾，就像心灵的"暂安处"。

尤其是现代生活的便捷，早已打破了地域的限制。二十岁的孩子们常常背着行囊异地求学，或者也有早早开始生活的年轻人，踏上离家的列车，去外面的世界寻求更广阔的天空。在新的时空下，人们结识新的朋友，组建新的家庭，在"第二"甚至"第三故乡"深深地扎根，开枝散叶，经历新的人生。正像著名学者陈平原曾在他的散文中说："在一个地方待久了，这个地方也便成了故乡。"

客舍并州已十霜，归心日夜忆咸阳。

无端更渡桑乾水，却望并州是故乡。

刘皂《旅次朔方》

刘皂说，我像客人一样在并州生活了十年，这些日子里，我日夜想念故乡咸阳，归心似箭，只盼着早点荣归故里。刘皂没有说为什么来到并州，也没有说为什么又要回到家乡。但是古今一理，料想初渡桑乾水时，背井离乡不过是为理想、功名奔波。年方日久，十载艰辛，一无所获，只得告老还乡，"更渡桑乾水"。

有人说，世界上最珍惜的都是"得不到的"和"已失去的"。那些曾经的擦肩而过，忍痛别离，常常令人肝肠寸断。在并州的十年，诗人日夜想念自己的故乡，故乡的亲友，故乡的山水，几番梦回，恐怕都是故乡缥缈的云烟。可是，当刘皂终于可以踏上返乡的归途，回望并州，忽然惊觉：十年来，并州已经成了自己心中的"另一个故乡"。可当他发现了自己这浓浓的依恋时，竟然又是与故乡的一次作别。

告别一所学校，告别一个朋友，告别一段爱情，哪一次不是转身了之后便泪如雨注。人的感情，常如空气般透明，看不到，摸不着，却在失去的时候觉出了痛苦。

君子之交如细水长流

关于"歃血为盟"的解释，至今仍然争论不休。有的说古代"歃"就是饮的意思，只要把动物的鲜血涂在自己的嘴唇上，便可看作对天发誓，从此休戚与共，患难相扶。也有人说，应该像电视里演的那样，大家咬破手指，把血滴在碗里，取意"血浓于水"，一饮而尽，此后肝胆相照，荣辱与共。正所谓"亲戚有远近，朋友有厚薄"，能够同生共死的毕竟只是少数。但如果能够以诚相对，还是可以交到真正的朋友。

在现实生活中，每个人都可以有很多种朋友。有的可以共同逛街购物、照顾饮食起居，视为"伙伴"；有的只能吃喝玩乐，被称为"狐朋狗友"；而有的却秉持共同的操守，激励彼此的进步。知人看伴，在朋友的身上，就可以很明显地看出一个人的性格、学养与气度。因此，古人特别重视"朋友"。在他们的眼中，"同心为朋，同志为友"，只有志同道合，惺惺相惜的人才能够配做"朋友"。

因为挑选标准的严格，所以一旦相知，自然深情不渝。

> 故人西辞黄鹤楼，烟花三月下扬州。
>
> 孤帆远影碧空尽，惟见长江天际流。
>
> 李白《送孟浩然之广陵》

有人说，这首诗写于李白和孟浩然的第一次相遇。也有说他们早在几年前相遇，二人惺惺相惜，赞叹彼此的才华，并引为知己。此番重逢，是李白得知孟浩然要去广陵，所以约会在黄鹤楼，互诉相思。说是"相思"，其实并不为过。在这首诗中，李白说，孟浩然要去广陵了，我看着他离开黄鹤楼，在这春光烂漫的三月乘船远航。那船帆已经消失在云海蓝天之中，只有滔滔的江水翻滚着流向天边。

117

　　李白的感情随着连绵的江水不断起伏，孟浩然已经走了，但是李白依然伫立在楼上眺望。

　　就像诗人舒婷在《双桅船》中写道，"你在我的航程上，我在你的视线里"。

　　朋友走后，用独立黄鹤楼、不忍离去的孤寂来衬托深厚的情意，虽然没有写半点离愁别绪，但那滔滔江水，恰如滚滚春愁，浓得再也化不开了。人们常说古代人表达感情是含蓄的，但其中也有很多直抒胸臆的诗句，将互相的倾慕与喜爱表达得淋漓尽致。

吾爱孟夫子，风流天下闻。

红颜弃轩冕，白首卧松云。

醉月频中圣，迷花不事君。

高山安可仰，徒此揖清芬。

李白《赠孟浩然》

李白对孟浩然的感情，在这首诗里似乎得到了完全的确认。开篇起笔，李白就表达了自己的感情："我爱孟浩然，他的风流天下皆知。"接着，李白说到了自己为什么如此喜欢孟浩然。他说孟浩然很年轻的时候就放弃了仕途，到老年更是卧在松林之间，开怀畅饮，独得生活的乐趣。而这份高山仰止的美德，犹如清香的花朵散发出迷人的芬芳。

也许，很多人都不明白，为什么李白一生积极入世，却对安贫乐道的孟浩然"情有独钟"？其实，李白生性浪漫、自由，与其说他热衷于功名，不如说他热衷于建功立业，而且内心始终对自由的田园生活充满了向往。而作为隐士的孟浩然，早年时候也曾求取功名，但不第后便欣然隐居，且终身不再出仕。他能够以布衣终老却名闻天下，其才学和修养，自然都是人中极品。所以，在李白的眼里，不管他是不是权贵，哪怕他只是普通百姓，但也依然是自己的"手足兄弟"。

> 杨花落尽子规啼，闻道龙标过五溪。
>
> 我寄愁心与明月，随君直到夜郎西。
>
> 李白《闻王昌龄左迁龙标遥有此寄》

这首七绝是李白送给好友王昌龄的。李白听到王昌龄被贬消息的时候，正在外漫游。听说好友被贬，立刻写诗慰藉。"杨花已经落尽了，杜鹃却在不断地哀啼，我听说你遭到了贬官，要去扬州了，路上要经过五道溪水（辰溪、酉溪、巫溪、武溪、沅溪）。我把对你的担忧和愁绪都托付给明月了，让我的这份心意陪伴你一直走到夜郎以西（夜郎乃地名）。"

曾经有一个著名的英语故事，说两个朋友去林中打猎，不料遭遇灰熊袭击。其中一个身强力壮的人丢下弱小的朋友，自己逃生去了。等危机解除后，他很好奇朋友能够死里逃生，便好奇地询问，刚才灰熊对朋友说了什么。朋友冷冷地说："患难的朋友才是真正的朋友。"这似乎也应了中国那句老话"患难真情"。只有经历过共同苦难的朋友，才称得上"知己"。

陶渊明说"落地为兄弟，何必骨肉亲"。茫茫人海，如浮萍相遇，能够成为朋友，就更应该珍惜。快节奏的现代生活常常带给人们浮躁的心理，在这样的氛围中，钱、权、利，都可能改变单纯的人际关系。每一次升迁、谪贬，人生际遇的起伏，可能都会影响到人们的选择。

人的生活都会有起有落，"三十年河东，三十年河西"，各种成败、酸甜都要经历。这个时候，李白的态度似乎正是现代人所应该学习的典范。他对孟浩然的布衣、王昌龄的贬官似乎不介意，在他的心里，朋友的志向与情谊，远比朋友的身份和地位重要。其实，真正的朋友，就应该像李白这样，不是锦上添花，而是雪中送炭。当朋友顺风顺水，一切尽如人意的时候，也许并不需要太多的鼓励和安慰；可是，当一个人在失败或失意的低谷，朋友的鼓励就会显得尤其重要。每个人都希望在自己遇到困难的时候，有朋友站在身旁，遮风挡雨、同舟共济。但是，却很少有人思考，该用什么样的感情来保持最初的相知。

李白一生蔑视权贵，却常对平头百姓、落难旧友表示自己的心意，说他坦率、天真似乎并不为过。但正是这份真诚与情长，令他在后来遭遇同样贬官命运的时候，收到了来自杜甫的想念，一首《梦李白》遥寄情谊。

踏歌畅饮，送别也浪漫

　　古代的生活终究没有现代便捷，既不能打电话，也无法上网视频。迢迢千里，即便有相聚的意愿，翻山越岭，没有三五个月恐怕也很难相见。所以，每一次的相聚和分离，大家都非常珍惜。此地一别，真是不知何年何月才能再见！按理说，这样伤感的事情，放在现在，肯定会感动得人们"涕泣零如雨"，执手相看，泪眼婆娑，更无语凝噎。但放在唐代，虽然伤感，大家仍然谈笑风生，而且还互相鼓励：山高路远，却也来日方长！

　　　　千里黄云白日曛，北风吹雁雪纷纷。

　　　　莫愁前路无知己，天下谁人不识君？

　　　　　　　　　　　　　　　　高适《别董大》

　　很多人并不知道董大是谁，以为他不过是高适一个姓董的朋友，其实不然。这个董大在盛唐时期，是一个著名的琴师，声誉很高。也有传闻说他是著名的隐士，居住在山野林间，清心寡欲，如道如仙。不管哪种说法，都可以证实一点：董大的确是唐代的名人。所以，高适对他的鼓励其实并不过分。

　　黄沙漫天，把白云也几乎染成了黄色。北风呼啸，群雁在大雪纷纷中向南而飞。如此忧郁的天气里，高适即将告别这位著名的琴师。他鼓励董大说，不要担心前路茫茫没有知己，以你的才华和名气，天下哪有不认识你的人呢！言外之意，像你这样优秀的人，到哪儿都会受到人们的喜欢。如此宽慰朋友，对方也满载着祝福上路，这样的离别便冲淡了愁绪。

　　"与君离别意，同是宦游人。海内存知己，天涯若比邻。"这样的洒脱似乎只有唐代才有。到了宋代，柳永和青楼女子作别时，"执手相看泪眼，竟无语凝噎"，拉着她们的手，竟然哽咽无声，不知道说什么才好。其实，唐代人

121

并不是不懂离别的含义，"后会有期"不过是互相宽慰的话。从此山高路远，道阻且长，何年何月才能重逢，只能是彼此心中的一个"问号"。但他们似乎不愿意将这样的惆怅带给朋友，所以，每一次送别除了互道"珍重"，还要喝酒、赋诗，将这曲离歌唱得更有情调。

> 风吹柳花满店香，吴姬压酒劝客尝。
> 金陵子弟来相送，欲行不行各尽觞。
> 请君试问东流水，别意与之谁短长？
>
> 李白《金陵酒肆留别》

　　风吹着柳花，酒店里飘满了清香。酒店中的侍女取了美酒，请各位品尝。金陵很多朋友都来为我送行，我们频频举杯喝尽美酒。请你们问问这东流之水，和我们绵绵的别情相比，哪一个更长？人们都知道李白是酒神，不管是愁是喜，都用喝酒来表达自己的感情。清酒、烈酒、浊酒、得意或失意的酒，在李白的手里都能喝出一番况味。离别本来是一件令人伤感的事，但酒入愁肠，也便化成了绵绵的情意，忧而不痛，哀而不伤。王维的这首《送元二使安西》也是这类的典范。"渭城朝雨浥轻尘，客舍青青柳色新。劝君更尽一杯酒，西出阳关无故人。"轻轻的雨丝，青青的柳条，在这样的美景下，"请你再饮一杯酒吧，恐怕从今一别，就再也见不到老朋友了"。如此的深情，配上细雨后清新的空气，伤感中带着些温暖的震荡，从容而悠扬地流淌在彼此的心中。长亭、古道，酒楼、江畔，他们用诗和酒装点了一次送别的盛宴。最有意思的是，有的诗人，喝酒喝得太多，结果喝醉了后酣然入睡，等到醒来，才发现朋友已经走远，满目山河，尽是惆怅之情。

> 劳歌一曲解行舟，红叶青山水急流。
> 日暮酒醒人已远，满天风雨下西楼。
>
> 许浑《谢亭送别》

许浑说，唱罢送别的歌曲后，你也要解舟远行了，青山、红叶，还有湍急的流水，一波波，激荡起蓬勃的深情。等到酒醒的时候，太阳已经落山，人也已经远去。满天风雨中，只有我独自一人走下西楼！这天光云影，徘徊出一段孤寂与忧伤。所以，其实唐代诗人的送别有时候也充满了惆怅："故关衰草遍，离别正堪悲。""掩泣空相向，风尘何所期。"（卢纶《送李端》）但这份忧伤并不能抵挡唐人送别时的浪漫，比如除了喝酒，他们还唱歌。许浑说"劳歌一曲解行舟"也是这种习俗的体现。

李白曾写过一首名篇《赠汪伦》："李白乘舟将欲行，忽闻岸上踏歌声。桃花潭水深千尺，不及汪伦送我情。"李白说，我踏上小船，刚要走的时候，忽然听到岸上传来了歌声。桃花潭的水有千尺之深，但终究及不上汪伦对我的情谊。踏歌，其实是唐代民间流行的一种唱歌的方法，就是边唱歌边用脚踏地，踩出相应的拍子。

李白在游览桃花潭的时候，经常在汪伦家做客，等到他临走的时候，汪伦带着村民来给他踏歌送行。李白非常感动，所以写此诗赠给汪伦。后来，村民们为了纪念李白，在桃花潭的岸边修建了著名的"踏歌岸阁"，至今，这里仍是旅游胜地，游人如梭。

"天之涯，地之角，知交半零落。"古今中外，所有的离别都逃不过"愁绪"二字，这也是李叔同先生这首《离别歌》能够深入人心的地方。然而，斜阳、芳草，一壶浊酒、一曲离歌，唐代人以自己的情致、风俗，将本应难舍难分、肝肠寸断的场面，演绎得真实而又动人。在分别的刹那，伤感固然是人之常情，但能够控制自己的感情，隐而不发，反以笑脸相送，这哀愁才算真的深婉到了心中！

血浓于水而溶于水

　　很多地方直到现在依然保留着这样的风俗：女儿出嫁的时候，父母和孩子会抱头痛哭。还有说，哭得越厉害，说明以后的婚姻越幸福，但这一点似乎无从考证。至于为什么大家都会痛哭，多半是"仁者见仁，智者见智"的事情。有人说，女儿出嫁，从此便不在父母身边，即便交通便利的今天，也很难再如未婚时日夜陪伴双亲，故而伤心落泪。还有人说，毕竟嫁作他人妇，在婆家不知道孩子会不会受到委屈。女儿是妈妈的贴心小棉袄，自然也是父母的掌上珠，心头肉。所以，父母不舍得女儿走，女儿也不忍离去，哭一哭也是人之常情。

　　但父母表达感情的方式毕竟不同。母爱可以涕泪长流，汪洋恣肆，不加限制；而父亲却常常作劝慰之语，只略表伤心。就像人们常常见到母亲的叮咛，却很少听到父亲的嘱托。这倒不是因为父亲的爱少于母亲，而是因为他们表达爱的方式各不相同。"父爱如山，母爱如水"。水之流奔腾不息，叮咚作响，敲击人们的心田；而山之爱，常常是一种静静的沉默，无声的依托。就像朱自清《背影》里父亲买橘子的身影，蹒跚、踉跄，却为孩子们支起了"碧海蓝天"的梦想。大爱无言，大音希声，说的就是父爱的博大与深沉。

永日方戚戚，出行复悠悠。女子今有行，大江溯轻舟。
尔辈苦无恃，抚念益慈柔。幼为长所育，两别泣不休。
对此结中肠，义往难复留。自小阙内训，事姑贻我忧。
赖兹托令门，仁恤庶无尤。贫俭诚所尚，资从岂待周。
孝恭遵妇道，容止顺其猷。别离在今晨，见尔当何秋。
居闲始自遣，临感忽难收。归来视幼女，零泪缘缨流。

韦应物《送杨氏女》

这是中唐著名诗人韦应物在女儿出嫁之时，写给她的诗。韦应物说妻子早丧，抚养女儿的时候，对女儿的怜爱更多了几分。因为妻子离世，两个女儿多年来一直相依为命，姐妹情深，此番分别，她们只能流泪互诉衷肠。谁都知道，"女大当嫁"，所以也没办法把孩子留在身边。但是从小没有受到母亲的调教，他又害怕女儿结婚后不会侍奉公婆，遭到别人的批评和责罚。

因为这份担忧，他嘱咐女儿说，婆家是大户人家，你嫁过去一定要贤惠，懂得勤俭持家，要敬老爱幼，恪守妇德，一切言谈举止要合乎情礼。今天，咱们父女就此分别，不知道何年何月才能再相逢。在这离别的时候，伤感忽至，竟然易放难收。回来看到小女儿还在身边，忽然又止不住流下泪来。妻子早亡，对孩子倍加怜爱，令韦应物身兼"严父慈母"的双重职责。女儿出嫁的时候，父母爱，骨肉情，忽然都在分离的时刻跃然纸上，不禁催人泪下。

有人说，"父爱恩重如山，母爱情深似海"，山与海都源于自然而又归于自然，就像亲情如血"浓于水，而又溶于水"。人之亲情，常常润物细无声，无法触摸，却可以感受到它的环绕。尤其是母爱，常常化作一句耳畔回荡的叮嘱，一份深情凝望的眼神，或者只是一双穿旧了的鞋子，一件打着补丁的衣衫。

> 慈母手中线，游子身上衣。
> 临行密密缝，意恐迟迟归。
> 谁言寸草心，报得三春晖。
>
> 孟郊《游子吟》

"母爱"是人类永恒的感情，也是历来文学创作的主题。孟郊准确地抓住了母亲为孩子补衣的细节，交织进游子思乡的感情，将母爱的伟大抒写得非常动人。慈母手中的细线，在游子临行时，密密麻麻地缝进孩子的衣衫，一并系在衣服里的，还有母亲的想念与牵挂，"意恐迟迟归"正是母爱的集中体现。在孟郊看来，作为儿女，寸心如草，无论怎样也报答不了母亲的恩情！"游子不言苦，家书但云安"，似乎只有锐意进取，才能以微弱之力报答母亲的恩情。所以，孟郊在进士及第后，写了一首著名的登第诗：

　　昔日龌龊不足夸，今朝放荡思无涯。

　　春风得意马蹄疾，一日看尽长安花。

孟郊《登科后》

　　他说，昔日的愁苦、贫困都不值一提了，今日登科已经一扫往日的愁绪和阴霾。我愉快的心情如春风拂面，马蹄急促之下，一天就看遍了长安城烂漫的春花。很多评论说，孟郊46岁才中了进士，"一日看尽长安花"实在太过得意忘形，注定没什么大的作为。更有人论证，当年的"得意"缺乏大气度，一副小人得志的嘴脸，所以一生做的都不过芝麻绿豆的小官。

　　可是，假如从孟郊的角度去体会，他从小勤奋苦读，却始终仕途不顺。出身寒门，似乎更知道父母的辛苦，所以，对成功的渴求也就显得非常急迫。当他觉得寸草之心，终于可以微弱地开始报答母亲的恩情时，想必也是欣喜若狂的吧。

　　中国著名的《二十四孝》中有一个老莱子的故事。老莱子虽然年过七十，但父母仍健在，所以从来不说自己已经年老。不仅如此，还经常穿着五色彩衣，手持拨浪鼓，故意摔倒在地，装作婴儿般大哭，哄得父母开怀大笑。反观孟郊登科后手舞足蹈的样子，似乎也和讨好母亲的老莱子没什么两样。看到孩子登科后如此喜形于色，作为母亲，应该也是无比欣慰的吧。毕竟，很多父母都以孩子的理想为自己人生最大的追求。

　　无论是父母对孩子的疼爱，还是子女对长辈的孝心，其实都源于人类最初的本能。这本能就是一种"爱"的奉献与报答，无论是荡气回肠的爱情，细水长流的亲情，还是肝胆相照的友谊，都因为对爱的渴望与寻找，而在人们的骨子里世代相传，代代流淌。

婚恋悟语，妩媚何妨清刚

人道海水深，不抵相思半；
海水尚有涯，相思渺无畔。
携琴上高楼，楼虚月华满；
弹著相思曲，弦肠一时断。

李季兰《相思怨》

女子的相思大抵如此：如泣如诉，如怨如慕。即便再高明的女子，陷入爱情的漩涡，也躲不过相思的苦楚。"永浴爱河"不过是人们的一种希望，世间的许多爱情，不过是喝了海水后才慢慢发现，海水和泪水一样的苦涩，一样的咸。

可惜，世人只识海水深，却不知道比海水更深更寒的便是相思的苦楚。毕竟，海水的尽头还有海岸，但相思的尽头却依旧是无尽的相思。所以，在这长长的叹息中，李季兰只能独倚高楼，轻抚琴弦。可是人去楼空，抬头却望见一轮满月，月华深浓。曲调悲切处，不禁折断琴弦。此等忧伤，又是怎样的断肠人！这首《相思怨》语言直白，通俗易懂，即便远隔千年，她当年的缕缕情丝依然历历如新。

写作此诗的李季兰是唐代诗人李冶，著名的才女，也是同样著名的女道士。和大唐的公主一样，唐代的很多平民女子也会选择"出家"做道士来躲避尘世的纷扰。鱼玄机说："易求无价宝，难得有情郎。"弃绝红尘、遁入空门，说到底都是因为没有遇到一段美满的姻缘。完美的婚姻就像一个平滑的圆，在任何对接处都毫无牵强感，而且通体圆润，流畅自如。所以有人说，"好的爱情是不累的"。

也许是基于这种人性化的考虑，唐朝的婚姻制度非常开放：从贵族公主到百姓民女，离婚再嫁都不算什么耻辱。这一点虽然极合人性，但也给唐代女子带来许多负面评价，从衣着服饰到再婚再嫁，更是后世指责她们风流的佐证。

张艺谋导演在接受媒体采访时也曾表示，在电影《满城尽带黄金甲》里，唐代女子们豪放的装束，半裸的胸，其实都经过了科学的考查，比如唐宫仕女图就是服饰艺术上的一例明证。

但人们仿佛忽略了历史的特性，除了区别于其他朝代的自由与开放，大部分唐代女子，还是秉持了所谓的"封建道德"，恪守本分，温良恭顺。

三日入厨下，洗手作羹汤。

未谙姑食性，先遣小姑尝。

王建《新嫁娘》

按照习俗，新媳妇过门三天后，要下厨房为大家做饭。但是，新媳妇好做，好媳妇难当，伺候婆婆可不是一件容易事儿。于是，这个灵秀的媳妇想出了一个办法，就是让自己的小姑来尝尝口味，看是否符合婆婆的喜好。一首《新嫁娘》，简简单单二十个字，却将新媳妇曲意逢迎、聪明乖巧的性格刻画得栩栩如生。这当然归功于王建的文学才能，但也少不了唐代女子的聪明。

"琴棋书画诗酒花，当年件件不离它。而今七事都更变，柴米油盐酱醋茶。"婚后的才女，当年都曾经花前月下。但进入婚姻后，相夫教子、勤俭持家、孝顺公婆，同样要遵守封建道德规范。离婚是可以的，不过也没那么容易，名节、地位不是每个女人都能轻易放弃的。所以，即便遇到了真正的爱情，迫于婚姻的束缚，有时候也不得不忍痛放下。

> 君知妾有夫，赠妾双明珠。
> 感君缠绵意，系在红罗襦。
> 妾家高楼连苑起，良人执戟明光里。
> 知君用心如日月，事夫誓拟同生死。
> 还君明珠双泪垂，恨不相逢未嫁时。
>
> 张籍《节妇吟》

这首诗的大意如下：你知道我是有夫之妇，却赠给我一对明珠。我感激你的情意，将它们系在红罗襦上。我丈夫家也是有地位、有权势的名门望族，所以，我尽管知道你对我情深义重，也只能和丈夫"共进退，同死生"。今天，将这对明珠含泪送还给你，只能怪造化弄人，没有让我们在未婚时相遇。诗作的最后两句尤其深婉，历来为人所称道。

很多人考证说这首诗表面上写的是男女之情，实则寄托了张籍的政治理想。但仅从诗作理解，这首《节妇吟》却不失为唐代女子信守婚姻的典范。人们说"爱情是婚姻的坟墓"，这里的爱情当然是特指婚外恋。长期的婚姻生活磨平了两个人的棱角，却也无声地淡化了彼此的激情，所以有"七年之痒"这一经典说法。此时，如果愿意放纵自己，当然会有出轨的"机会"。但踏出这一步，婚姻也便就此名存实亡。

作家三毛曾经在散文中提到一个故事，她说丈夫荷西有次告诉她，"他爱上了别人"。多数女人听到这样的说法，都会暴跳如雷，但三毛没有这样做。她认真地听丈夫讲述了那个女孩的故事，发现那也是个非常美好的女子。所以，她对荷西说："你去试着跟她生活。一年之后，你喜欢她的话就留在她身边，想念我就回来，如果都放不下，我们三个人就一起生活。"实验的结果是荷西又回到了三毛的身边。

　　婚姻以外的爱情，能够给人刺激，但兴奋过后，依然要回归平淡。再大的激情也有燃尽的时候；坚守婚姻，也便守住了幸福的底线。如此说来，张籍笔下的"节妇"似乎比现代人更有智慧。于情于理，"还君明珠双泪垂"，既不乏对别人感情的尊重和感谢，也没有突破道德和婚姻的规范，有情有义却也有礼有节，实在是一个懂得感情又珍惜生活的才女！

　　倒是明代瞿佑十分无聊，续写了一首《续还珠吟》："妾身未嫁父母怜，妾身既嫁室家全。十载之前父为主，十载之后夫为天。平生未省窥门户，明珠何由到妾边。还君明珠恨君意，闭门自咎涕涟涟。"此诗不但大肆鼓吹了"在家从父，出嫁从夫"的封建道德，还标榜了足不出户的"规矩"，在还君明珠时还狠狠地愤怒了一把，闭门思过不禁泪流满面觉得自己非常委屈。

　　明代时礼教的桎梏已经非常严重，很多妇女被诬不贞后，怕受唾弃，居然回家上吊自尽，以死明志。和这"吃人的贞操"相比，唐代妇女的确是开放的、风流的，但也同样是幸福的、自在而又快乐的。她们多情却不滥情，一切爱恨都源于自然与人性。而这风行水上的潇洒和快意，反倒比明代扭捏的矜持来得顺畅、舒服！

　　洗手作羹汤，还君明珠泪，都在风流妩媚的背后，增加了智慧与坚强。温柔如水固然是女子的美德，但如一眼活泉，自由奔放，又何尝不是一种风景。刚柔相济，重义也重情，才应该是女子最佳的状态。温柔的讨巧，含泪的拒绝，这样的妩媚也该算是一种清刚吧。

沧桑

生命所有的宝贵与遗憾全在于一点：没有草稿。「人生有限，宇宙无穷」，这是唐代诗人留给后世最深切的感伤。时间如此残忍，一刀刀划开岁月的衣衫；

时间又那样温润，像一块晶莹的美玉，保存着对记忆的思念。那些印在唐诗里的

「时间碎片」，如流逝的青春，消散的斜阳，叶落的深秋，绽放过绚烂，然后凋落。

那些沧桑的时光，犹如老树上的年轮，记录了岁月的流淌，也雕刻着人生与成长。

韶华易逝，千古惆怅

曾经有一幅很著名的漫画：弯弯曲曲的人生路，年幼的孩子蹦蹦跳跳地站在路的起点，毫无耐心地说："这条路真长啊！"而两鬓风霜的老人，站在路的终点，手拄拐杖，无不伤感地叹道："这条路真短啊！"这似乎是一种人生的悖论。在一个人年轻的时候，还不懂得生命的宝贵，自然希望时间过得快些；而当一个人到了老年，发现许多梦想都还来不及实现，反而希望时间可以过得慢些。

朱自清在他的散文《匆匆》中说："洗手的时候，日子从水盆里过去；吃饭的时候，日子从饭碗里过去；默默时，便从凝然的双眼前过去。我觉察他去的匆匆了，伸出手遮挽时，它又从遮挽的手边过去。天黑时，我躺在床上，他便伶伶俐俐地从我身上跨过，从我脚边飞去了。"这段轻盈的文字，看似不着闲愁，却包含了作者的怅然若失。

时间像一条铁轨，漫无边际地铺展在每个人的眼前。但是，神龟虽寿，犹有竟时。不管你怎样看待人生，珍惜或者浪费，它都如滔滔江水般一去不复返，只能眼见年华老去。所以，中国有句俗话，"年轻别笑白头翁，花开花落几日红"。没有谁能够永远朱颜皓齿，"人生韶华短"，早一步或者晚一步而已，每个人都要步入白发苍苍的行列。

> 洛阳城东桃李花，飞来飞去落谁家？
>
> 洛阳女儿惜颜色，坐见落花长叹息。
>
> 今年落花颜色改，明年花开复谁在？
>
> 已见松柏摧为薪，更闻桑田变成海。
>
> 古人无复洛城东，今人还对落花风。
>
> 年年岁岁花相似，岁岁年年人不同。
>
> 寄言全盛红颜子，应怜半死白头翁。
>
> 此翁白头真可怜，伊昔红颜美少年。
>
> 刘希夷《白头吟》节选（又名《代悲白头翁》）

洛阳城东开满了桃花与李花，飞来飞去，不知道都落在了谁家。洛阳的女子感慨落花，常常叹息犹如人生的绽放与凋落。今年落花的时候，容颜已经变老了，明年花开的时候，不知道还有谁能健在。沧海桑田，大自然鬼斧神工还有什么不能改变吗？古人已经不会再经过洛阳城东了，而今天的人却依然对着风中落花感慨。年年月月，花都是一样开落；可是，月月年年，赏花的人却已然不同。诗的后半段写到白头老翁，说这老翁也曾经是红颜美少年，可惜一朝生病无人过问。言外之意，这红颜少女也终有两鬓风霜的一天，韶光易逝，不过都是短促之间。

也许很多人记不住整篇诗作，但其中有一句，却每个人都记得："年年月月花相似，岁岁年年人不同。"

推杯换盏之际，哀伤落寞之时，似乎都能令人轻轻地吟诵起这句诗。

很难说到底是悲伤还是快乐，又或兼而有之，总归是写出了自然的恒常与人生的无常。

按《大唐新语》的说法，这首诗"一语成谶"，是不祥的征兆。刘希夷写完这首诗不到一年，果然被人害死了。也有传闻说，是因为他的舅舅宋之问非常喜欢这两句诗，想霸占这两句诗的"出处"，让刘希夷让渡这两句诗作的"版权"，但刘希夷不愿意，所以宋之问记恨在心，就派人把他害死了。

无论是哪种缘由，总之，在第二年花开依旧的时候，写诗的人已经亡故了，不禁令人感叹"年年花相似，岁岁人不同"！庄子说，"人生天地之间，若白驹之过隙，忽然而已。"和浩渺的宇宙、无穷的时空相比，人的生命微小如一粒尘埃。但恰恰因为这份短暂，人们才能在悲欢离合的背后，感受到自然的博大与恒常，对生命的存在产生深深的敬畏与珍惜。

春江潮水连海平，海上明月共潮生。
滟滟随波千万里，何处春江无月明。

时间如此残忍，一刀刀划开岁月的衣衫；时间又那样温润，像一块晶莹的美玉，保存着对记忆的思念。

江流宛转绕芳甸，月照花林皆似霰。

空里流霜不觉飞，汀上白沙看不见。

江天一色无纤尘，皎皎空中孤月轮。

江畔何人初见月，江月何年初照人？

人生代代无穷已，江月年年只相似。

不知江月待何人，但见长江送流水。

张若虚《春江花月夜》节选

张若虚乃是开元年间著名的"吴中四士"之一，至今存诗仅有两首，而这首《春江花月夜》以"孤篇盖全唐"的美誉，流传千古，被闻一多赞为"诗中的诗，顶峰的顶峰"。

"春、江、花、月、夜"五个字包含了五种景色，而这五种意象，都包含了自然的循环往复与人世的更迭。轮回的春天，流动的江水，花开花落是时光的一份见证，千古月光照耀着古今的人们，而清凉的夜色也陪衬了如水般的岁月和生活。所以，张若虚说"人生代代无穷已，江月年年只相似"。不知道江月在等待什么人，只能看见长江流水，绵绵不绝。

很多著名评论家都说，刘希夷的"红颜与白头"，张若虚的"宇宙与人生"都是一种对生命和青春的歌颂，说他们扭转了唐朝宫体诗旖旎的词风，象征了初唐的刚健与昂扬。也许，就整个唐代诗坛来说，他们确有如此之作用。但对于一个优秀的诗人来说，反倒是他们的"惆怅"成就了个人诗歌史的巅峰。在这"前有古人，后有来者"的历史长河中，每个人都"弱若微尘，短如一瞬"，对青春和生命的咏叹是人类永恒的主题。

不是每个人都喜欢建功立业，也不是每个人都渴望力挽狂澜，期待在流动的光阴中镌刻下自己的名字。更多的时候，人们还是喜欢品味平凡的幸福。如果逝去的时间可以重新让人浪费一回，相信一定会有很多人愿意倾其所有，重新换一次年少青春！古今多少事，所有的惆怅，都不过是因为"盛年不再"！花开花落，年复一年，这江水、月色都依然清新如昨，可那些曾经对月长叹，对花流泪的诗人，却已经长存在历史的遗迹中。

人们常常感叹，青春只有一次。但人生，又何尝不是呢？

秋风入唐，不染浓愁

自古逢秋悲寂寥，我言秋日胜春朝。

晴空一鹤排云上，便引诗情到碧霄。

刘禹锡《秋词》（其一）

这首《秋词》历来被看作刘禹锡的代表作，也是他一反前人悲秋落寞情怀的昂扬赞歌。一句"自古逢秋悲寂寥"道尽了千古文人的悲秋情结。而在刘禹锡看来，秋高气爽的天气，似乎比春天还要给人以鼓舞。晴空之上，一只展翅高飞的鹤冲天而上，排云的斗志激励了诗人，将他的诗情倏忽间便引到了碧霄之上。其通达的态度，乐观的精神，令刘禹锡的诗从所有吟诵秋天的苦恼中解脱出来，想到秋天的辽阔、壮美，就会不自觉地吟诵起他的这首诗。

文人悲秋似乎已经成了天经地义的事，也仿佛内化成了文学的一种传统。想到秋天，就可以感受到初秋的愁绪，深秋的暮气，一点一滴，都渗透在中国的诗词中。

"怕逢秋，怕逢秋，一入秋来满是愁。""秋风秋雨愁煞人。""秋花惨淡秋草黄，耿耿秋灯秋夜长。已觉秋窗秋不尽，那堪风雨助凄凉！"而"秋风扫落叶"则更添一份悲凉，世故人情，人走茶凉，都在这份落寞中徒增绝望。

但是，在刘禹锡的眼中，秋天就是天高地阔的雄壮。

他共有两首《秋词》，除上面提到的描写神清气爽的秋韵外，另有一首描写秋色的诗。两首诗虽然写作的重点不同，但是放在一起，却相得益彰，将秋天的骨气与景色，都融化在了舒远与旷达中。

山明水净夜来霜，数树深红出浅黄。

试上高楼清入骨，岂如春色嗾人狂。

刘禹锡《秋词》（其二）

明朗的山，纯净的水，夜里的霜，都如此清透、洁净。浅黄的秋色中，夹杂着几树鲜艳的红叶。试着登上高楼，清气入骨，哪里像春色那样撩人情思，引人发狂。刘禹锡将春和秋放在一起对比，写出了秋天的朴素、爽朗与纯净。第一首诗，志向远大，如一鹤冲天；第二首诗，心地高洁，如明山净水。两首诗既纠正了前人"逢秋寂寥"的忧伤，也展示了诗人的志向与情操，可谓"一箭双雕"。

唐代诗人对于秋天的感情，似乎都是清凉、爽利的。好像唐代的秋天从不拖泥带水，而是干净、利落，给人以振奋，促人以豪情，昂扬的精神面貌和情怀，常常给人以朝气蓬勃的力量。

"诗言志"是中国诗歌历来的传统，文人们常常借助诗歌来表达自己的感情和志向。而唐代诗人对秋高气爽的歌颂，正是唐朝蓬勃激情的具体显现。秋风秋雨、秋月秋花，常常不是没有缠绵的愁绪，而是带来清新和凉爽。

宿雨朝来歇，空山秋气清。

盘云双鹤下，隔水一蝉鸣。

古道黄花落，平芜赤烧生。

茂陵虽有病，犹得伴君行。

李端《茂陵山行陪韦金部》

下了一夜的雨，在第二天的清晨终于停了。空蒙的山里，秋气弥散，清新凉爽。看到鹤飞，听到蝉鸣，望着道路两旁被雨水打下来的黄花。在这样的清冷中，空气一碧如洗，李端也觉得即便身体微恙，也仍然要陪着同伴旅行。秋天似乎都布满了浓浓的愁绪，唯独在唐朝的天空下，秋天给人的是清冷、矍铄和振作。

弃我去者，昨日之日不可留。

乱我心者，今日之日多烦忧。

长风万里送秋雁，对此可以酣高楼。

蓬莱文章建安骨，中间小谢又清发。

俱怀逸兴壮思飞，欲上青天揽明月。

抽刀断水水更流，举杯销愁愁更愁。

人生在世不称意，明朝散发弄扁舟。

李白《宣州谢朓楼饯别校书叔云》

这首诗是李白的代表作，风格豪迈、飘逸，也有着彻骨的潇洒。"长风万里送秋雁，对此可以酣高楼。"看到秋雁远去，万里长风扑面而来，诗人不但没有愁怨，而且举目望苍天，酣醉在高楼。人生在世的不称意，就此抛在脑后，大有"让往事都随风去吧"的洒脱。虽然没有刘禹锡"我言秋日胜春朝"那种质朴的诗句，但全诗读来酣畅、痛快，毫无半点秋愁，而且意境疏朗、壮阔，引人神思飞扬。

及至晚唐，描写秋天景色的笔法，也并未改变。比如杜牧的《山行》：

远上寒山石径斜，白云深处有人家。

停车坐爱枫林晚，霜叶红于二月花。

杜牧《山行》

沿着蜿蜒遥远的山路向寒山行进，在那白云缭绕的地方，住着几户人家。我几次停下车来，欣赏这枫林、晚景，被风霜染红了的枫叶，比二月的红花更加鲜艳夺目。秋天的景色如此静美，令诗人深深地迷恋在这片如火的枫叶中。春天的繁花似锦虽然美丽，却没有漫山红叶的热烈和健朗。秋天，就在这灿烂也辉煌的时刻显出了自己的特色。四季之中，秋乃是丰收的象征。诗人的悲伤不过是季节轮换时短暂的凋落，而欣赏和眷恋的却是孕育并成熟的果实。

光阴的切片，刹那的永恒

有人说，刀刀狗是中国的史努比。可是在"同为狗类"的包装下，似乎刀刀的心事更合中国人的口味。比如，它曾经语重心长地告诉人们："别去校对时间，那会让你突然老去。"这句看似漫不经心的话，读起来不免令人伤感。光阴似箭，日月如梭，弹指间灰飞烟灭，人世间最无情的便莫过于时光。

> 老去悲秋强自宽，兴来今日尽君欢。
>
> 羞将短发还吹帽，笑倩旁人为正冠。
>
> 蓝水远从千涧落，玉山高并两峰寒。
>
> 明年此会知谁健？醉把茱萸仔细看。
>
> 杜甫《九日蓝田崔氏庄》

杜甫说，他已经老了，悲秋的愁绪也更加浓重。但正赶上重阳，所以他宽慰自己，并决定打起精神来和大家共尽欢乐时光。结果有风吹来，帽子一歪，露出稀疏的短发。羞愧之余，忙请旁边的人帮自己整理帽冠。抬眼望去，蓝天之水，在远处奔泻；玉山之峰，携着高处的轻寒。山高水阔，壮怀激烈，不免感叹人世的短暂。不知道明年的这个时候还有谁能健在，带着茱萸再来这里聚会！"细看茱萸"就犹如刀刀说的"校对时间"，和永恒的自然、无尽的岁月相比，只会让人觉得自己突然苍老。于是不免心惊，人生太短，却常常叹息太长！哪一刻才值得为之驻足！

陶渊明在《杂诗》中说："盛年不重来，一日难再晨。及时当勉励，岁月不待人。"在古人看来，惜时似乎是一种良好的品德。盛年和清晨都是一个人最宝贵的时光，珍惜时间，不是纵情享乐、游戏人生，而是建功立业，开创属于自己的天地。所以，晚唐诗人王贞白说"一寸光阴一寸金"，并不是光阴可以存下来卖出去；恰恰相反，正是因为无法留住光阴，才令其成为无价之宝。千金散尽还复来，但一掷如梭的时光，却永远无法回头。

劝君莫惜金缕衣，劝君惜取少年时。

花开堪折直须折，莫待无花空折枝。

杜秋娘《金缕衣》

有学者说，这首《金缕衣》并非杜秋娘所作，她不过是中唐时一个著名的歌女，因为曾经唱过此曲，所以便有幸被冠名。这首诗的大意是：我劝你不要在乎那华丽的金缕衣，我劝你还是要好好珍惜青春年少的光阴。花开的时候，不要犹豫，直接折下来便可以了。不要等到花谢之后，徒然折下一段空枝。

从词作的温柔的口吻、如水的规劝中，似乎确实可以读出女子的柔情。看花流泪，见月伤心，的确是女子才容易流露的感情。笑靥如花，如花美眷，女子和花之间，总有千丝万缕的联系。所以黛玉在葬花时不禁感叹："试看春残花渐落，便是红颜老死时。一朝春尽红颜老，花落人亡两不知！"花开花落，最能触动女子细腻的情思。

140

　　而杜秋娘似乎也悟到了这自然的常态，但她并不消极。她鼓励并劝勉世人，不要被金缕衣的物质吸引，要将自己的热情和年华投入到积极进取之中。唯有把握时机，撷取人生最灿烂繁华的光阴，才算不辜负宝贵的生命。

　　相传，李锜因为听了她演唱的这首诗，而将她收为侍妾，成就了一对"忘年恋"的典型。后来，李锜起兵反抗朝廷遭到镇压，作为罪臣的家属杜秋娘被送到后宫为奴。结果，又是因为她演唱了这首《金缕衣》，被唐宪宗赏识，封为秋妃。不管后来岁月如何坎坷，总算没有辜负自己青春的绚烂，惜时的志向，折花的岁月。

　　当然，除了只争朝夕的进取外，享受当下生活，似乎也是唐代诗人别样的风采。就像庄周梦蝶，浑然不知哪里是现实哪里是梦境。穿行在扑鼻迷眼的尘世中，人生的真实却来去空空，人生如梦却又体会着深刻的痴缠与爱憎。滚滚红尘，不妨卸下心灵的重负，在时光的洪流中止步，然后静静地聆听山的呼吸、水的叮咛。

　　李白有句云："浮生若梦，为欢几何？"

　　在这匆忙行走的人间，能有几个人有时间、有心情反思人生呢？除非机缘巧合，得遇名士指点，或可从中体悟生命的刹那与悲欢。

　　　　终日昏昏醉梦间，忽闻春尽强登山。

　　　　因过竹院逢僧话，又得浮生半日闲。

　　　　　　　　　　　　　　　　李涉《题鹤林寺僧舍》

　　人生一场大梦，世间几度秋凉。顶着建功立业的志向，也常常压得人没有喘息的机会。所以李涉说，终日碌碌无为地奔忙，仿佛在梦中一般。忽然听说春天就要过去了，所以还是决定出来登山。路过竹林深处，偶遇寺庙里的僧人，闲谈中受到智慧的点拨，令俗世麻木之心，获得了片刻的轻松和欢愉。一句"浮生半日闲"道尽了人世沧桑事，也点醒了世俗混沌人。

　　"天下熙熙，皆为利来；天下攘攘，皆为利往。"为加官晋爵，为仕途功名，为建功立业，芸芸众生以各种理由在不懈地奋斗着，珍惜了青春，却辜负了年华。惜取少年时固然是昂扬的一种状态，但于忙碌中品一杯香茶，也是人生应有的一种潇洒。自在的生活，如水的智慧，应该是张弛有度，不断调整生活的节奏和灵感。

　　抓一把茱萸仔细端详，在这束光阴的标本中，杜甫找到了悲秋与自强。再大的手掌，也握不住如水的光阴，但却可以找到时光的碎片，如同一叶叶甜美的诗篇，有的写着珍惜青春，应该充实而勤奋，也有的悄悄地告诫人们要"偷得浮生半日闲"，退去浮华，才能给心灵以宁静的港湾。

　　相传，元代名士莫子山某次出游，途经寺庙，想起李涉当年的幸运，希望自己也可以得遇高僧指点。不料，寺中方丈竟然比红尘中人更贪钱财，俗不可耐，而且非要他赠诗一首留作纪念。莫子山却不开情面，便将李涉的句子颠倒下，得了首新诗："又得浮生半日闲，忽闻春尽强登山。因过竹院逢僧话，终日昏昏睡梦间。"虽然只是句式的调整，却写出了自己尴尬的"半日闲"，庸僧的鄙俗也轻松地见诸笔端！

　　"日子怎么过，快乐不快乐"，每寸偷闲或忙碌的时光，都藏着人们深深的眷恋。嬉笑怒骂，每一个生动的刹那，都是时光留给未来的标本。

黄昏，人生最后的绝响

那天晚上，他心情抑郁，于是驾车出门散心。来到古原的时候，夕阳的光芒如一柄利剑，劈开了他的胸膛，对人生的感悟忽然灵光乍现。于是，他写下了一首千古名篇。

> 向晚意不适，驱车登古原。
> 夕阳无限好，只是近黄昏。
>
> 李商隐《乐游原》

李商隐的这首诗流传很广，也因此给了人们一种固定的惆怅：夕阳的景色虽然十分美好，只可惜已经接近黄昏，日薄西山，再多的浪漫也挽不住人生的时光了。叹息，就在这样的余晖中悄悄袭来，将世世代代的人击中，涌起无数的伤感。

在中国传统的感情中，人们对清晨的喜欢要胜过黄昏，对春天的喜欢胜过秋天。因为"一年之计在于春，一日之计在于晨"。晨与春都象征一种开始，唯有欣欣向荣的时光才能带给人希望，催促人奋进。所以，那些送别、离愁多是在秋雨迷蒙的傍晚，似乎也只有这样的落幕，才能将时光交错、人世无常都融解在这一片夕阳之中。

> 昔人已乘黄鹤去，此地空余黄鹤楼。
> 黄鹤一去不复返，白云千载空悠悠。
> 晴川历历汉阳树，芳草萋萋鹦鹉洲。
> 日暮乡关何处是，烟波江上使人愁。
>
> 崔颢《黄鹤楼》

　　这首诗的大意是：曾经的仙人已经驾鹤西去，这里只留下一座空空的黄鹤楼。黄鹤飞去后便再也没有回来，千百年来，只有朵朵白云依旧在楼前舒卷、漂浮。汉阳的树木在阳光下清晰可见，鹦鹉洲上，草木也无比丰盛。在这暮色降临的时候，我举目远眺，何处是我故乡？江上，烟波荡漾，无尽的愁绪随着这片暮霭弥散其中。

　　崔颢的《黄鹤楼》历来被尊为唐诗七律之首。相传，有一次李白来到黄鹤楼想要题诗，结果看到这首诗后十分佩服。珠玉在前，不得不暂时搁笔。当然，这只是传闻，但却足以说明这首诗渲染的感情，真实丰富，影响深远。在这片夕阳山色之中，美景虽美，却依然抵不住对故乡的思念。"树高千丈，叶落归根"，这是传统文人的家园理想。而此时，傍晚的余晖拉长了诗人的愁绪，白云悠悠，人生有限，无限苍凉尽收笔底，波澜壮阔时，很难分清这究竟是因为日暮的惆怅还是故乡的渺茫。时光，在这昏黄的落日中，成了心底最深的烙印。

　　早晨是一天的开始，黄昏是一天的结束。在这晨昏之间，数不清的是似水流年。建功立业的人，告老还乡的人，打算一展雄才伟略的人，都在黄昏时分反思自我与人生。

山石荦确行径微，黄昏到寺蝙蝠飞。

铺床拂席置羹饭，疏粝亦足饱我饥。

夜深静卧百虫绝，清月出岭光入扉。

人生如此自可乐，岂必局束为人靰。

嗟哉吾党二三子，安得至老不更归。

　　　　　　　　　　　韩愈《山石》句选

山石峻峭，山路狭窄，黄昏的时候来到寺庙，发现庙里有蝙蝠乱飞。僧人为自己准备好床铺和饭食，饭菜虽然粗粝，但足以填饱肚子。夜深的时候，静静地躺在寺庙中，万籁俱静，连小虫的低鸣也听不到了，明月爬上了山头，清辉通过窗户水银般泻落在地上。随后，韩愈描写了清晨的美景，然后感叹，人生之事能够自得其乐就好，何必要受制于他人呢？我的那几个朋友已经年老，怎么还不返乡呢？

韩愈这首诗从黄昏写起，写到深夜的寂静，清新的黎明。这与其他诗人常常从清晨起笔，看朝阳绚烂，观夕阳伤感大有不同。在韩愈的诗中，能够果腹、蔽体，便知足常乐，根本不用理会晨昏的区别。高尔基也曾说："世界上最长而又最短，最快而又最慢，最平凡而又最珍贵，最易忽视而又最令人后悔的就是时间。"时间每分每秒都是一样宝贵，"晨与昏"不过是人们用来计时的标准，"昏睡晨醒"不也是轮回的一种吗，又何必太在意此刻是日出还是日暮！含着对生活深深的激情，无论清晨还是黄昏，都同样可以获得快乐与美感。

一道残阳铺水中，半江瑟瑟半江红。

可怜九月初三夜，露似真珠月似弓。

　　　　　　　　　　　白居易《暮江吟》

白居易说一道残阳，铺洒在水面之上，波光粼粼的晃动下，一半是碧绿，一半是火红。最惹人怜爱的是这九月初三的月亮，月色下滴滴清露就像颗颗晶亮的珍珠，而那弯弯的月亮就像一张精巧的弓。恐怕再也没有人能把夕阳的美景写得如此安详。

有人说李商隐吟诵"只是近黄昏"，有仕途不顺的抱慨。但白居易同样遭遇政治立场的"牛李党争"，他请求外放后，欣然自得，写下如此淡定的篇章。可见，同样的日暮也可以品咂出不同的况味，同样的夕阳，也可以装扮出不同的人生。所谓"人到中年万事休"不过是一句安于现状的托词。只要想改变，人生随时都有不同的境况。

曾经有两个关于"黄昏"的故事。故事的主人公都是年过六旬的老太太，却在儿女们上了大学、结婚成家后，做出"反常"的举动。年少守寡的那个人，终于决定与多年前的恋人结婚，重新披上婚纱，争取自己的幸福，完成一生的梦想。另一个因为不愿再忍受丈夫的坏脾气，毅然决定和丈夫离婚，重新开始自己的生活。两个老太太的经历都引来了各种非议：守寡一生为什么不能守住最后的贞洁，维持了一辈子的婚姻为什么不能再将就几年，都是六十几岁的人了，还折腾什么？

但认真想想，其实她们做得都对：一个为爱而结了婚，一个因为不爱而离了婚。黄昏的决定，修正了她们一生的错误。无论是谁，也不管在什么时候，只要愿意，都可以随时改变自己，订正人生的失误，享受生活的幸福。

晚年的幸福其实一样绚烂，如陈年美酒，在历尽生活的辛酸后，更有别样的甘甜。就像夕阳晚照，虽然余热不多，但也同样可以拥有醉人的身影，投递出自己的浪漫。人无两度少年时，但夕阳的火红不也是一生仅有的一次吗？

凄美

历史就像一条抛物线，有上升的艰难，顶点的辉煌，也注定有下滑的忧伤。

在盛唐的余波荡尽了所有的繁华后，『中兴』的力量犹如回光返照，给晚唐送来了最后一抹微光。然而，一道残阳，再艳丽的光影，也已经日薄西山。所有的温暖、伤感、希望与抱怨，都在这里慢慢消散……

恨此生，相逢只能在梦中

　　"梦中人，熟悉的脸孔，你是我守候的温柔。就算泪水淹没天地，我不会放手……"这首《美丽的神话》是电影《神话》的主题曲，至今仍是各大 K 歌榜上的经典曲目。电影刻画的是一段凄美的爱情故事。现代考古学家 Jack 总是梦到一个清丽脱俗的白衣女子，每每伸手，却变成"触不到的恋人"，夜夜惊醒，徒增惆怅。时空交错中，Jack的前世原来竟是秦代将军蒙毅。他死在叛军之手后，深爱他的朝鲜公主却并不知情，在地下亡陵中不眠不休苦等千年……

　　如此无望的爱情守候放在如今，人们自然当成"神话"。便利的通信设施，准确的卫星定位，根本不需要苦等千年。但同样的期盼和守候，放在古代，确是不争的事实。

　　誓扫匈奴不顾身，五千貂锦丧胡尘。

　　可怜无定河边骨，犹是春闺梦里人。

　　　　　　　　　　　　　　陈陶《陇西行》

　　陈陶的这首诗，开篇气势雄伟，发誓扫平匈奴，所以兵将们都奋不顾身。结果，不幸的是，五千将士惨死在战争中。可怜那些倒在河边的累累白骨，依然是妻子春闺中深深思念的丈夫。诗作从起初的昂扬转为哀伤，及至最后一句，思念之情如断肠草，令人不忍卒读。在丈夫出门远征的时候，很多妻子都在他们的衣服里绣上象征平安、吉祥的神兽或者花草，还有的女子专门去庙里为丈夫求平安符。在她们的心里，这样就可以保佑自己的丈夫早点克敌制胜，平安归来。

　　然而，战争是那样残酷，自古以来，刀锋上舔血的战士，没有几个人能够全身而退。战死的自是不必多说，很多在战争中受伤的，因为得不到及时的治疗，也将逃不过死亡的厄运。

　　　行多有病住无粮，万里还乡未到乡。

　　　蓬鬓哀吟古城下，不堪秋气入金疮。

　　　　　　　　　　　卢纶《逢病军人》

　　在这首诗中，卢纶将"病军人"的苦、愁、忧、痛刻画得入木三分。首先，他写到这个多病的军人，因为走了太远的路，所以没有了继续赶路的口粮。万里的归乡之路，变得更加漫长。在这位军人的心里："叶落归根，我还没有到家，怎么能死去呢？好不容易从战场上活着出来，虽然已经伤残，但如果回到家里，就可以与亲人团聚了。"

　　可是，战场上受的伤还在隐隐作痛，行了这么远的路已经疲惫不堪，尤其是连吃的东西都没有了，根本不知道要死在什么地方。所以，卢纶感叹道，他蓬头垢面，身心俱疲，哪里还能忍受秋天的寒气深入他已然恶化的伤口呢？古城之下，他的叹息如此微弱，也显得那样孤寂。就是这样一个生了病的军人，无依无靠，也很有可能病死他乡，或者饿死他乡。

　　假如他就这样死了，他的家人也依然无从知晓。累累白骨，不管是堆在硝烟散尽的河边，还是古城外荒凉的墙根，他们都是年轻的妻子日夜思念的人。如果人真的是有灵魂的话，就会像《神话》中的蒙毅与公主那样，隔山隔水，前世今生，也要等到团圆的那天。这些苦命的军人，地下有灵，恐怕也能托梦到妻子的枕边，替她擦干泪水，在梦中相依相伴。

　　诗人金昌绪曾经写过这样的诗："打起黄莺儿，莫教枝上啼。啼时惊妾梦，不得到辽西。"（《春怨》）诗的大意是：一个年轻的少妇起来后，云鬓半偏径直走到窗前，嗔怒地赶走了清晨中欢快啼叫的黄莺。她责怪它们的叫声惊醒了她的美梦。在梦中，她正走在通往辽西的路上，日夜思念的丈夫马上就可以见到了，所有的相思和喜悦都凝成了一团，结果却不幸被黄莺吵醒。那一串思念的美梦，不知熬了多少个日夜，盼了多少回月圆，不能相见，便只能期待梦中团圆。连虚幻的美梦都做得不甚齐全，难怪她嗔怒地赶走了这些无辜的鸟儿。

　　很多人都承认，"梦是心中想"，是人在白天无法获得完善时，夜晚的一种心理补偿。这些可怜的少妇，终年不见自己的丈夫，想念、惦念、思念，欲诉无人能懂，只能凭借自己的幻想、猜想，一次次在心中勾画丈夫的形象，也只能一次次低声问自己，他现在过得怎么样？

夫戍边关妾在吴，西风吹妾妾忧夫。

一行书信千行泪，寒到君边衣到无？

陈玉兰《寄夫》

　　"男子打仗到边关，女子纺织在家园。"陈玉兰的这首《寄夫》描写的正是这种场景。丈夫去戍边了，妻子只能留在家中。西风吹来，寒意弥漫，妻子担心的不是自己，而是远在外面的丈夫。一行书信千行泪，纸短情长，诉不尽的是绵绵的情谊。相思，就这样伴着记忆，陪同生命一起疯长。寄去的除了书信，还有妻子做给丈夫的棉衣。可是，战乱时期，她没有办法知道丈夫是否收到了寄去的衣服，寒意来袭，不知道他有没有穿上自己亲手缝制的御寒衣？一切都是未知的猜测，在春闺的梦里，在无数个相思的深秋或雨季。

　　战争和爱情一样，都是文学创作的主题。但是，"纵死犹闻侠骨香"的气魄在中唐后，已日渐消散，留下的只是杳无音信时的焦虑。独守空房的寂寞，连着无望的期盼与孤独，就这样在女人们的心中汩汩地流淌，凄婉、缠绵，悲伤欲绝。

不平之人自有不平之声

蓬门未识绮罗香，拟托良媒益自伤。

谁爱风流高格调，共怜时世俭梳妆。

敢将十指夸针巧，不把双眉斗画长。

苦恨年年压金线，为他人作嫁衣裳。

秦韬玉《贫女》

这首《贫女》因其语意直白、内蕴丰富而历来为世人所传诵。诗作开篇就写到，自己是一个贫家女子，不像富贵人家的女孩子那样能够穿漂亮的绫罗绸缎。如今，我也到了应该出嫁的年纪了，也想托媒人帮我找一户好人家。可是，现时社会，人们都喜欢达官显贵，谁会欣赏我一个贫家女子的高洁情操呢？谁又能喜欢我这不合时宜的打扮呢？我能够值得骄傲并夸赞的只有一双巧手，也不愿意效仿她们那样将眉毛画得细长。可惜的是，我年年以金线刺绣，绣出一件件美丽的嫁衣，却都是做给别人穿的。而自己，这么多年来，却没有找到一个可以托付终身的人！

很明显，这是贫家女感叹爱情的叹息，但字里行间却有流露了诗人的委屈和不甘。贫士怀才，犹如贫女怀德，必然也决定了不愿意与人同流合污的高洁志向。也因如此，才不得不转而感叹自己的"怀才不遇"。这份不平之气，渐渐郁结在心头，一针一线，让自己的心每时每刻也都承受着深深的刺痛。

人生长恨水长东。

谁都不能保证自己的人生一帆风顺，遇到不平之事，气愤不过，下笔成诗，自然都是不平之声。

自小刺头深草里，而今渐觉出蓬蒿。

时人不识凌云木，直待凌云始道高。

杜荀鹤《小松》

杜荀鹤说，松树在刚刚破土而出的时候，长得非常微小，以至于被埋没在深草之中。而到了现在，才感觉它慢慢长大，长得比蓬蒿还要高。世人不知道它其实是凌云木，只有到了它长成参天大树的时候，才开始夸奖它的高大。杜荀鹤出身寒微，也有人考证说他是杜牧的私生子，无论怎么说，都不是很受器重的"身世"。寒门求考，屡试不第，杜荀鹤空有一腔才华，却不得施展。多年的积怨压在心头，借小松这一意象，抒发内心的愤懑。

数九寒天草木凋落之际，青松依然冒雪而立，显出雄健之姿，不失为岁寒三友之一。陈毅元帅曾作诗咏唱："大雪压青松，青松挺且直。要知松高洁，待到雪化时。"顶风傲雪的骨气与志气，可谓难能可贵。杜荀鹤生于寒门，以小松初年没于荒草自比，可谓恰如其分。在没能顶天立地的时候，任何一棵小草都不应该受到歧视，这便是杜荀鹤最深切的渴望与表达。

在《士兵突击》这部电视剧中，高城也曾这样描述许三多。他说，没见过那么笨的人，任何一个微不足道的东西，他都当成救命稻草，死死抓住不放。有一天，猛然抬头，发现他手里抱着的已经是一棵参天大树了！

其实，那些高耸入云的苍松翠柏，哪一个不是从微小长起来的呢！左思有诗云："郁郁涧底松，离离山上苗。以彼径寸茎，荫此百尺条。世胄蹑高位，英俊沉下僚。地势使之然，由来非一朝。"造成有识之士难得报国之门，最重要原因，始终都是地势。这地势，来自杜荀鹤眼里的小松混于杂草，也是秦韬玉笔下那个自怨自艾的贫女。

这个世界上，辉煌者和落魄者都不多，最多的就是走在成功与失败之间，坎坎坷坷的人。

也常常在这些人身上，能够听到不平的怨气。排除人为因素不算，单从个体差异来谈，那些成功的人多是知道"人生太短，叹息太长"的道理：与其慨叹时光如流水，不如干脆取上一瓢饮，其他的等功成名就后，再设法按照自己内心的法则改变这个世界。当然，这也需要机遇的垂青。而那些彻底的失败者，很大一部分的确"技不如人，力不从心"，他们也多半不会抱怨命运的不公平。因为即便机会均等，恐怕自己也不能胜任。说来说去，都是那些有才智却生不逢时的人，有志气也有怨气。

江湖人常说："路不平，需要有人出来踩。"这不平之气，有的只是一时的牢骚，有的却希望用自己的力量来改造世界。

　　　　十年磨一剑，霜刃未曾试。

　　　　今日把示君，谁有不平事？

　　　　　　　　　　　　　贾岛《剑客》

　　"郊寒岛瘦"一直以来都是人们的共识。但贾岛的这首《剑客》却一改平日苦吟的传统，于刀光剑气中找到了应有的豪情。他是这样讲的："我十年来只磨了这一把剑，到如今，刀刃未开，寒风四射，冷若冰霜。今天我将这宝剑取出，敢问天下英雄，谁有不平之事？"诗作虽然短小却十分精炼，而且透着彪悍与狂野，散发着晚唐少有的豪壮。

　　贾岛早年曾出家，后因诗名大震，颇得世人赏识，结果，还俗后，却屡考不中，可说是"造化弄人"。在《剑客》这首诗中，贾岛以剑的锋利、剑客的豪情自喻，显示了自己革除利弊的宏大愿望。可惜的是，空有利剑在手，剑胆雄心，却没有报国之门。久而久之，剑气消散，锐气受挫，只能以冥思苦想、搜肠刮肚来了却余生。虽锤炼有术，但平生未展愁眉，应该也算一大憾事吧。

　　生逢末世，再大的志气也难免化作一团怨气。

老去春光，可叹人生虚功名

"我已经老了，有一天，在一处公共场所的大厅里，有一个男人向我走来。他主动介绍自己，他对我说：'我认识你，永远记得你。那时候，你还很年轻，人人都说你美，……与你那时的面貌相比，我更爱你现在备受摧残的容颜。'"这是王道乾先生翻译的，杜拉斯小说《情人》的开篇。他将自己对人生和感情的饱满、丰富的体会，都灌注进这段文字中，令无数读者为之倾倒。

人们一方面欣赏王老翻译水平的高超，另一方面，也在这时光的穿梭中，读到了情人间那份难得的相知。情郎才俊，美女多情，在两个风华正茂的人相爱时，注定少不了你侬我侬的浪漫，说不定，情到浓时，还有许多山盟海誓的约定。假如当年碍于种种理由分手，再相见，有的还可以再续前缘，而有的却只能剩下互相的谴责与抱怨。

当年，罗隐赴考途中，在锺陵县遇到了一位叫云英的妓女。罗隐才华横溢，而云英也青春妙龄，才貌双全。这样的两个人相遇，后面的故事大抵都是类似的风花雪月。但罗隐毕竟只是路过，怀了满腔的志愿要去求取仕途。十二年后，罗隐再次落第，恰好重经锺陵县。人生有时候真的是"无巧不成书"，他竟然又遇到了当年的云英。十几年来，云英仍然是歌妓，没有机会离开"风尘"之地。美人迟暮，却仍以歌舞为生，让罗隐不胜欷歔。

不料，云英竟然也有着和他同样的感慨，见面后惊讶地说："罗秀才怎么你还是布衣？"一句话触动罗隐伤心事。《唐才子传》评价罗隐说："少英敏，善属文，诗笔尤俊。"可惜他一生怀才不遇，始终没能将才华发挥出来。今见云英问起，不禁触景伤情，思虑良多，于是，写下一首诗送给云英：

钟陵醉别十余春，重见云英掌上身。

我未成名君未嫁，可能俱是不如人？

罗隐《赠妓云英》

罗隐说，从那时醉别到现在，已经十几年了。重逢的时候，云英虽然依旧舞姿翩翩、体态轻盈，但毕竟已渐趋人老珠黄。可是，至今为止，我没有得到功名，你也没有能够嫁人，想想看，可能是因为我们都不如别人吧。在古人眼里，男子求官和女子嫁人一样，都是人生不可忽略的重要经历。一别十载，当年的才俊已然步入中年，而云英也差不多是半老徐娘了。然而，对于人生，如此漫长的十年，他们竟然都"无所收获"。

罗隐写此诗，与其说是讽刺云英，不如说我自我解嘲，带着微笑、泪水，和多年来的坎坷与辛酸。无可奈何花落去，所有的奋斗都化为一场"镜花水月"。梦想如闭合的一条曲线，走了一圈，发现始终在原地踏步。其中的伤感、抑郁、悲愤，都不是三言两语所能说尽的。罗隐将这样的诗送给云英，既想宽慰云英，也想努力平复自己的内心。

晚唐时期，很多诗人都在诗作中显示了无边的落寞。怀才不遇，自古以来是文人的"通识"，但生于不同的年代，这份伤感和抱怨也截然不同。陈子昂高呼"天地悠悠，怆然泣下"，李白叹息"长安不见使人愁"，杜甫感慨"长使英雄泪满襟"。但是，不管他们如何沧桑、愤懑，总有广阔的天地作为他们发泄的时空。但是，到了晚唐，罗隐、杜牧等诗人的诗作中，那些忧伤、感怀、失意，都失去了旷达的支撑，能够借以明志的只有琐碎的儿女情长。

落魄江湖载酒行，楚腰纤细掌中轻。

十年一觉扬州梦，赢得青楼薄幸名。

杜牧《遣怀》

杜牧在这首诗的起笔处，就写下了自己放荡不羁的生活。一个落魄的文人，漂泊四方，走到哪里都不忘喝酒解愁。那些秦楼楚馆里的姑娘们，舞姿曼妙，撩人动情，风流韵事自然不必细说。

然而，人生如梦，也同样如梦初醒。

在惊觉十年岁月恍如隔世一梦的时候，感慨、沧桑都悲从中来，令人痛不欲生。杜牧诗文俱佳，才华横溢，又是名门之后，然而平生志向却始终未得舒展。十年的努力，他依然做人幕僚，屈居人下，除了放浪形骸，还能怎么样呢？

更为可悲的是，同样浪迹青楼的柳永，得到了妓女们的爱戴，但同样流连风尘的杜牧，却只换来了"青楼薄情人"的名声。

柳永知道自己一生都无法走上仕途，所以能够将一颗赤胆之心完全地放在俗世中，所以他虽然潦倒，但精神上却并不痛苦。而杜牧虽然人在烟花深处，纵情畅饮，但他的心并没有在青楼驻足，总是怀着一展宏图的志向。因此，他既不能安心在青楼里尽情挥霍感情，也无法完成自己的愿望。深深的自责交织着沉重的失意，纠结在他的心中。

从罗隐、杜牧的感怀诗中，人们似乎可以读出晚唐的凄凉：越来越多的诗人无法施展自己的才华，完成自己的志向。他们甚至只能借助青楼女子的情感与人生，来感慨蹉跎岁月后建功立业的虚妄。如果说盛唐时，李白他们的怀才不遇是"愤怒的咆哮"，那么到了罗隐、杜牧的晚唐，所有的愤懑都化作了一声叹息——"蜡烛有心还惜别，替人垂泪到天明"（杜牧《赠别》）。

如此默然垂泪，连叹息之声都显得这样轻，幽怨也哀伤！

历史，可以翻案却无法重演

以史为鉴，历来就是人们的期待。人们喜欢从一场场治乱兴衰的经验中，总结出布衣平民安居乐业的理想，凡夫俗子浪迹天涯的快乐，帝王将相的凶残，后宫佳丽的怨妒，朝代更迭的规律。而后世也将历史作为一面光洁的镜子，照出盛衰存亡的评判与遗憾。在这些对历史的反思中，以晚唐时期杜牧的"追问"最具特色：

胜败兵家事不期，包羞忍耻是男儿。

江东子弟多才俊，卷土重来未可知。

杜牧《题乌江亭》

当年乌江亭长劝项羽暂避一时，等待卷土重来的机会，可项羽仰天长叹，觉得自己愧对江东父老，终于还是没有冲破自我的桎梏，刎颈身亡。他人生的这最后一出"霸王别姬"，夺去了自己宝贵的生命，也成就了他一世英名。至此，后世对项羽的评价，便坐实了"英雄豪杰"的美誉。而"宁为玉碎，不为瓦全"的观念也由此深入人心。连颠沛流离、柔若无骨的李清照都赞其"生为人杰，死亦鬼雄"。

但是，面对众口一词的称颂，杜牧在《题乌江亭》中却写下了自己迥然不同的观点。在这首诗中，他提出了一个"成败乃是兵家常事"的道理，并且认为能够"包羞忍耻"才是真正的男子汉，所谓"大丈夫能屈能伸"就是这个道理吧。而且他不但提出了自己的观点，还提出了充足的论据，江东之地藏龙卧虎，自然也是人才济济，假如能够忍得一时的"失败"，回江东等待东山再起，说不定卷土重来之时也能成就一代霸业。言外之意，项羽刚愎自用，一再错失良才和机会，甚至在最重要的时候都放弃了最有价值的生命，实在有愧"英雄"之名。

韩信受"胯下之辱"却终成一代名将，司马迁受"宫刑"愤而著《史记》成千古绝唱。而项羽却没能忍得一时的失败，西楚霸王死得这般羞愧，令杜牧不胜欷歔。在这面历史的明镜中，似乎见证了这样一个真理：但凡才华横溢之人，如能忍辱负重，他日必定有所作为。而能否承担起"羞"与"辱"，也算是评价"英雄"的一个重要指标。且刚且柔，能屈能伸，是令自己始终立于不败之地的良策。而所谓"宁折不弯"之人，到最后常常都是被生活折断翅膀的人。就像那个"老掉牙"的故事，牙齿总是先脱落，而舌头却能够以自己的柔韧而更长久地保留在人的嘴里。

自古，诗人们总是喜欢强调极端的感受，觉得至刚至阳，能够"死得光荣，也便生得伟大"，但这些观点在杜牧的这首诗中都得到了纠正。以现代眼光来看杜牧的诗，的确具有许多可供借鉴的精神资源。因为只有看淡成败之事，才能以"进取心做事，平常心做人"，找到属于自己的人生，才能在低谷中寻求绝处逢生的良机。而这良机也常常只是历史的偶然性。所以，探寻历史必然背后的偶然，也便成了杜牧诗的又一大主题。

折戟沉沙铁未销，自将磨洗认前朝。

东风不与周郎便，铜雀春深锁二乔。

杜牧《赤壁》

这首诗的大意是：折断的兵器埋在泥沙中，虽然日子过了这么久，还仍然没有消融。拾起来后，经过仔细地磨洗，可以隐约认出，这正是前朝赤壁大战时的遗物。于是，杜牧不仅感慨，假如当年东风不给周瑜以方便，曹操的铜雀台里恐怕就会深锁二乔了。大乔是孙策的夫人，小乔是周瑜的夫人，二人皆为东吴美女。以她们的命运来反衬战争的结局，有历史兴衰的感慨，也同样影射了战争的含义与指向。

在杜牧看来，历史存在着极大的偶然性，就像诗里提到的"东风"。假如重新编排这场历史大戏，或者假如那一天的东风没有来，那么说不定历史都要被重新改写。战争的输赢常常是"天时地利人和"，尤其在古代战争中，"天时地利"似乎是最重要不过的决定输赢的关键。所以，中国人常喜欢说"谋事在人，成事在天"。这也暗示了，在历史的很多"必然规律"中，总是有偶然性的因素在起着重要的作用。也因此，杜牧觉得项羽实在不应该自刎，兴衰成败，常常是历史的一次偶然，只有留得住自己，才能留得住反败为胜的机会。

有人说，杜牧这是站在既定的历史结局上，做出的事后评断，没有什么可以借鉴的历史经验。毕竟，在当时，没有几个人能够料事如神，知道该如何掌控未来。假如项羽知道自己苟活下去，一定可以再次"称霸江湖"，那么说不定他便不会死。但人生和历史一样，胜败兴衰，没人能做出准确的预测。诸葛亮一生鞠躬尽瘁，也仍是出师未捷身先死，长使英雄泪满襟。历史的道路，和人生一样，除非一步步坚实地踩下去，如若不然，没人能对最后的结局了如指掌。

诗人罗隐在《西施》中说："家国兴亡自有时，吴人何苦怨西施。西施若解倾吴国，越国亡来又是谁？"在这首诗中，罗隐似乎在告诫人们一个命题："家国兴亡自有时"。所以，既然一切都是天意使然，吴国人也就不要再怨恨西施误国了。越国君王不喜女色，后来不也同样亡国了吗？家国兴亡自有定数，实在不该埋怨西施。这话听起来也颇为有理，但恐怕在杜牧的眼里，西施也该算做是历史偶然中的必然吧，就像赤壁时的东风，出现与否，实在是左右时局的关键。

但是，不管是罗隐为红颜洗脱罪名，还是杜牧对项羽的讽刺与规劝，那些过去了的故事都将无法改变。而人生，也常常和历史一样，不管后人如何评说，如何翻案，都将无法重演。或许，没有草稿的岁月，便是人生和历史的最大遗憾。

无边黑夜，空盼圣贤君

中国古代的几个盛世王朝，几乎都有一个可以复制的成功经验，就是建国初的休养生息、减免赋税。在这样一个泱泱大国里，农业的好坏直接影响着人们的衣食住行。没有良好而又丰富的物质基础，就不会有稳定的政局，更别说长久的统治了。所以，失败的教训其实也同样可以复制，比如每当一个朝代气数将尽的时候，就会出现繁重的苛捐杂税，百姓们生活窘困，很多人不得不背井离乡，过着凄惨的生活，而社会的动荡因子也便由此滋生。

唐代末年，对百姓的盘剥不断加重，人们生活愈发困苦。许多诗人都以此为题，写下一首首同情百姓的泣血诗行。

> 二月卖新丝，五月粜新谷。
>
> 医得眼前疮，剜却心头肉。
>
> 我愿君王心，化作光明烛。
>
> 不照绮罗筵，只照逃亡屋。
>
> 聂夷中《伤田家》

按理说，春种秋收才是天经地义的事。但是在聂夷中所描述的晚唐，这种正常的要求显然已经得不到正常的满足。二月份正是养蚕的季节，五月份正是插秧的时候，哪里有新丝、新谷拿出来卖呢？但是不卖又不行。苛捐杂税多如牛毛，只能将这些还没有成熟的丝和谷低价出售。"杀鸡取卵"和"养鸡生蛋"，谁都知道哪一个更为有利，但时间不等人，那些盘剥的税收，让人只能先顾眼前的燃眉之急了。"医得眼前疮，剜却心头肉"一句，可谓是这首泣血之作的"诗眼"。谁都愿意悠闲地想着未来，但所有的发展都要以眼下的生存为首要。鲁迅说："人必生活着，爱才有所附丽。"在动荡的社会里，如何能够活下去，就是首要的问题。至于没有了新丝和新谷，来年的生活怎么办，都还是暂时顾及不到的问题。

所以，聂夷中不无悲痛地说，我希望可以得遇明君，他的心像明亮的烛火一样温暖、光明，不要只看到达官显贵的绫罗绸缎、金碧辉煌，而是关心一下那些流离失所、多灾多难的人民。杜甫说："朱门酒肉臭，路有冻死骨。"当社会的贫富分化已经严重到不可挽回的地步时，整个社会的崩溃也就离得不远了。而所谓的"官逼民反"大多也都是这个原因。

有人说聂夷中不先进，不现代，只反贪官不反皇帝，是种愚忠愚孝的落后观念。但仔细想想，其实忠君并不一定就是"愚蠢"的事情。在封建君主制高度发达的时候，天子就是国家的代言人。能够有幸遇到明君，可以多为百姓谋福祉，对于古人来说，就是最大的幸福了。杜甫说"纨绔不饿死，儒冠多误身"，但是他期待的同样是"致君尧舜上，再使风俗淳"。所以，很多知识分子渴望有贤德的君王，能够启用贤臣，根本的目的是共同治理好天下。他们表面忠的是"君"，但实际上忠的却是"民"。

坡上扶犁儿，手种腹长饥。

窗下投梭女，手织身无衣。

我愿燕赵姝，化为嫫母姿。

一笑不值钱，自然家国肥。

于濆《辛苦吟》

于濆说，陇上扶着犁耕地的男儿，天天种地应该吃得饱才对，可是肚子里却常常饥饿难耐。窗户下手如飞梭般织布的女子，至少可以穿得暖才对，可是却身上衣衫单薄，还每每受冻。宋代张俞《蚕妇》诗说："昨日入城市，归来泪满巾。遍身罗绮者，不是养蚕人。"那些穿着绫罗绸缎的，都不是养蚕的人；那些吃香喝辣的，也都不是亲自躬耕的人。这是社会极大的不合理。然而，即便于濆揭示得如此深刻，在他的诗中，仍然表达了对上层社会的希望。他说，希望以后燕赵之地的美女，都变得和嫫母一样丑，这样的话，就不至于"美人一笑值千金"了，国家自然就会慢慢好起来。

诗中的嫫母乃是黄帝的妻子，位列中国四大丑女之首。但是她德行俱佳，智慧无比，不但辅佐黄帝治理天下，还帮助黄帝打败了炎帝，消灭了蚩尤。更有传说，《黄帝内经》也是出自她手。总之，嫫母是一个德艺双馨的女人。于濆在这首诗中用这一比喻来传达希望，其实也没有跳出"红颜祸水"的思维定式。

而所有对女人美丑德行的判断，都是因为出于对圣贤君王的渴望。在古人的意识中，有道明君，不但要"亲贤臣，远小人"，还应该远离美女的诱惑。唯其如此，才能保持纯正的价值判断，不被"妖言"所迷惑。理论上讲，"能干的女人帮夫，幸福的女人旺夫"这句话的确颇有道理。一个能够独当一面的女强人，无疑是丈夫事业上的左膀右臂；而一个用心生活，懂得珍惜的女人，也的确常常可以营造家的甜蜜，让丈夫感到温暖和幸福。"家有贤妻，出门不惹横事"说的就是这个道理。

但这似乎只适用于普通男子，对于一国之君来说，国家大事常常是百年基业。在前人无数次的建设和糟蹋后，很多结局早已成为定数，治乱兴衰根本不是一朝一夕之功，更不要说只是"美女或丑女的一次整容"。所以，这些文人的期盼，说穿了都是一种无谓的"空想"。

就像晚唐的宪宗，也曾励精图治一样。虽然后世把那段日子叫作"元和中兴"，但当年盛唐的气象已经再难重现，偶尔的闪亮，也不过是"回光返照"的迹象。

残阳如血，气数已尽的时候，再英明的君主，都不过是日落前的最后一抹悲壮。

悲凉

在『安史之乱』后，唐朝也无奈地开始了历史盛极而衰的循环。虽然也有励精图治的努力，灵光乍现的『中兴』，却依然抵不住最后晚唐的那抹凄凉。走过了浪漫的春光、妖娆的夏季，收获了繁华的秋实，终于还是走进了落寞的冬季。人生四季，犹如朝代的起承转合，所有热烈和悲凉，最后都要被寒冷深深地珍藏，冰封成一页干瘪的书签，夹在翻飞的史书中。

和亲路上，骨肉离散的哀歌

不是每只丑小鸭都能变成白天鹅，就像不是每个公主都能和王子过上幸福的生活。在许多网站的论坛中，后辈对大汉、大唐的批评引人深思：假如盛世王朝足够强大，又何必让公主们远嫁苦寒之地，用和亲的方式，以青春和幸福换取国家的安宁！

在当年盛世乐章的轰鸣中，总有些诗篇会发出不同的变奏，就像阳光普照的世界依然有黑暗的角落。但也正是这些深知人性悲苦的诗作，常常让人从苍茫的云层中发现些彩虹的颜色。

白日登山望烽火，黄昏饮马傍交河。

行人刁斗风沙暗，公主琵琶幽怨多。

野营万里无城郭，雨雪纷纷连大漠。

胡雁哀鸣夜夜飞，胡儿眼泪双双落。

闻道玉门犹被遮，应将性命逐轻车。

年年战骨埋荒外，空见蒲桃入汉家。

李颀《古从军行》

白天的时候在山上望四方的烽火，晚上在交河边饮马。行军之人，白天以刁斗煮饭，晚上用此来省更。黄沙漫天，漆黑的夜晚，只能听得到巡夜的更声，还有伤心的公主弹奏的如泣如诉的琵琶声。在军营的外面，万里之内，没有城郭没有人烟，雨雪纷飞，苦寒之地，连着茫茫的大漠。胡地的大雁哀鸣着夜夜从天空飞过，胡地的儿男悲伤的眼泪双双从脸颊滑落。谁不想回家呢？可玉门被遮，只能轻取性命，和敌人决斗分出你死我活。年年战骨，埋在荒野之外；只为了换"蒲桃"种满汉家的庭院。通过李颀的这首诗，人们对汉武帝的穷兵黩武似乎有了更全面的认识。但很多人似乎都忽略了一句深藏在诗中的落寞，"公主琵琶幽怨多"。

这句简简单单的唐诗描述了汉代公主细君的故事。刘细君本是江都王刘建的女儿，被汉武帝册封为公主，远嫁到乌孙王国做夫人。

史书里记载，说她不但貌美且多才多艺，琴、筝等古乐更是无不精通。唐人《乐府杂录》中就记载："琵琶，始自乌孙公主造。"然而就是这样一位青春无敌、才华横溢的公主却被远嫁乌孙国。

在那里，语言的不同，习俗的差异，爱情的多少，这些似乎都变得不再重要。重要的只有一点，她是汉朝送来示好的一件"礼物"。

在洪大的家国话语下，没有人能够想到她的幸福，也没有人在意她的落寞与伤感。那幽怨日渐积累，郁结在心里，化不开散不去，结果嫁到乌孙国的第二年细君就死了。只留下《汉书·西域传》里她写下的一段悲歌遗世回荡："吾家嫁我兮天一方，远托异国兮乌孙王。穹庐为室兮旃为墙，以肉为食兮酪为浆。居常土思兮心内伤，愿为黄鹄兮归故乡。"

和亲与远嫁，似乎是许多公主难逃的命运。

而且很多人统计，越是鼎盛的王朝，和亲的公主就越多，汉朝和唐朝都是如此。

江山社稷，国泰民安，在这种伟大并昂扬的主题下，个人的情怀变得如此微不足道。一边是战死沙场、白骨累累的将军；一边是呜咽幽怨、丧命异邦的公主；这是对时代残酷而又悲怆的祭奠。

在这条和亲的路上，留下的不仅有鼓乐喧天远嫁的欢歌，也有那些年轻公主们的泪水、屈辱、魂断故乡的执着。

出嫁辞乡国，由来此别难。

圣恩愁远道，行路泣相看。

人生四季，犹如朝代的起承转合，所有热烈和悲凉，最后都要被寒冷深深地珍藏，冰封成一页干瘪的书签，夹在翻飞的史书中。

沙塞容颜尽，边隅粉黛残。

妾心何所断，他日望长安。

宜芬公主《虚池驿题屏风》

从此远嫁异邦，不知何时再能回乡，绵绵的远道上，边走边哭，泪湿罗裙。塞外沙漠将磨尽所有的花容月貌，看年华老去，粉黛消残。这思乡的感情不知道什么时候才能中断，今生有缘，何时还能回望长安！这首诗虽然称不上工巧，但出自一个远嫁公主之手，载着辞家别国的苦楚，所以读来字字心寒。

然而更令人心寒的是，公主嫁过去大概仅仅过了半年，那些边界的胡人便起兵造反。深陷狼窝，宜芬公主定然做了叛军刀下的第一个冤魂。

有的人翻唐诗，究唐史，想要考证出宜芬公主的身世，说她并非"正牌"公主，十有八九只是皇室的旁系。但实际上，宜芬到底是怎样的身份也许并不重要，一个花季少女带着和平的使命，最后惨死异邦，这本身就是一出悲剧。

在她死后，叛军作乱，会不会有好事者指手画脚，咒骂宜芬公主没能"伺候"好列国的勇士？当朝廷不得不再次派兵，会不会有人想起：同样的古道上，曾有婚车欢天喜地送去了大唐的公主？恐怕没人记得那被碾碎在通往和亲路上如花般的女子。在硝烟弥漫的战场，人们只能记住那些热血神勇的将军，没有人会再想起那曾经哀叹的公主、幽怨的琵琶声。

"沙塞容颜尽，边隅粉黛残。"宜芬公主恐怕也曾想过老死他乡吧！可惜她没有王昭君幸运，能够千古留名，恩爱终老。当然也不如蔡文姬，毕竟曹操当年还愿以城池换回一个女子。算起来，从古至今，在这条和亲的路上，辞别父母家园，深味骨肉离散之苦的公主还真不在少数。只可惜，盛世欢歌，掩盖了公主们低低的诉说！

丧乱，令人痛失家园

1933 年的时候，匈牙利作曲家赖热和女友分手，他怀着深深的绝望，写就了那首《忧郁的星期天》。据说，前后有 157 人因为听了这首曲子而自杀，一时之间，这首曲子被冠为"匈牙利自杀之歌"，很多电台都禁播。当然，这些并没有明确的史料记载精确的数字，但根据这一故事改编的电影《布达佩斯之恋》（又名《忧郁的星期天》），却在艺术上为其作证。哀婉忧伤的旋律徘徊在"二战"的硝烟里，影片中很多自杀的人都说，听到这首歌后，觉得自己的灵魂漂泊荡漾，无所归依。

西方有学者曾说，人在这个世界上，最重要的一种感受就是"归属感"。

没有归属感，人就没有安全感，更别说成就感。

在这一点上，纵观古今，概莫能外。

《诗经·君子于役》说："君子于役，不知其期。曷至哉？鸡栖于埘。日之夕矣，羊牛下来。君子于役，如之何勿思！"大意就是："我的丈夫在外服兵役，不知道他什么时候才能回来？天色已晚，鸡都进窝了，牛羊也下山了。但此时，我的丈夫现在哪里呢？我怎么能不想念他呢？"这是一幅遥远的关于家的图景，夕阳、妻子，牛羊鸡鸭，炊烟袅袅，一切都安置妥当，但却看不到丈夫的身影。家，是归途的尽头，也是中国人灵魂最终的依托与归宿。如果失去了这份守候，人世间的一切奋斗都变得毫无意义。

> 长安一片月，万户捣衣声。
>
> 秋风吹不尽，总是玉关情。
>
> 何日平胡虏，良人罢远征？
>
> 李白《子夜吴歌之秋歌》

　　长安一片皎洁的月色下，女子们捣衣的声音缓缓传来。秋风吹来，又到给征人送秋衣的时候了。什么时候才能平定胡虏的叛乱呢，到时候自己的丈夫也就可以不再远征了吧。月色撩人，也撩拨起这些妇女们的情思。高适《燕歌行》中有诗云："少妇城南欲断肠，征人蓟北空回首。"一边是征夫空望故乡的愁思，一边是留守妇女肝肠寸断的相思，盛世的太平，流着男人的血，也洒满女人的泪。在这"血泪相合流"的地方，正是一首首望断天涯的哀歌。

> 车辚辚，马萧萧，行人弓箭各在腰。
> 耶娘妻子走相送，尘埃不见咸阳桥。
> 牵衣顿足拦道哭，哭声直上干云霄。
> ……
> 生女犹得嫁比邻，生男埋没随百草。
> 君不见青海头，古来白骨无人收。
> 新鬼烦冤旧鬼哭，天阴雨湿声啾啾。

杜甫《兵车行》节选

　　战车在轰轰地前行，战马在萧萧地悲鸣，出征的人们，弓箭佩带在各自的腰间。爹娘、妻子、儿女都跑过来送别，尘土飞扬的路上，几乎看不到咸阳桥。亲人们牵着士兵们的衣服痛哭不止。哭声一直传到了天上，直冲云霄。这是"诗圣"杜甫描绘的一幅图景，用这哭声、烟尘，写出了冲天的怨气和悲愤。战争，让人们流离失所，拆散了一个个美满的家庭，就像《诗经》中那守望丈夫的女子一般，每一次战争都增加了许多守候的背影。

　　诗作的后面写了许多士兵，离家的时候还是壮年，但后来的时候已经两鬓斑白。所以，杜甫说，生男孩不好，以后随军打仗难说生死，很多人空留一堆白骨在边境，没有人来收。新鬼喊冤旧鬼烦愁，在雨天里声声悲叫。所以，还是生女孩子好，还可以嫁给旁边的邻居，至少不用去从军打仗。可是，杜甫的诗似乎没有料到另一种悲伤：在一个战争频繁的年代，女孩也一样没有幸福的生活。在连年的征战中，女子只有征夫，而永远没有丈夫。所谓家园，其实早已残缺不堪。很多女子就在这无边的等待中苍老，永远不知道何时才能看到丈夫回归家园。

　　　　泽国江山入战图，生民何计乐樵苏。
　　　　凭君莫话封侯事，一将功成万骨枯。

曹松《己亥岁二首》（其一）

　　自安史之乱后，战争开始蔓延到全国。加上唐末开始接连不断的农民起义，所以曹松说，举国的江山都绘入了战图，满目疮痍的时候不要再说什么生民乐于生计的话（樵为打柴，苏为割草，合为"生计"之意）。所谓"宁为太平犬，不为乱世民"说的就是这个道理。颠沛流离，家园离散，哪里还有什么活着的快乐可言。看到人民如此艰难，曹松不免感叹，千万不要说什么封侯拜相的事情，哪一个将军的荣誉不是死伤千万条生命换来的。

　　曹松的这首诗，揭示了所有战争的实质，"一将功成万骨枯"。那些累累的白骨，似乎还泛着淋淋的血迹。但是这掷地有声的哀号却不是所有的人都能够听到。战争，让人们的脚步离开了家园，也让人们的灵魂无所依靠。那些堆积如山的白骨，那些望眼欲穿的思妇，都没办法再迎来人间的团圆。"匈奴未灭，何以家为"的豪言壮语似乎还依稀回荡在人们的耳畔，但是没有了完整的家园，还能有什么人生的希望和幸福呢？

人生与历史的双重拐点

就差那么一步，他便可以名垂千古；可惜就是那么一步，他将自己推入了"万劫不复"的深渊，被后代指为"昏君"。所以，有人说他很像后来的宋徽宗。宋徽宗文武双全，擅书画，写诗治国都是一等的高手。当年宋朝和刚刚建立的金国订立盟约，共同讨伐辽国，结果金兵在摸清了宋军的底细后，反而攻打宋朝，并将宋徽宗俘虏，在北宋日记的最后一页写下了"靖康之耻"这四个字。

有时候，历史非常功利，它对人们的评价仅仅是"胜者王侯败者寇"。假如宋徽宗能够直捣辽国疆土，那必将成就一番大宋朝的宏伟蓝图。遗憾的是，建国只有区区几年的小金国，根本就没有把大宋朝放在眼里，竟然釜底抽薪，倒戈相击。而很多次，常常是极其微小的因素，最后轻易地改变了历史的格局。一代明君和丧国之君，就这样有了截然不同的评判。宋徽宗如此，唐玄宗又何尝不是！

没有人否认唐玄宗前期的英明神武，他自幼的刚烈、青年的雄心、壮年的励精图治，不但稳固了唐初政局的动荡，还成功地打下了"开元盛世"的战绩。有人说，唐玄宗活得时间太长了，假如他能和其他皇帝一样五六十岁就驾鹤西去，毫无疑问，盖棺论定的时候，百姓们会含着眼泪送他离开人间，并对他建立的盛世永远心存感恩。无奈的是，他不但"寿比南山"，而且还情意绵绵，深深地爱着他的江山和女人。正如流行歌曲里唱的那样："待我拱手河山讨你欢，万众齐声高歌千古传。"自古英雄，都是爱江山也爱美人的，但愿意拱手河山的却并不多见。

杜牧写诗说，从长安回望华清宫，茂盛的草木，华美的宫殿，看起来一片花团锦簇。山顶上的宫门一层层地打开，杨贵妃看到有一骑快马飞奔而来，不禁开心地笑了。百姓们还以为这疾驰的驿马送的是紧要的军情，只有杨贵妃知道送来的是自己爱吃的荔枝。

171

长安回望绣成堆，山顶千门次第开。

一骑红尘妃子笑，无人知是荔枝来。

杜牧《过华清宫》（其一）

　　唐玄宗为了让杨贵妃吃上新鲜的荔枝，常常令官差快马加鞭、日夜不息地赶路。驿站处只见疲惫的人、累死的马。在唐朝的繁荣下，身为一国之君，他缔造了盛世如莲的美梦，也亲手摧毁了所有的成就。劳民伤财，只为博美人一笑。曾经英武果断、贤明天下的君王，变得如此昏聩。功败垂成常常令人恍如隔世。辉煌时，功业如漫天朝霞，灿如烟花，但是散开，落下，颓败时如黄泥在地，任由评说，还要惨遭践踏。

　　很多人都说玄宗后期非常昏庸，只要有人进谏"安禄山要谋反"的话，他就将这样的直谏臣子拿下，送给安禄山发落。可想而知，久了也便没有臣子再拿自己的性命"开玩笑"。也许在唐玄宗的意识里，不是安禄山会不会起兵的问题，而是压根就没瞧得起一个"胡人"。就那样一个小小的节度使，连文明还不懂的人，怎么可能会有谋反之心呢？我堂堂天朝，给他如此高官厚禄，恐怕他感谢还来不及呢，哪能造反呢？说到底，以往的失败都是由于轻敌，宋徽宗如此，唐玄宗也是如此。就这样，盛世王朝的一场空前遭难就此爆发了。

　　历史学家通常喜欢用"盛衰拐点"形容安史之乱，其实，这也同样是唐玄宗一生辉煌与黯淡的拐点。在那样的时空里，曾经随着他一起走上顶点的盛世唐朝，随着他的逃亡而落幕，并逐渐地衰弱在未来的岁月里。就连那写过"忆昔开元全盛日，小邑犹藏万家室"，歌颂盛世王朝曾经"稻米流白，夜不闭户"的杜甫也深深地叹息，铁蹄践踏后的山河破碎：

国破山河在，城春草木深。

感时花溅泪，恨别鸟惊心。

烽火连三月，家书抵万金。

白头搔更短，浑欲不胜簪。

杜甫《春望》

长安沦陷后，国家一片破败，但山河依旧长久地存在。春天虽至，但毫无春色可言，满城荒草，看得人触目惊心。感叹家国沦丧的凄凉，眼泪溅在花上，花也落泪。生离死别令鸟儿都为之悲鸣。战火纷飞，长久不息，一封家书抵得上万两黄金。忧伤令人早生华发，而愁苦令头发越发稀少，甚至连簪子也插不住了。战火连绵，不知道何时才是尽头，更不知道什么时候才能回到自己的家园。山河破碎，人如飘絮，此情此景，催人泪下。

然而同样痛心的。又何止杜甫一人。逃难后回到长安的玄宗，被尊为太上皇，在一个个孤枕难眠的日子，梅妃的冷韵幽香，贵妃的丰腴甜香，那些冰雪聪明的女子，柔肠百结的爱情，都在孤独的夜晚缓缓地流淌在心中。尤其是一生的挚爱杨玉环，如果不是那次安史之乱中，实在军心动荡，又如何忍心将她赐死？

"世上安得双全法，不负如来不负卿"，当年六世达赖仓央嘉措，用质朴的语言写下这样的情歌，给后世留下了一段传奇。他宁愿放弃达赖的尊位，也绝不放弃自己心中的爱情。还有曾经轰动世界的爱德华八世，为了与辛普森夫人的婚姻，竟然坚决放弃皇位，而选择做一个普通的温莎公爵。江山与美人，永远都是英雄的双选题；任何一方，都不是每个帝王能够轻易割舍的。

然而，最悲惨的却是玄宗这种，美人已经香消玉殒，"为国捐躯"；而自己的江山仍然没有保住，李唐王朝从"安史之乱"后便走上了下坡路。"赔了夫人又折兵"，真是有苦说不出。"平生只流两行泪，半为江山半美人。"不知道玄宗晚年，会不会也是同样的感慨。

天涯沦落，同含悲悯之心

孔子对于大同世界的勾描，代表了很多中国人的生活理想："老有所终，壮有所用，幼有所长。鳏寡孤独废疾者，皆有所养。"在这样大同的社会中，人们和睦相处，衣食无忧。这一理想看似简单，在古代社会却很难实现。首先是经济水平有限，物质生活达不到高度繁荣；同时又兼有苛捐杂税的盘剥，加上战乱、饥荒，常常是连温饱都困难，更不要妄谈什么幸福生活了。晚唐诗人皮日休就曾经写诗反映过普通人民的痛苦生活，诗是这样写的：

秋深橡子熟，散落榛芜冈。

伛偻黄发媪，拾之践晨霜。

移时始盈掬，尽日方满筐。

几曝复几蒸，用作三冬粮。

山前有熟稻，紫穗袭人香。

细获又精舂，粒粒如玉珰。

……

自冬及于春，橡实诳饥肠。

吾闻田成子，诈仁犹自王。

吁嗟逢橡媪，不觉泪沾裳。

皮日休《橡媪叹》节选

这首《橡媪叹》是皮日休的代表作，他通过对"橡媪"这一形象的同情，深入地刻画了唐末农民的悲惨生活。诗作从深秋时候一位老妇人上山捡橡子开始写起。这位黄发的老太太，躬身驼背，踩着清晨的白霜，辛苦了整整一天，才拾了一筐的橡子。拿回去之后，几经曝晒和蒸煮，用以做过冬的粮食。看到此处，可能很多人会以为是收成不好，但实际上并不是这样。

皮日休接着描写了丰收的欢快。他说，山下的稻子都熟了，麦穗飘香，香气阵阵扑面而来。仔细地挑选然后再认真舂米，简直是颗颗饱满，粒粒晶莹。可惜，除了交官税，还要受地方官吏的盘剥，他们用官粮放高利贷借给农民，等农民收获的时候，他们将"官粮"放回农仓，然后从中获取"高额利润"。所以皮日休感慨"橡实诳饥肠"，农民辛辛苦苦忙了一年，结果还要吃橡子这种算不上粮食的东西来充饥。遇到这样捡橡子的老太太，觉得实在可怜，不自觉就流下了眼泪。

李绅的《悯农》诗曾写道："春种一粒粟，秋收万颗子。四海无闲田，农夫犹饿死。"春种秋收，四海没有空闲的土地，但是农夫到最后还是被饿死。结合皮日休的诗来看，除了官税，还有官员的盘剥，到处都要收"服务费""手续费"，年年月月没有存粮，饥荒的时候还要向官府借债，常常忙了一年还是一无所获，到头来只能捡些野果子糊口。

这就像白居易笔下的卖炭翁，终年在山里砍柴、烧炭。满脸都是灰尘，被焰火熏得变了颜色，两鬓霜白，十指却被炭火熏黑。

卖炭翁，伐薪烧炭南山中。

满面尘灰烟火色，两鬓苍苍十指黑。

卖炭得钱何所营？身上衣裳口中食。

可怜身上衣正单，心忧炭贱愿天寒。

白居易《卖炭翁》节选

卖炭得到的钱用来干什么呢？也就是勉强买几件衣服，为了糊口的粮食。可怜老人家穿着单薄的衣服在冰天雪地里卖炭，自己冻得瑟瑟发抖，却还希望天气可以更冷些，因为怕自己的炭掉价不值钱。但是官吏一来，说是奉旨办事，一车千余斤的炭，就被强行拉走，老翁只能无可奈何地看着他们，顿足捶胸，无计可施。白居易的这首《卖炭翁》写到这里就结束了，但是对于可怜的老人来讲，一切还没有结束，没有"身上衣""口中食"，他们将如何维持未来的生活？

罗隐有诗云："不论平地与山尖，无限风光尽被占。采得百花成蜜后，为谁辛苦为谁甜？"（罗隐《蜂》）诗人将辛苦劳作的人们比喻为辛勤的蜜蜂，酿百花成蜜，自己却吃不到一口甘甜。宋代梅尧臣曾在《陶者》诗中也曾描述过类似的情景："陶尽门前土，屋上无片瓦。十指不沾泥，鳞鳞居大厦。"就是说，整天在烧瓦的工人，房屋上面却没有瓦；而十指没有泥点的人，却可以住在富丽堂皇的地方。这是社会的极大不公平，也是普通百姓没办法继续生活的重要原因。这些深刻的社会灾难，常常会引起诗人们的愤慨。

所谓"黑暗"未必都发生在诗人们身上，但却让他们非常难过，一方面是他们悲天悯人的情怀所致，另一方面，也源于这些诗人身上流淌着的儒家的博爱精神。就拿大同社会的理想来说，"鳏寡孤独废疾者"都是在人生健康和幸福上，受到坎坷与挫折的人，即便不是弱者，至少也算弱势群体，所以值得同情和帮助。"老吾老以及人之老，幼吾幼以及人之幼。"对弱势群体生存质量的改善，才是人类终极关怀的集中体现，也是社会进步的显著标志。

杜甫写诗《茅屋为秋风所破歌》，说八月的秋风卷走了他屋上的茅草，屋漏偏逢连夜雨，屋子里雨脚如麻，连床头都没有半点干爽的地方。但是这个时候，他想的不是自己的困难，而是想到了全天下的百姓，"安得广厦千万间，大庇天下寒士俱欢颜，风雨不动安如山！呜呼！何时眼前突兀见此屋，吾庐独破受冻死亦足！"假如全天下的人都温暖如山，只有我一个人受冻，我就是冻死也不觉得惋惜。儒家精神讲究"穷则独善其身，达则兼济天下"，而杜甫似乎将这种精神发挥到了更加极致的状态，连自己穷的时候都想着"天下苍生"！

然而，杜甫的悲鸣毕竟是微弱的，一个人再强大也无法力挽狂澜，尤其是整个大厦都即将倾倒的时候。

美人如诗

世间女子，或美丽，或温柔，或妩媚，或清纯，绽放着自己独特的韵味。她们竭自己所能，追逐着自己的幸福，然世事并不能遂人愿。才华盖世如薛涛，也免不了成为男人的附庸；为爱舍身如李季兰，也难得一份平凡厮守的爱情；亦邪如鱼玄机，终于也死在自己的嫉妒之下。美人如花，尘埃里开出的娇艳之花；美人如诗，将爱恋与绝色编织进美丽的诗篇。

岁月是最美的金丝线：杜秋娘

女人的世界，是一扇一扇闭合的窗，是一层一层抽丝的茧。倘若有人悄然打开那扇扇窗，拨开那层层茧，他会讶异于窗外尽是莺歌燕舞姹紫嫣红，而茧里尽是明珠琥珀。"花开堪折直须折，莫待无花空折枝。"在一生最华美的年岁中，有多少女人可以像杜秋娘这般以芊芊玉手尽折花叶，以鸿鹄之志尽显风采，不甘落寞，不甘沉寂，沿途享受生命中最绝艳的风景，沿路寻找生命中最精彩的过客。文人多以凄凉孤清的笔调来写女人和她们的故事。因为他们笔下的女人，要么红颜薄命，要么"绚烂至极归于平淡"，结局多半是不喜庆的。但若写杜秋娘这么个斗志昂扬、意气风发的女人，必定是眉飞色舞的。

人们所知道的杜秋娘，虽出身卑微，却独秉天地灵秀之气，她看似"一夜成名"，这其中实则暗藏玄机。那首流传至今的成名作《金缕衣》也被过多地牵强附会，扭曲了原本直抒胸臆的表述。

> 劝君莫惜金缕衣，劝君惜取少年时。
> 花开堪折直须折，莫待无花空折枝。
>
> 《金缕衣》

如果穿越时空，回到那个歌舞升平、纸醉金迷的场景，妩媚俏丽的杜秋娘为年过半百的镇江节度使李锜表演取乐。为从美女如云、长袖善舞的歌妓中脱颖而出，杜秋娘暗自思量，自写自谱《金缕衣》，婉转唱出，惊艳四座。论诗才，杜秋娘的诗偶有新意，算不了奇和绝，也并非美和艳，但论心机，她绝对称得上"高人"。她的心机之高明，并不在于老谋深算或是未雨绸缪，而是善于洞窥人心，提点人性。

"劝君莫惜"，"劝君惜取"——是是非非，对对错错；"金缕衣"，"少年时"——彼时此时，物欲与精神；"花开"，"无花"——喜和忧，福和祸；"直须折"，"空折枝"——果断勇敢，遗憾悔恨。这些显而易见、无处不在的强烈对比不仅令李锜恍然大悟，也点醒了这世上大多数人的困惑：得到的未必值得珍惜，得不到的才最值得拥有。后两句诗则颇有几分"人生得意须尽欢，莫使金樽空对月"的意味。不仅暗指人生要及时行乐，还上升到了生命的深度与广度。

虽然这首《金缕衣》是杜秋娘的创作高峰，是她命途变更的契机，但因其目的性和功利性过重，削弱了诗本身的风骨与玩味。而为唐宪宗即兴而作的那首诗，才把她不落俗套的诗才、竞争向上的志向淋漓尽致地挥洒出来。

> 秋风瑟瑟拂罗衣，长忆江南水暖时。
> 花谢花开缘底事？新梅重绽最高枝。

江南水暖时，杜秋娘还是依偎在李锜怀里千娇百媚的小妾。秋风瑟瑟时，她就沦落为乱臣贼子的待罪家属。若单看前两句，悲悯怜爱之情油然而生。可"花谢花开缘底事"，何必感怀于匆匆而逝的凋零飘落呢，待到新梅纷繁时，便可重屹高枝，重绽芬芳。宪宗李纯本就对能歌善舞的杜秋娘仰慕已久，当听到这首依照《金缕衣》原韵所赋，却更显风流的诗作时，龙心大悦，甘拜在这个女人的石榴裙下。

杜秋娘用心机推倒了青楼女子这堵墙，用才情推倒了卑微小妾这堵墙，而后的深闺妃嫔这堵墙，她也用智慧一并推倒。她并没有因成为集万千宠爱的秋妃而有恃无恐，也没有因唐宪宗一句"我有一仲阳足矣"而高枕无忧，她以"臣而非妾"的姿态处处扶持宪宗，让他安心执政，比起杨玉环与唐玄宗的骄奢淫逸，他们之间的感情更为大气。这是理智与情感的结合、小我与大我的平衡。

> 红颜薄命实堪悲，况是秋风瑟瑟时。
> 深夜孤灯怀往事，一腔心事付阿谁？

又是"秋风瑟瑟时"，但这时候的杜秋娘年华已逝，容颜已老，再也没有"花开堪折直须折"的笃定自若，也没有了"新梅重绽最高枝"的超然洒脱。毕竟，一个女人独自在变幻莫测的宫闱中摸爬滚打，二十年间走马观灯似地送走四位皇帝，潮起潮落，云卷云舒，在她把生命中最闪耀的资本耗尽后，也只能"深夜孤灯怀往事"，把一腔心事交付给才子杜牧了。

看到当年裙裾飘飘的绝色美女变成白发苍苍的孤苦老妪，杜牧感慨良多，赋赠一首

《杜秋娘诗并序》以表哀切。在这首长达五百多言的古诗里，杜牧复原了一个江南女子跌宕起伏却又绚如繁花的一生，定位了一个女性诗人应有的历史坐标。"清血洒不尽，仰天知问谁？"当杜牧剥开杜秋娘层层蚕丝包裹的心茧，才发现里面晶莹通透，丝毫没有沾染尘世的污垢。可除了杜牧，又有谁知呢？而在才子与佳人间除了因缘际会，还可以像杜牧和秋娘这般惺惺相惜，成为心灵契合的知己，实属一段佳话。

"四朝三十载，似梦复疑非"，如果这场令杜秋娘如痴如醉的美梦从此不会再醒来多好；如果在历尽沧桑后她仍是那个不屈于命运的掌舵者多好；如果她永远不懂得"红颜薄命实堪悲"多好……多年后重踏故土，她是否还会悠悠哼起那首改变了她一生，也陪伴了她一生的《金缕衣》？她是否依然不曾后悔当初飞蛾扑火般的执着？

岁月之美，在于它必然会流逝。美人之美，在于能否经得起斗转星移、沧海桑田的改变。

女人如水，水能涤荡万千尘埃，亦有崩云裂石之壮。柔而不弱，且能克刚，或许，这正是杜秋娘这般女子所具有的力量吧。

红诗笺上的绿孔雀：薛涛

有一位女子，她有着美丽的名字，有着曼妙的起始，却在岁月的跌宕中，曲曲折折，零落了无尽的忧伤。年年岁岁，她曾灿烂得动人心弦，可曾几何时，又凋零一去无影踪。而她，也终究辛苦却又甜蜜地留在了历史的深处，不离不弃，不断让后人重温着那些历史纹路深处的细碎往事。

关于薛涛的记忆，除了诗歌，还是诗歌。她一生的命运都与诗歌有着逃不开的联系。薛涛自幼聪慧，八九岁就能吟诗，她因诗而成名，因诗而得到爱情，又因诗而死，一生都在诗情中书写着人生的画意。

在薛涛十一二岁的时候，她在朝为官的父亲薛郧，因得罪了权贵而被贬谪四川。之后，又被仇家设计置于死地。随着薛郧一同逝去的，还有薛涛短暂的幸福时光。父亲离世，年幼的薛涛只得跟随多病的母亲艰辛度日，可孤儿寡母，在这苍凉的世间，哪里容她们安身？

为了家庭生计，薛涛不得已沦落烟柳巷，归入乐籍。纵使才貌绝佳，诗情极高，她也只能是每日迎来送往，强颜欢笑于众位寻花问柳的娼客之间。一入娼门难抽身，薛涛怎会不懂，一旦弥足深陷，自己的这一生就没了指望。故而，她坚持固守自己的底线，只卖艺，不卖身。

她在等，在盼，有朝一日，一位真正懂得她的男子，能够将她带出这虚情假意、逢场作戏的场子。

镇蜀的节度使韦皋慧眼识珠，将她于众多胭脂俗粉中，挑拣了出来……那一日，韦皋宴请宾客，派人召薛涛前来，即席赋诗，为众位大人找个乐子。薛涛不惧，便随即写下了一首。

> 乱猿啼处访高唐，一路烟霞草木香。
> 山色未能忘宋玉，水声尤是哭襄王。

朝朝暮暮阳台下，为雨为云楚国亡。

惆怅庙前多少柳，春来空斗画眉长。

《谒巫山庙》

虽然早闻薛涛才华出众，但此诗一经传阅，大家还是惊叹不已。眼前这样一位弱不禁风的小女子，居然内心有着比男人还要浑厚的力量，在她的诗作中，竟能读出一些看破世事沧桑的味道。

韦皋当下欣喜，更是对薛涛增添了几分喜爱。此后，薛涛便常常出入韦府，参与进了韦皋的生活和工作之中。因为薛涛聪慧，韦皋干脆让她担任校书之职，帮助自己处理日常公务事宜。

如若薛涛收敛锋芒，安心协助韦皋，她的后半生也会稳稳当当。可薛涛偏偏不甘寂寞，对于外地或本地慕名来找她的文人名士，一概不拒，与他们饮酒吟诗，往来不绝，甚至还会接受他们赠送的名贵礼品。

那时，薛涛用胭脂掺水，造出了一种红色的信笺，十分漂亮。薛涛如若遇到心仪或相谈甚欢的客人，便会在这信笺上题上诗句，赠予他人。这便是后世称赞的"薛涛笺"。这一切都引起了韦皋的嫉妒。

要知道，男人的妒火有时比女人更甚。看到原本独属于自己的女人，在被自己推向盛名之后，不图感恩反而与其他男人亲密无间，韦皋怒从心中起，终于找了个理由，将薛涛远远发配了。

既然自己无法独享，那便也不能让别人染指。因韦皋太过自私的心态，令薛涛要遭受颠沛流离之苦。韦皋的一纸贬书，彻底敲醒了薛涛，也让薛涛看清了自己的身份。原来花前月下的山盟海誓都是虚假的浮云，唯一真实的是她妓女的地位。而这身份也注定了，不管你薛涛有何种才华，都需要依靠男人的怜悯，才能立足于世。人生如梦，梦如浮云。

或许是儿时艰难的记忆让她不愿再过苦日子，也或许是在韦皋的呵护下薛涛已经习惯了安逸的生活，总之，面对这个能够掌握自己生死大权的男人，薛涛放下了高高在上的姿态，俯首认错了。她写下了《十离诗》，派人送与韦皋，以求宽恕。

驯扰朱门四五年，毛香足净主人怜。

无端咬著亲情客，不得红丝毯上眠。

《犬离主》

越管宣毫始称情，红笺纸上撒花琼。

都缘用久锋头尽，不得羲之手里擎。

《笔离手》

其余几首也大抵都是这些意思，不过是说自己是不值钱的犬、笔之类的物件，而韦皋则是掌握自己命运的主人、握笔的手，只有韦皋才是自己真正的依托，自己已经虔心认错，恳请能够获得原谅。

那是些字字呕心、句句沥血的诗句，恍如她拿着一把匕首往自己的身上一刀一刀地割，割到痛彻心扉，割到肝肠寸断方才停笔。

冷静的薛涛收起了心性，再多的才华对于一个女人来说也是无济于事的。没有了欣赏自己的男人，这才华，不过就是废纸一堆。而韦皋哪会真舍得让薛涛离去，一看到这《十离诗》，便松了口，接了薛涛回来。

终于，薛涛还是回到了韦皋的身边，这次，不但是身体回来了，心也落在了韦皋这里。这正是韦皋要的结果，他就是要薛涛归属于他，这一生一世都不得离开。

心中的悲戚涌上来，薛涛就此安分了，不再流连于才子文士的吹捧应酬之间，而是深居简出，过起了修身养性的生活。

在这期间，南越敬献给韦皋一只孔雀，薛涛很是喜欢，便命人在节度使宅内挖了池塘，建了笼子让孔雀栖息在此。公元 831 年的秋天，孔雀突然就死了。是巧合也好，注定也罢，第二年的夏天，薛涛也不幸离世。孔雀的结局似乎在冥冥中昭示了薛涛的命运。生的华丽高贵，却一生都逃不开被圈养的命运，即便到死，也无法逃离，无法去寻找真正的自由。

那时，一个叫王建的诗人就此事写下：

可怜孔雀初得时，美人为尔别开池。

池边凤凰作伴侣，羌声鹦鹉无言语。

雕笼玉架嫌不栖，夜夜思归向南舞。

如今憔悴人见恶，万里更求新孔雀。

热眠雨水饥拾虫，翠尾盘泥金彩落。

多时人养不解飞，海山风黑何处归。

王建《伤韦令孔雀词》

孔雀是高贵的，但高贵并非养尊处优，即使住雕龙玉架，即便有凤凰为伴，它仍"夜夜思归向南舞"。孔雀也是聪明的，它深知"如今憔悴人见恶，万里更求新孔雀"；孔雀的结局却是凄美的，"翠尾盘泥金彩落"，"海山风黑何处归"。薛涛好似这只高贵、聪明、凄美的孔雀，在尘雾缭绕的炎凉俗世中披着霞光开屏起舞。

与薛涛相伴一生的韦皋恐怕都难以明白薛涛真正的心意，他不懂这个心洁如冰雪的女子为何从来都不奢望官职头衔，也从不要求锦衣玉食、大富大贵。更没办法知道，薛涛想要的不过是无忧无虑、洒脱自在的生活。她渴望得到属于自己的宁静祥和、自由平等的天地。好在，韦皋虽读不懂她，却自始至终爱她。

人世悲欢一梦，如何得作双成：鱼玄机

　　鱼玄机，初名鱼幼薇，字蕙兰。女，晚唐诗人，长安人氏，咸通初嫁于李亿为妾，后被遗弃，进入咸宜观出家，改名鱼玄机。再后因打死婢女绿翘，被判杀。她的生平不见正史，翻开古书，提到她之处，寥寥数笔而已。

　　可是，她的人生绝不因历史的忽略就黯淡下来，在长安城里，谁人不识她，这位"色既倾国，思乃入神"的女诗人。在她还未更名为鱼玄机的时候，她还是一个天真烂漫，躲避在父亲羽翼下，安心成长的小女孩。

　　那时，她少承父训，是当时名满京城的诗童，得到诸多诗界大家的青睐。其中，数鱼父好友温庭筠来往最为密切。温庭筠常去鱼家走动，对这个比自己年幼近十岁，但却聪明伶俐、眉眼似画的小女孩格外宠溺。

　　在他看来，这个机灵活泼的小女孩，就是自己最为得意的关门弟子，他曾以"江边柳"为题，考弟子的才情。而鱼玄机稍微一思量，便写下了诗作。

　　　　翠色连荒岸，烟姿入远楼。
　　　　影铺春水面，花落钓人头。
　　　　根老藏鱼窟，枝低系客舟。
　　　　萧萧风雨夜，惊梦复添愁。
　　　　　　　　　　　《赋得江边柳》

此诗笔风自然中见细腻，质朴中见奇思；从头至尾都没有出现一个"柳"字，但却字字写柳，句句咏柳。其中更夹杂有柳色、柳姿、柳影、柳枝、柳情、柳梦等各种状物，令人目不暇接，欲罢不能。

即兴赋诗，还能写得如此工整耐读，温庭筠读罢，十分欣喜，将其刊登在了当时一本有名的诗刊上，鱼玄机的名气，更是大了一层。

可惜好景不长，烂漫的日子总是倏忽即逝，随着鱼玄机父亲的早逝，她和母亲的生活陷入了困顿之中。幸亏得到了温庭筠的资助和帮忙，才使得母女二人不至于流落街头。在鱼玄机少女的心中，温庭筠就好像上苍派给她的一位守护神，总是在她最需要帮助的时刻出现，于是，芳心暗许，情定于他。

对于鱼玄机的心思，温庭筠了然于胸，可是于情于理，他都不能与自己的弟子结缘。碍于陈规陋俗，温庭筠总是借故回避，令鱼玄机的爱意，一次次落空。年少的时候，女孩们醉心于如琥珀般温润细腻的情丝，迷恋于如薄雾般若即若离的情意，以为这就是天长地久。而当爱恋转为爱慕，倾心转为谈心时，她们才发觉幻想与现实间相距甚远，而心动与心碎间却相离很近。

阶砌乱蛩鸣，庭柯烟露清；

月中邻乐响，楼上远山明。

珍簟凉风著，瑶琴寄恨生。

嵇君懒书札，底物慰秋情。

《寄飞卿》

186

　　这首五律弥漫着一股半明半掩的哀愁，纠缠着欲止难止的情结。鱼玄机小心翼翼地收藏起心底的渴慕与眷恋，只想着有朝一日，温庭筠能够明白。温庭筠当然明白，只是无法做到。所以，在鱼玄机长到待字闺中，要出嫁的年纪时，他亲自为她挑选，将一名叫作李亿的男子，带到了她的面前。

　　最初爱的男子终是无法牵手了，看到了温庭筠的用心良苦，鱼玄机终于明白了这世间还有一种爱情叫作"一厢情愿""无疾而终"。接受了李亿，鱼玄机渐渐走出了她对温庭筠那近乎痴狂的迷恋。

　　身边这个李亿，虽然相识时间不长，但却总能带给她突如其来的甜蜜和幸福。李亿对她是尊重和爱护的，无论走到哪里，都会郑重其事地向旁人介绍鱼玄机。那份昭告天下的喜悦，逐渐感染了鱼玄机，她开始安心地在李亿的臂弯中沉睡。

　　可是上天再一次和她开了玩笑，幸福的美梦还没做多久，便被当头一棒，给硬生生地敲醒了。李亿的原配闻讯赶来，姿态强硬，要做出棒打鸳鸯散的事情来。身为自己爱的男人，李亿这次却如此让鱼玄机失望。

　　他仓皇失措地将鱼玄机送入道观，丝毫不敢维护他们之间爱的尊严。就这样，鱼玄机与李亿才子佳人的姻缘，始于一段唯美的爱情故事，终于一场平庸的家庭闹剧。

　　进入道观清修，鱼玄机就此看破了男女之间的情爱，原来，再深的海誓山盟，也敌不过现实的榔头。恰逢一位被抛弃的村妇前往道观进香，向神明哭泣自己那无良的丈夫，于是，鱼玄机便写下一首《赠邻女》送她，亦是送给自己。

> 羞日遮罗袖，愁春懒起妆。
> 易求无价宝，难得有情郎。
> 枕上潜垂泪，花间暗断肠。
> 自能窥宋玉，何必恨王昌。
>
> 《赠邻女》

　　"易求无价宝，难得有情郎"这句不加修饰、毫无矫揉造作的呼唤，显出鱼玄机的情深意切，有血有泪。这是怎样的一种决绝啊，寻不到至高无上的人间真爱，便对任何珍物不屑一顾，视如粪土。她以为可以在李亿的庇护下从此幸福地生活，却不料懦弱的李亿无法背负她如此沉重的人生。"自能窥宋玉，何必恨王昌"，此前小女子肝肠寸断的情思、缠绵悱恻的情意，顷刻间都在现实面前荡然无存，只剩下大女人的自信洒脱，放浪形骸。

从此，她观门大开，在本应清修的道观里大竖艳旗，沦落为放荡的女人，疯狂地报复着李亿，报复着一切爱她却终究又遗弃了她的人。可她并不明白，她作践并报复的并不是李亿之类的男人，而是自己。时人能接受男人的始乱终弃，却无法接受女人的轻浮放纵。

鱼玄机，就此被定义在历史的污点上，沦为了比娼妓还不如的下流女人，为世人所不齿。大家早已忘记了那个诗才横溢的鱼玄机，忘记了那个聪慧可人的鱼玄机，人们只记得一个日夜与男人风流的鱼玄机。

若不是她亲手杀死了自己的婢女绿翘，只怕世人早已忘记在那清修道观深处，还有这样一位女子。

绿翘暗中与鱼玄机豢养的乐师有染，鱼玄机得知后勃然大怒，她早年被男人背叛，而今却还要再遭受女人的背叛。这让她无法忍受，一时激愤，便铸成了大错。此事一出，举城哗然，很快，鱼玄机便被处死，以明法纪。

那年，鱼玄机刚满二十六岁。

从鱼幼薇到鱼玄机，所有的山山水水，所有的缥缈世事，都从一段历史风干为一场传奇。

"人世悲欢一梦，如何得作双成？"这是她留给自己的问题，也是我们永远无法回答的难题。

经时未架却，心绪乱纵横：李季兰

李季兰，浙江吴兴人，唐玄宗开元初年生人，自幼便生得玲珑妩媚，活脱脱一个美人胚子。江南的清丽景色造就了她轻灵的性格，李季兰自幼就喜读诗书，吟诗作对很有天赋。她六岁的时候，一日看到家里后院的蔷薇花开，便低声吟道："经时未架却，心绪乱纵横。"恰好她的父亲从旁经过，听闻女儿小小年纪，就有如此诗才，十分惊诧。

而更让他感到意外的是，女儿诗歌中的立意十分颓唐，所谓架者，便是嫁。不过才六岁而已，便已思嫁。父亲觉得李季兰年纪虽小，却性情不宁，怕她将来惹出什么乱子，便和李季兰的母亲商量了一下，在李季兰十一岁的时候，将其送入了剡中的玉真观做女道士。

本想青灯古卷，还有那幽静无欲求的生活，能够将李季兰的心性收起来，让她安于女儿本分，可没想到，有些事情似乎是上天注定。在李季兰六岁那年，她早已"一语成谶"。

在道观的日子过得还算清静，每日弹琴、作诗倒也自在，一晃就是五年过去了。在无人打扰中，李季兰就像盛开的蔷薇花一样，出脱得摇曳多姿，亭亭玉立。史载："美姿容，神情萧散。专心翰墨，善弹琴，尤工格律。"

李季兰虽自幼独居山上的清幽之处，但二八佳龄正是女儿家怀春的年纪，她自然也免不了对道观之外的世界充满好奇，对人间情爱满怀向往。

朝云暮雨两相随，去雁来人有归期。

玉枕只知常下泪，银灯空照不眠时。

仰看明月翻含情，俯盼流波欲寄词。

却忆初闻凤楼曲，教人寂寞复相思。

《感兴》

春花渐凋，时光如流，芳心寂寞，李季兰这样的女子，如何能甘心让自己的芳华随着这山谷日复一日地凋零？情感上的真空，像一股巨大的压力，令李季兰无时无刻不在想逃脱道观，能够呼吸到自由新鲜的空气。

她父亲担心的事情，还是不可避免地发生了。

一日，趁观主午睡休息之际，李季兰偷偷溜出道观，来到剡溪中荡舟漫游，看到那涟漪阵阵荡开，李季兰的内心充满了喜悦。恰逢此时，隐居剡溪的名士朱放路过此地，他看到李季兰荡舟河中，便请求同游，季兰大方地同意了。

朱放眉清目秀，一派隐逸风流，季兰眉眼如画，犹如画中仙子，二人在这秀丽的山水之间，谈古论今，唱和联诗，好不惬意。爱情的种子就此种下。之后，朱放便常常去道观与李季兰相会，二人品茗谈心，抚琴作诗，度过了一段安逸幸福的日子。

在对的时间遇见对的人是种幸运，因为离幸福很近；但错的时间遇见对的人却是不幸，因为与幸福渐行渐远。不久，朱放奉诏前往异地为官，因忙于官场事务，便无暇看望昔日情人。李季兰只能寄情于诗，聊以慰藉。

望水试登山，山高湖又阔。

相思无晓夕，相望经年月。

郁郁山木荣，绵绵野花发。

别后无限情，相逢一时说。

《寄朱放》

　　李季兰与朱放相遇不过一秒，相恋不过一时，相忘却要一生。"相思无晓夕，相望经年月。"人世间多少痴儿怨女的情爱大抵如此。而李季兰正是用这份少女的豆蔻情怀，打开了沉闷道观外繁花似锦的世界，也印证了父亲送她入观时的担忧："此女聪黠非常，恐为失行夫人。"

　　等待的日子看不到尽头，一个女人，如果耗费大半生光阴只为等待良人归来，虚度青春，那顶多算个满脸愁容的贞洁烈女，称不上奇女子。"聪黠非常"的李季兰，怎会去做这样的蠢事？所以，当陆羽出现的时候，李季兰迅速地抓住了这一丝"生机"。

　　陆羽的出现及时地填补了朱放离去的空白。终生以品茶为乐的陆羽有着"茶神"之称，他听闻李季兰风雅超绝，遂专程前往道观拜访。生性潇洒的陆羽很快令李季兰放下了对朱放的相思之情，几次交往后，二人陷入热恋。

　　陆羽陪伴李季兰度过了一段安定恬淡的岁月，他用温柔细腻的情感填补了李季兰初恋的落寞。一次，李季兰染重病，陆羽闻讯后，急急赶去照料，日夜相伴。其柔情蜜意，可见一斑。李季兰感怀于心，特赋诗一首以表谢意，其诗云：

昔去繁霜月，今来苦雾时；

相逢仍卧病，欲语泪先垂。

强劝陶家酒，还吟谢客诗；

偶然成一醉，此外更何之？

《湖上卧病喜陆羽至》

　　乍看这是一首极为普通的答谢诗，但赠给对自己呵护有加，与自己朝夕相伴的密友未免太过疏离。一个"客"字，尽含百般无奈。她与陆羽虽情谊相系，但碍于特殊身份，不可能谈婚论嫁，厮守终生。

　　人与人之间的情感有时候就是这么奇妙，可以由浅及深，也可以从深入浅。但人一辈子至少要有一次这样的情感，浓时能相濡以沫，淡时仍可相敬如宾，不离不弃。若能得此情意，不管是友情、爱情，还是亲情，便是此生的幸运了。

爱之于季兰，并不是补给身体的养料，也不是满足精神的需要。它更像是对人生的追求，对梦想的渴望。不然，她怎会潇洒地敢爱敢分，不断地寻寻觅觅。

而出现在季兰生命里的最后一个男子，便是皎然。他是陆羽的朋友，也是一位出家的僧人。他与季兰没有太多轰轰烈烈的故事，也没有太多纠缠不清的复杂情感。故事的情节就像简单平直的马路：李季兰主动追求皎然，皎然果断拒绝。

皎然心境澄澈，真的是止水无波，淡定到不起一丝涟漪，不生一缕尘缘。或许季兰正是因为无法按捺自己心中不断涌动的情意，所以才会为皎然的闲适与安然怦然心动吧。所以才会有人说，爱就是一种"缺少"，完美的爱情就是让人们互为补充、彼此填满。

在往后的年岁里，无论世事如何变化，容颜多么沧桑，也许，这份皎洁如月的情意都将时时照耀季兰的心坎，令她清辉满怀，永怀暗香。

情至深处，恨亦动人

爱到忧伤，不稀罕，爱到翻脸，也不稀罕。但是，爱到刻骨铭心、肝肠寸断，却烧出浓的仇、烈的恨，却让人不禁扼腕。能让爱变得风流倜傥，那是人之常情，能让恨变得风流婉转，那是一门学问。生在大唐，便有了这独到的好处：情至深处，恨亦动人。

青楼薄幸也风流：杜牧

唐代诗人的风流，一半给了酒，一半给了女人。要么醉泡在酒坛中酣梦不醒，要么沉睡于温软耳语中死也风流。细数大唐三百年，一面心怀天下登临吊古，一面纸醉金迷酒色不离的诗人，当数晚唐杜牧。

三百年萧瑟风雨浸泡着晚唐衰颓的根基，伤感侵袭着所有诗人敏感的心。才俊志远的杜牧也不可避免地陷入了仕宦不遇和沉沦人生的尴尬夹缝中，他不愿就此沉醉，但总要为心中的末世哀感找寻一个出口，来对抗命运的嘲弄。才子果然是才子，一不留神就创造了一个意蕴优美的词——豆蔻年华，为其后的诗工词匠添了一块清冽的瓦。

娉娉袅袅十三余，豆蔻梢头二月初。

春风十里扬州路，卷上珠帘总不如。

多情却似总无情，唯觉樽前笑不成。

蜡烛有心还惜别，替人垂泪到天明。

《赠别二首》

回望十里扬州路，再相逢，仍旧莺歌燕舞。

中了进士不久，杜牧离开了污浊压抑的京城，入幕宣州和扬州。流连扬州的十年，可能是杜牧人生中最快乐的十年。因为在这里，他找到了暂时拯救灵魂的良药。十年里，他扎进烟雨红颜不问世事，不为拥枕风花雪月，只为怜惜那命比纸薄的娉婷少女，怜惜与他相似的脆弱心灵。

仅仅是一位地位卑微不知名的歌妓，杜牧就倾情奉上诗作与真情。不着一个"花"字、一个"美"字，却将心中的倾慕之心表现得淋漓尽致。诗人阅遍"十里扬州路"，都觉不如这豆蔻年华的少女；又以"无情"写多情，以蜡烛燃尽滴落蜡泪，比喻伤心女子"替人垂泪"，爱怜之心流露无疑，尽显诗人风流。

那个年代的女子命运，一出生就已经被决定，言笑、寝食、婚恋都不自由。杜牧从她们身上找到了相似的命运，对她们的痛苦和多愁善感感同身受。

这世间有多少情感无处皈依，只能将其安放他所，聊以安慰。弹一曲婉转《六幺》当作背景，杜牧将这无限好的江南风光、这没有归属的情感，化作诗情寄托在纸墨里，寄托在明眸皓齿的女子身上，借以安抚他徘徊的灵魂。

索性就继续沉醉下去，风流到底，阅过人间几多情，也不枉此生来过一遭。

那还是在宣州幕下任书记时的事。一日，杜牧到湖州游玩。湖州刺史崔君素知杜牧诗名，盛情款待，唤来当地名妓举行赛船水戏，当时的盛况可谓万人空巷。春色满园，却没有一人能打动杜牧的心。后来，他遇到一老妪带来的十几岁小姑娘，自认为眼光独特的杜牧认定她将来必成美人，于是与其订下十年约定，送上聘礼十年后前来迎娶。如十年不来，姑娘自可另嫁。待到杜牧当了湖州刺史前来寻找当时少女时，已时过十四年。少女早已嫁作人妇，成为人母。失约又失恋的杜牧只能叹命无常，作诗云：

自是寻春去校迟，不须惆怅怨芳时。

狂风落尽深红色，绿叶成阴子满枝。

《叹花》

曾见过含苞待放的芳菲，再寻芳踪时已太晚。风吹花落满地凋零，繁花不再却硕果累累，全诗不见一个"叹"字，却题为"叹花"，但诗人把全部的悲叹都蕴含在面对"狂风落尽深红色，绿叶成阴子满枝"的遗憾中，惆怅不已。花如此，人亦如此。无论对人对己，机缘都转瞬即逝，不禁让人惋惜。

故事只能是故事，当故事走远之后，心里烙下的痕迹却天长地久。

官场上很多失意的文人，都喜欢去女子身上寻找理想。且不说"忍把浮名，换了浅斟低唱"的白衣卿相柳永，连雄姿英发的辛弃疾在功业不就时也"红巾翠袖，揾英雄泪"。世再无知己，苍凉至极，所以他们只有将目光投向绿意葱茏的远方。

> 落魄江湖载酒行，楚腰纤细掌中轻。
> 十年一觉扬州梦，赢得青楼薄幸名。
>
> 《遣怀》

前尘恍然如梦，酩酊或伶仃，只为赢不到生前身后名。

会昌二年，杜牧忆起昔日扬州生活：春意无限，酒色人生，遮掩了多少江南的落拓！细细玩味却是落魄潦倒的酸楚：载酒江南，沉醉细腰，这样的风流，后人只能凭着历史的线索去慢慢揣度。"青楼薄幸"也好，名动天下也好，为的都是一个"名"。"赢得"与不得，自嘲与辛酸化为一声叹息，永远地留在了唐诗中。

中年的杜牧，回忆起那些轻狂往事，一件件仍清晰如昨，可见他的心一直没有解脱。失意之余只好重又将女子当成最后一根稻草，正如他在《杜秋娘诗》中写道："女子固不定，士林亦难期。"女子与士林，纵使真的那般相似，又有几人能身在其中而游刃有余。

女人或酒与其说是诗人们沉醉的温柔乡，倒不如说是古往今来落拓文人的一个歇脚的驿站。没有到过的人对他充满了幻想，而离开的人又在梦与醒的挣扎中脚步踉跄。

驳杂的诗句记下了一个难以解读的杜牧，比如他风流之余的沉沦究竟是什么？是风流个性的张扬，是夹缝中的自我拯救，还是温软人生的流连？大概没有几个人真正读得懂。

杜牧本身就是一首诗，如同依然在淅淅沥沥的春雨中沉默的扬州，沧桑而绰约。

爱是生命的倒刺：李贺

> 幽兰露，如啼眼。
>
> 无物结同心，烟花不堪剪。
>
> 草如茵，松如盖。
>
> 风为裳，水为珮。
>
> 油壁车，夕相待。
>
> 冷翠烛，劳光彩。
>
> 西陵下，风吹雨。
>
> 李贺《苏小小墓》

钱塘江畔，月冷如水。

这里葬着一个女子，泪眼好似幽兰上的露水。也就是在这里，有一位钟情"鬼魅"的诗人为这个女子举行了一场婚礼。她是苏小小，而他是李贺。

一个是南齐名妓，钟情于建康才子阮郁却被其家人所阻，心存郁结，年方二十咯血而死。一个是中唐鬼才诗人，因"父讳"而终身不得志，却自始至终以皇孙身份自居。这二人竟穿越时空产生关联，让人不得不为其中的因缘着迷。

文人都爱苏小小，一首首诗哀叹她坚贞的爱情和悲惨的命运。《玉台新咏》里便有诗云："我乘油壁车，郎乘青骢马。何处结同心，西陵松柏下。"此外，白易居、温庭筠等诗人也纷纷作诗，为小小寄托哀思。然而，他们的诗不过是向往佳人哀其爱情悲剧，他们的爱怜和追忆也不过是一种理想的情怀。唯有李贺，他读懂了小小的悲伤：苏小小要的并不是怜悯，而是无论生或死、前世或今生，都可以长存不灭的爱。于是，李贺做了这首感天动地的诗来祭奠小小，为这个飘散的灵魂举行了一场没有新郎的婚礼。

碧草为茵被，青松为伞盖。轻柔的微风是华美嫁衣的裙摆，叮咚的流水是腰间叮当的环珮。乘着前世的油壁车，在缓缓落下的夕阳余晖中等待。那双望穿的泪眼如幽兰上

197

的露水，楚楚动人。就在这雨打风吹的西陵墓下，翠色的烛光暗淡地摇曳着。"无物结同心，烟花不堪剪。"如果这不是一场婚礼，苏小小为何如此盛装华美？如果这是一场婚礼，那么男主角为何迟迟没有到来？李贺笔下的苏小小就这样静静地用生命等待着一场属于她的爱与婚姻，无论生或死都不能成为爱的障碍，但最终，仍是所托非人。

李贺还原了一个用生命去证明爱的苏小小，也还原了一个寂寥的自己。自诩的皇室身份并没有得到承认，听起来反而贻笑大方，空给别人留下饭后的笑柄。与他同时代的白居易、刘禹锡，甚至绯闻缠身、备受争议的元稹都在诗坛崭露头角，只有他，甚感寂寞。

苏小小的无以安放的爱，让屡屡不得志的李贺有了同病相怜之感。同样是让人生畏的死亡，也时刻如同咒语一般，让多病的李贺身陷其中，无法解破。生与死并无可怕，可怕的是活着却与世界格格不入，触摸的是冰冷的眼神。面对死亡的催促，心有爱者才无所畏惧。苏小小的爱是男女欢爱，而李贺对小小的爱则来自于对生命价值的认同。无论是哪种爱，都可以透过生死，永远地活在世间。

隔了时代隔了天地，李贺读懂了二十岁的苏小小。千年之后，有个诗人同李贺当年一样，隔着遥远的时空找到了他的灵魂。就像二十岁并非苏小小的终点，二十七岁也不再是李贺生命的终点。

现代诗人洛夫有幸参透了千年的玄机，于是有了一汪诗情，把李贺的情怀一丝一缕地化入诗中。

瘦得
犹如一支精致的狼毫
你那宽大的蓝布衫，随风涌起千顷波涛
旷野上，隐闻鬼哭啾啾
狼嗥千里
来来请坐，我要与你共饮
从历史中最黑的一夜
你我并非等闲人物
岂能因不入唐诗三百首而相对发愁
从九品奉礼郎是个什么官
这都不必去管它

当年你还不是在大醉后

把诗句呕吐在豪门的玉阶上

喝酒呀喝酒

我要趁黑为你写一首晦涩的诗

不懂就让他们去不懂

不懂

为何我们读后相视大笑

——洛夫《与李贺共饮》节选

相知若有时，何必岁岁年年。

一切诗情都只因一个"懂得"。李贺懂了小小，于是将她写进诗中；而洛夫也懂了李贺，把他也化为一缕诗情。

太多相似的诗人都走在这条以生命去爱的路上：爱恋人、爱知己、爱莫测的生命。人生短暂，但诗人整个生命都被爱深深地刺透。

在李贺短暂的一生中，家族男性的短命如同咒语般煎熬着他的生命。自认为是皇室贵族却终身不被重用的落寞困扰着他的一生。只有爱着的时候才让他感觉自己身为男人的尊严，只有爱着的时候他才有着强烈的存在感，并提醒自己，在这个世界上，有一种东西会比生命走得更远。

也许是对生命诅咒的反抗，李贺用爱作为武器与死亡作战，除了结发妻子外，世间天上，似乎没有女子他爱不到，动情时那般爱意浓浓：

城头日，长向城头住。一日作千年，不须流下去。

《后园凿井歌》节选

爱就像李贺对苏小小的欣赏，就像他们二人的心灵私语，它还要慢慢地、和风细雨地滋润下去，或化成诗人的诗绪，或化为次年守候生命的春泥。

村上春树说："死不是生的对立面，也不是生的全部，而是生的一部分……因为有死，生才更美好。"

如果生命是这样，那么爱，是不是也如此？

肝肠寸断，却烧出浓的仇、烈的恨，却让人不禁扼腕。

爱到忧伤，不稀罕，爱到翻脸，也不稀罕。但是，爱到刻骨铭心、

曾有一个人爱我至绝命：李益

在一辈子中，每个人都可能会遇到这样一个人，他值得你为他付出所有，就算毫无所获也依然无怨无悔。即便是到了下辈子，你依然期许要和他续缘，继续你们这辈子无法继续的，那如火如荼的缠绵悱恻。

爱到此般地步的人，才会真正懂得爱的意义。李益是霍小玉的期盼，即便到了生命的尽头，霍小玉也会依然祈求上苍，将下一生的爱落在他身上。相传，人们经过忘川河，喝下孟婆汤后，会忘记今生一切悲欢离合，进入轮回，重获新生。果真如此，来到忘川前，霍小玉一定是虔诚祈求过："若有缘分，若有来生，我要乘船去找回那张在红尘岁月中历尽沧桑却依然未改的容颜。"

> 微风惊暮坐，临牖思悠哉。
>
> 开门复动竹，疑是故人来。
>
> 时滴枝上露，稍沾阶下苔。
>
> 何当一入幌，为拂绿琴埃。
>
> 《竹窗闻风早发寄司空曙》

李益的诗中，霍小玉最爱吟的便是这首。这诗中，有他们初次邂逅的美好瞬间，"开门复动竹，疑是故人来"，道破了二人携手的契机。一为才子，一为佳人，才子邂逅佳人，总是美丽的。但他们的相遇，却错了时间，错了空间，也错了人。

李益生长于陇西，那曾是唐代历年征战之地，终年的烽火硝烟让那片土地带有不羁的狼烟之气。在这里，李益从小就耳濡目染地接收到了男儿当做英雄的信息，练就了一颗硬朗的心。他写过许多凭吊古迹的诗，如："汉家今上郡，秦塞古长城。有日云长惨，无风沙自惊。当今圣天子，不战四夷平。"

意气风发，豪气干云，是李益性格中的一部分，《唐宋传奇集·霍小玉传》里说他："生门族清华，少有才思，丽词佳句，时谓无双。"这样的男子，世间有几个女子能不爱他？所以，也难怪霍小玉遇见他后，便陷入了深深的迷恋。

霍小玉一直恨自己出生在唐代，出生在大历年间。她的父亲本是玄宗时代声名显赫的霍王爷，但"安史之乱"却让她家破人亡，沦落民间。困于生计，侍姬出身的母亲也只能带着她重返青楼，做一名陪饮卖笑的歌妓。而在烟花巷中的辗转调笑中，霍小玉看不到任何的真心或真情。她的生活一潭死水般泛不起半点波澜，能够给予她安慰的便只有李益的诗词。

当她低眉转眼，幽怨却又轻柔婉转地唱着"嫁得瞿塘贾，朝朝误妾期。早知潮有信，嫁与弄潮儿"的时候，她和李益之间的缘分纠缠就已经埋下了伏笔。

李益那时是人所共知的大才子，可霍小玉不过是社会底层，供男人们玩弄的一名小小歌妓。他们之间，本不该有交集，若不是霍小玉的母亲看到女儿对李益的爱慕，便引着李益来见霍小玉，那么，他们彼此的人生或许都是另一番景象。

见到了霍小玉，李益便对她一见倾心，二人眉眼之间，早已遮掩不住彼此对对方的好感。就这样，他们相爱了。像所有爱情故事开始时那样单纯美好，两个人度过了一段安稳的岁月，许下了一生一世的盟约：霍小玉和李益约定，今生非君不嫁，非卿不娶。

在幸福之中的人们总是很难去想象一旦幸福失去，自己应该以何种姿态去面对这缺失之痛。

当日的霍小玉，也是一心只沉醉在做新娘的美梦之中，她丝毫未曾料到，李益的新娘迟早另有其人。

那时，李益被朝廷派去外地为官，他决定在出任之前，先回陇西探亲，看望家人后再走马上任，然后迎娶霍小玉。

这当然是好安排，如果没有另生枝节的话。

送李益上路后，霍小玉便开始了她日日思念、期盼的日子。岁月一天天流逝，不管霍小玉愿不愿意承认，李益当日的信誓旦旦，而今已然在岁月面前变得支离破碎。

早已过了他们约定的时日，李益却没有归来的迹象，甚至连口信都没有托人捎来。这个被自己挚爱在心中的人，就这样忽然消失于自己的世界了。而且，还消失得那样彻底，关闭了所有可能通向他的大门。

这厢，霍小玉为了李益茶饭不思，病到无法起身。那厢，李益的家里却是为他定了一门有权有势卢家女的亲事。也许是觉得卢家可以帮自己实现坦荡的仕途之路，也许是对霍小玉本就是逢场作戏，李益应下了这门亲事。他甚至未给霍小玉一个交代，就仿佛霍小玉从未存在过他的生命中一样。

世人皆骂李益薄情寡义，骗了霍小玉的身心后，就如其他浪荡公子一样，撒手不管了。可若品读李益为霍小玉所写的诗歌，却又能从中看出另外一些端倪。

水纹珍簟思悠悠，千里佳期一夕休。

从此无心爱良夜，任他明月下西楼。

《写情》

"从此无心爱良夜，任他明月下西楼。"李益自知愧对小玉，故而满纸都是羞愧色。对于一个志在四方、满心抱负的男人来说，儿女情长实在是不能成为牵绊他的因素，为了实现自己更大的理想和抱负，牺牲小小的情爱，在李益看来，真的不算什么。

霍小玉或许不懂，一个男人，只有他拥有了很多东西以后，才能拥有他喜欢的女人。这很多东西，大抵就是名和利。

可能在李益的心中，还暗自存有侥幸，觉得在自己攀龙附凤之后，可以功成名就，那时他与霍小玉，不是照旧可以前缘再续吗？

可他终究还是想错了，霍小玉等不到他成就非凡的那一天了，也许是不愿再等的绝望，霍小玉选择了远离尘世，撒手人寰。在霍小玉即将离世前，李益被好事者拖拽到了霍小玉的病床前。看到昔日的爱人，如今被思念折磨得病痛缠身，李益的心中是否会有悔过呢？

"我死之后，必为厉鬼，使君妻妾，终日不安。"在对李益道出心中怨恨之后，霍小玉愤然离世。最初的爱恋，就这样消失在了人事终结之后。失去了霍小玉，李益再也不是当初的李益了。

他心中永远留下了一块无法弥补的缺憾，任凭他怎么努力，也无法填补。每每仰望星空，思念的余光还是会若隐若现。可能是因为中间横着一个霍小玉，李益和卢氏的婚姻从始至终就无法幸福。

> 万事销身外，生涯在镜中。
>
> 惟将两鬓雪，明日对秋风。
>
> 《立秋前一日览镜》

当你为一个人付出所有真心之后，便真的会陷入"万事销身外"的境地，除了面对秋风凄凉之外，真的是别无其他感受了。如果李益不是遇上霍小玉的话，也许他的人生会有另一番的亮丽景象。可是，他遇到了霍小玉，得到了霍小玉，而今又失去了霍小玉。此后，他的人生再也无良辰美景，再也没有浓浓情意。

爱到诗里结成愁：白居易

有一种爱叫天人永隔，用电影名来形容叫《人鬼情未了》，用歌名来说是《死了都要爱》。

纵使玄宗与大唐命运的急转直下脱不了干系，重情的诗人也会对他和杨贵妃的爱情始终给予莫大的宽容，甚至赞颂。而白居易的祝福似乎也包含其中。这祝福源自他对君主爱之深、责之切的忠诚，而这位君主的身上因承载了太多的关切，只能将对贵妃的爱埋入心底、化作离恨。爱别离，恨不能与之长相守。

> 汉皇重色思倾国，御宇多年求不得。
>
> 杨家有女初长成，养在深闺人未识。
>
> 天生丽质难自弃，一朝选在君王侧。
>
> 回眸一笑百媚生，六宫粉黛无颜色。
>
> 承欢侍宴无闲暇，春从春游夜专夜。
>
> 后宫佳丽三千人，三千宠爱在一身。
>
> 马嵬坡下泥土中，不见玉颜空死处。
>
> 君臣相顾尽沾衣，东望都门信马归。
>
> 归来池苑皆依旧，太液芙蓉未央柳。
>
> 芙蓉如面柳如眉，对此如何不泪垂？
>
> 《长恨歌》节选

"汉皇重色思倾国"，短短七个字却蕴含着深沉的意味，为整首诗埋下了一条诗人设置的政治线索。"回眸一笑百媚生，六宫粉黛无颜色"的杨贵妃，能使万般宠爱集于一身，魅力实在不仅仅只在姿色上，不但自己"新承恩泽"，而且"姊妹弟兄皆列土"。

然而，爱情并非重点，在反复渲染唐玄宗得到杨贵妃以后在宫中如何行乐、如何终日沉湎于歌舞酒色之中以后，诗人将安史之乱的罪名直指贵妃头上："渔阳鼙鼓动地来，惊破霓裳羽衣曲。"这也是世代文人一贯的做法，将女人说成是红颜祸水，将亡国这一沉重的罪名扣在了手无缚鸡之力的女子身上，让人好生遗憾。

从贵妃进宫到安史之乱前，李杨二人谁又有何过错，他们无非是一对普通相爱的男女，想谈一场轰轰烈烈的恋爱，他们的爱情犹如昭阳殿外绽放的桃花，热烈而妖艳。所以，后人宁可将这首诗看成是关于爱情的，而并非关于政治的。

"六军不发无奈何，宛转蛾眉马前死。花钿委地无人收，翠翘金雀玉搔头。君王掩面救不得，回看血泪相和流。"写的正是他们在马嵬坡生离死别的一幕，李杨的爱情就此转向悲剧进而走向毁灭。为了保全大局，江山与美人总得放弃一个。马嵬坡，成了李隆基永远的伤痛之地。

国家保住了，却永失我爱。

含情凝睇谢君王，一别音容两渺茫。
昭阳殿里恩爱绝，蓬莱宫中日月长。
回头下望人寰处，不见长安见尘雾。
唯将旧物表深情，钿合金钗寄将去。

临别殷勤重寄词，词中有誓两心知。

七月七日长生殿，夜半无人私语时。

在天愿作比翼鸟，在地愿为连理枝。

天长地久有时尽，此恨绵绵无绝期。

《长恨歌》节选

回宫后失去爱人的玄宗日日浑浑噩噩，偌大的宫殿只剩自己形单影只。曾经还嫌弃她骄奢无度、任性自我，而今看来那时的一切是如此美好，现在只能在梦中苦苦相寻她似乎还未散尽的魂魄。"唯将旧物表深情"，希望天上的她能收到信物，收到玄宗的悔恨与思念。

"七月七日长生殿，夜半无人私语时。"李隆基想尽一切机会能与逝去的玉环相见，哪怕再看看她的泪，看她哭得梨花带雨也好。可是，死者已矣。

"在天愿作比翼鸟，在地愿为连理枝。"分开之后的愿望单纯而善良，什么都可以舍弃，哪怕做花鸟，只要紧紧相依便足够了。此时的玄宗才知道，天人永隔是爱情最为遗憾的事。两个人在一起厮守虽然会有人生的尽头，但与爱还在却人鬼殊途相比，是多么值得庆幸的事。恐怕这也是"恨"之所在，恨的是自己为何当初没有舍命保住自己的爱情，让天长地久的誓言沦为了旷古遗恨。

一曲长恨歌，替一代帝王歌出了心中的爱与不得，一位举旗新乐府改革的诗人白居易却将李杨的爱情遗憾书写得这般淋漓尽致。一生都在陈百姓之苦、斥苛政之弊的乐天，在这样一段被很多人咒骂的爱情中倾注了太多的情感。这让所有人不得不怀疑，白居易在李杨爱情悲剧之中，是不是看到了他自己的影子。

约是贞元六年，十九岁的白居易到符离任职。之后的日子无非读书上班，与其他诗人一起写诗唱和，生活如流水一般平淡无奇。然而，一个叫湘灵的女孩的出现，扰乱了诗人平静的心。她是比他小四岁的邻居，活泼天真，粗通音律，二人经常在一起读诗谈笑，感情与日俱增。十几岁正是情窦初开的年纪，一场青梅竹马的初恋自然地在二人身上开始了。

娉娉十五胜天仙，白日姮娥旱地莲。

何处闲教鹦鹉语？碧纱窗下绣床前。

白居易《邻女》

　　这是为初恋爱人所作的诗，她的一颦一语都牵系着诗人的心。然而好景不长，这对深深眷恋的情侣并没有坚定地走下去，世俗的流言蜚语、封建社会的各种规矩以及家族的压力让白居易无奈地选择分手。这是年少时一段刻骨铭心的爱恋。后来诗人踏遍洛阳、浮梁等地，却一直心系湘灵姑娘，但是身心渐远，爱亦难留。

　　许是李杨的爱情故事揭起了白居易心里尘封的往事，触到了他敏感的伤口，否则志在兼济天下的诗人又怎会对别人的爱情长篇大论呢？爱，直至成伤，相爱却不能相守，是一生最大遗憾。

相思顾念远

思君时节，易水河畔，天涯念远……任你铮铮铁骨、慷慨悲歌，任你回首往事、绝决坚忍，也难逃世间最美的离别，也抵不住长长的挂念。往事如烟，你走得出亲友的视线，却走不出这长长久久的『牵绊』。多少次祈祷，只愿那曾经相知相守的岁月，永远刻在彼此的心间。世事苍茫，天色渐晚，故人仍念。

相见不如怀念：杜甫

一想到杜甫，眼前仿佛就会出现他的破茅草屋，他的白鬓如霜，背后还有一幅烽火连天、民不聊生的战景图。杜甫的诗是"诗史"，而他也是"诗圣"，是十足的悲情诗人，苦命英雄。

原以为凄苦的生活锻造了他沉郁顿挫、心事沉稳的性格，所以他炼字如金，笔下尽是国事、民事、天下事。像杜甫这样的人，似乎一生就应该是纠葛在国仇家恨的大爱大恨之中，可殊不知，杜甫也有温婉感性、纤柔细腻的一面。

> 人生不相见，动如参与商。今夕复何夕，共此灯烛光！
> 少壮能几时？鬓发各已苍。访旧半为鬼，惊呼热中肠。
> 焉知二十载，重上君子堂。昔别君未婚，儿女忽成行。
> 怡然敬父执，问我来何方。问答乃未已，儿女罗酒浆。
> 夜雨剪春韭，新炊间黄粱。主称会面难，一举累十觞；
> 十觞亦不醉，感子故意长。明日隔山岳，世事两茫茫。
>
> 《赠卫八处士》

你是否有过这样的经历，或者，是否设想过这样的画面：若干年后，当你和一位故友不期而遇。他，可能是你的儿时发小，可能是你的青梅竹马，可能是你的热血哥们，可能是你的初恋情人。总之，他是陪伴你走过一段青葱岁月的故人。

再次见面的时候，你们已然不是从前那般模样，胖了或瘦了，高了或矮了，但你们却依然能够嗅到彼此身上那股熟悉的味道。起先，你们会握一握手，礼貌地寒暄。在三两杯酒下肚后，你们便神情自若，谈笑风生，你呼唤起他的小名，他拿你过去的丑事开涮。然后，你们会聊到曾经共同的友人，谁又升官了，谁又发财了，谁又倒霉了，谁又去世了……

这时候，你们才感到世事变化，命运无常。转过头一看，从前那个不知天高地厚的黄毛小子，原来那个不谙人心险恶的黄毛丫头竟然已经成家立业了。这时候，你们才懂得年华易逝，岁月如梭。

杜甫与卫八重逢时，正值安史之乱的第三年，两京虽已收复，但叛军仍然猖獗，局势仍然动荡。在离乱漂泊、前程未卜的情况下，杜甫与二十多年前的老朋友再度相逢，他自然是百般欣喜，万般感慨。"人生不相见，动如参与商"，人与人，经常见不到，就像参星和商星一样，一个从东方升起，一个往西方降落，一起一沉，一出一没，永不相见。

"明日隔山岳，世事两茫茫。"人与人能够见得到，那也是匆匆而来，匆匆而去，天下无不散的宴席，别时容易见时难。

> 岐王宅里寻常见，崔九堂前几度闻。
> 正是江南好风景，落花时节又逢君。
> 　　　　　　　　　　《江南逢李龟年》

一个伟大的诗人，是时代的产物，也是时代的标志和象征，一个伟大的艺术家亦如此。杜甫和李龟年在安定繁荣的开元盛世相识，时隔多年，却在国事凋零、颠沛流离中再次相遇，这颇有某种宿命论的意味。杜甫眼前这个可怜兮兮的歌者还是当初那个名震一时的音乐家吗？

江南好风景，落英又缤纷，可杜甫耳边却响起了当年在岐王宅里、崔九堂前李龟年演唱的那首歌曲。

一个人的命运，往往是一个时代命运的缩影。人生巨变，沧海桑田，我们无能为力，但至少，我们可以选择不见，可以选择怀念。如果人来世上一遭，就是为了和无数个"他"相遇，那就请记住他最美丽的时刻，然后深藏于土，礼葬于心，最终成为只属于自己的祭奠。

突然想起杜甫和另一座唐诗巨擘——"诗仙"李白的交往。杜甫曾为李白写下很多首诗。《梦李白》中"故人入我梦，明我长相忆"，《天末怀李白》中"凉风起天末，君子意如何"，都足见杜甫对李白怀有很深的感情。可李白的诗中却鲜少提到杜甫。但如果因此就给李白扣上个心高气傲、人情淡薄的罪名，那就很冤枉了。

李白和杜甫相识的时候，他已经是名满天下的大诗人了，而杜甫只是个初出茅庐的晚生小辈。何况，他们之间相差十一岁，所以他和杜甫的交往，亦师亦友。对李白来说，他是长辈，对小友杜甫的感情淡一点儿是可以理解的；但对杜甫来说，他对李白的感情自然要浓烈、要炽热得多。

在李白称霸诗坛的时代，杜甫就是一个最忠实、最虔诚的信徒，默默地为自己的偶像欢呼、喝彩。他和李白并不经常碰面，一见面必然少不了李白的最爱——酒。杜甫在《饮中八仙歌》中淋漓尽致地描绘了一幅八酒仙狂饮图，让人艳羡不已。想象着杜甫在昏黄的灯光中迷蒙地望着眼前那个"天子呼来不上船，自称臣是酒中仙"的李太白，他眼里除了敬畏，应该还有淡淡的哀伤。毕竟，"醒时同交欢，醉后各分散"，今宵酒醒后，便各自奔天涯。于是，相见不如怀念。

一纸檄文动山河：骆宾王

此地别燕丹，壮士发冲冠。

昔时人已没，今日水犹寒。

《于易水送人》

　　寒风起，易水兴波。在河滨一岸，骆宾王和友人依依惜别，珍重道别。在历史的另一岸，太子丹和众将士为荆轲"慷慨倚长剑，高歌一送君"。这一古一今，一明一暗，一轻一重，一缓一急，既是抒怀，又是咏史，令人怀古伤今，引人千古幽思。易水之别，不知诗人所别何人，也不知分别的情景，但却有陶渊明"其人虽已没，千载余有情"的动容之感。可见那所送之人，定是肝胆相照、同生共死的挚友。

　　骆宾王是初唐四杰之一，他的一生就如同他所生长的那个时代一样，充满了波澜壮阔。骆家本是名门望族，人才辈出，可惜显赫的家世无法代代传承，在骆宾王降生后，已经有些没落了。

　　虽然家道中落，但诗书传家，清节自守的家风始终未变。骆宾王幼承庭训，少有诗才，被誉为"江南神童"。他七岁即兴而咏的那首"鹅，鹅，鹅，曲项向天歌。白毛浮绿水，红掌拨清波"至今广为流传，成为儿歌的经典和智慧的象征。

成年后，骆宾王决心奔赴仕途，从政为官，遵从祖父和父亲的遗愿。可世海泛浊，正道难行，迎接他的是一连串的波折与不幸。罢官贬职，艰难归隐，边塞从军，诬赃下狱，他的经历可谓时运不济，命途多舛，壮志难酬。

西陆蝉声唱，南冠客思深。

不堪玄鬓影，来对白头吟。

露重飞难进，风多响易沉。

无人信高洁，谁为表予心。

《在狱咏蝉》

唐高宗年间，骆宾王任侍御史，因上书触忤武后，便遭人诬陷，以贪赃罪名下狱。在狱中，骆宾王看到两鬓乌玄的秋蝉后，再对照自己，发觉已是白发斑斑，不禁自伤，回望起自己的少年时代。

想当初祖父与父亲为自己取名为宾王，字观光，用意在于"观国之光，利用宾于王"，期望自己将来能够辅佐君王，建功立业，造福黎民。可如今自己一事无成，还锒铛入狱，辜负了祖辈父辈久乱求治的心愿、望子成龙的期望。因为"露重""风多"，所以"飞难进""响易沉"，蝉如此，诗人亦如此。"羽弱"而"声微"，诗人有志难申，求助无力。"无人信高洁，谁为表予心"，这声哀叹，仿佛对苍天呼吁，又像在控诉奸佞，满腔愤懑倾泻而出。这与李商隐的《蝉》中"烦君最相警，我亦举家清"两句颇为相似，一只是绝望呐喊之蝉，一只是窘迫无援之蝉，但都不因世俗更易秉性，宁饮坠露以葆高洁。

在狱中，骆宾王饱受折磨，一身硬气的他宁死不屈，想自己一直为官公正廉明，却偏偏得罪奸佞，遭受这场无妄之灾。骆宾王是一个好诗人，是一个正直的君子，但他却不懂得仕途里的那些规矩，他本就应该是一个自由流浪的诗人，却偏偏要挤进那黑暗复杂的官场。

后来，虽然大难不死，从狱中出来的骆宾王却已是心如死灰。自己的生命已经所剩无几，大好的年华就这样在惨淡的时光中流逝得点滴不剩了。但命运对他的折磨，却还远远未到尽头。

唐高宗李治一命呜呼。中宗李显即位，但其母武则天早已觊觎权位多时，没多久便鸠占鹊巢，改朝换代。唐朝由此经历了一场大劫难，武氏凶残，在政权的掌控上绝不手软，谁不服从，便是死路一条。支持李氏的大臣和文人，许多都被残害，天下顿时陷入人心惶惶、自顾不暇的局面。亲眼看到了武则天的无所不用其极来巩固自己的皇位，骆宾王不齿与其为伍，毅然南下，加入徐敬业组织的反武队伍中。

临行前，友人送他来到易水河畔。和老友依依惜别之际，骆宾王有感而发，吟出《于易水送人》。此时，他内心的孤独与落寞宛如滔滔易水河般悠悠不尽地流向汪洋肆意的碧海，任它狂卷、淹没自己的一片冰心，一世英才。

在河畔，他送别了过去的那个自己，也送别了那些为国之殇、为己之梦而甘心献身的忠魂。

与武则天为敌，应该说是骆宾王人生转折的一个关键点。他不能接受武则天君临天下，武则天也无法接受一心与自己为敌的人。

来到扬州，骆宾王豪情万丈，他自信肩上挑起了拯救苍生、还李家王朝一个天下的重任。不过骆宾王并不是带兵打仗的行家，而是拿起笔墨，写下了一篇《讨武曌檄》：

呜呼！霍子孟之不作，朱虚侯之已亡。燕啄皇孙，知汉祚之将尽。龙漦帝后，识夏庭之遽衰。

……

一抔之土未干，六尺之孤何托？倘能转祸为福，送往事居，共立勤王之勋，无废大君之命，凡诸爵赏，同指山河。若其眷恋穷城，徘徊歧路，坐昧先几之兆，必贻后至之诛。请看今日之域中，竟是谁家之天下！

……

　　骆宾王令人豪气陡增的征檄文章，的确是文采斐然，武则天看过后，也是连连赞赏，甚至责备宰相失职："宰相安得失此人？"但战争却并非是一篇文章的气势就能够左右的。徐敬业的反武大军支持不过三月时日，便在武则天的军队打压下失败了。

　　兵败之后，骆宾王的去向成为谜团，无人知晓。有人说他被武则天捉住杀害，因为他不肯投降武则天。还有说法是他觉得生活已经毫无意义便投江自尽。也有人说他就此看破红尘天下事，躲进山林隐居，再不问世事了。

　　在那个不适宜他的年代，他的满腹才华根本无从施展，他的忠肝义胆根本无法显现。无论这三种结局，他归属于哪一种，最终能够得到心之所安，才是最为重要的，因为这是他最为缺乏的。

断肠人在天涯：张祜

故国三千里，深宫二十年。

一声何满子，双泪落君前。

《宫词》

　　这首《宫词》又名《断肠词》，是唐诗中断肠之作的翘楚，也是一份宫女悲惨生活的实录。张祜的诗作多为宫怨之作，他的作品中充斥了对身份卑微宫女的同情，和同时代的诗人比起来，他所吟诵的对象微不足道，可是他的情怀却大过天地。

　　在这首《宫词》中，张祜纪念的是一位宫女。据《全唐诗话》记载，唐武宗时，宫里有一位孟才人，因有感于武宗让其殉情之意，为奄奄一息的武宗唱了一曲《何满子》，唱毕，这位孟才人竟气绝身亡。

　　一首歌，竟能让歌者为之绝命，可谓是声声啼血。就像电影《布达佩斯之恋》中那首闻名世界的钢琴曲《黑色星期天》一样，听过的人无不深陷其中无法走出来，诗人必定是歌的忠诚聆听者，才会感同身受以诗代言。

　　这首《宫词》里，一个"三千里"，一个"二十年"，深刻地勾勒出了诗中宫人的身世。她年轻时就从千里之外的家乡被选入宫禁，至今在深宫中已经数十年了。每当她唱一声悲歌《何满子》时，就不觉对君王掉下眼泪来。一声悲歌，双泪齐落，这位宫人在唱歌的时候，眼前浮现的应该是遥遥不可及的故乡，心里想的应该是家中两鬓斑白的老父母吧。她的歌，是强颜欢歌，是有声的悲痛；她的泪，是笑中含泪，是无言的倾诉。没有人会在意她脸上被岁月侵蚀的痕迹，也没有人会懂得她那颗无处安放的寂寞芳心。只有歌儿伴着她，唯有思念守着她。

　　张祜这首短短的五言绝句，撩开了深宫中冷酷残忍的阴暗面，刺痛了统治者麻木不仁的神经，而他也成了后宫无数冤魂的知音。只是，这位满腹才华的"海内名士"在现实中却鲜有知己。

杜牧曾作有一首《酬张祜处士》:

> 七子论诗谁似公,曹刘须在指挥中。
>
> 荐衡昔日知文举,乞火无人作蒯通。
>
> 北极楼台长挂梦,西江波浪远吞空。
>
> 可怜故国三千里,虚唱歌词满六宫。

杜牧是张祜真正的知己,他因无人赏识张祜诗才,无人荐举张祜为仕而愤愤不平,对张祜只能常在梦里登"北极楼台",望"西江波浪"而心生怜悯,为"故国三千里"虽人人在唱,但却对张祜毫无效益而感叹无奈。

在中唐诗人中,张祜虽算不上大家,但也不失为名家。张祜诗作甚多,他的为人就和他的诗一样,志高气逸,行止烂漫,纵情声色,任侠尚义。杜牧云:"谁人得似张公子,千首诗轻万户侯。"张祜喜谈兵剑,心存报国之志,希望步入政坛,一展抱负,但却因性情孤傲,狂妄清高,不肯趋炎附势,不擅人际交往而屡屡沦为下僚。

《何满子》一出,张祜一夜成名,大家争相传唱这首诗歌。就在张祜以为自己会凭借这首诗进入仕途之时,一场无妄之灾却悄悄降临。

当时,长安城内许多文人雅士都十分欣赏这首《何满子》,令狐楚拿着这首《何满子》以及张祜其他的一些诗歌,进献给了唐宪宗,加以推荐。唐宪宗看过后,也觉得不错,便问当时的宰相元稹意下如何。元稹因早些时候和张祜有些矛盾,他便借此机会,对唐宪宗说张祜这人,其实并无多少才学,不过是会写一些淫词艳曲,那些诗作实在是有伤风化,不值得朝廷重用。

唐宪宗很信任元稹,听他这样一说,便打消了启用张祜的念头。不甘心的张祜后来又找到了白居易,希望白居易能够在皇帝面前为自己说几句公道话。可他料不到,白居易与元稹乃是朋党,他自然是不肯帮张祜的。受此打击之后,张祜便看破仕途,他打定主意,一生不仕,浪迹天涯,纵情山水。

此时唐朝已经是由盛转衰,进入到了一个下滑的阶段。四处游走的张祜本就是个心怀抱负、胸怀天下的人,他当能看不到这世间沧桑的变化?仕途上的无所作为,官场的排挤打压,以及这人间百姓的生活疾苦,都成了他后半生创作的主题基调。

中唐日益衰弱的世风逐渐消耗了诗人们笔锋的锐意,他们的诗歌从江山社稷转到舞榭歌台、男女之情，宫词就在这样的背景下凸现出来。宫怨题材在宫词中一直占有长久不衰的地位，张祜也以宫怨诗闻名于世。可他并非心无家国、只知玩乐的浪荡文人，而是在自己的诗作之中，宣泄心中对唐之衰世的痛心疾首，对唐之盛世的无限向往。

> 忆昨天台到赤城，几朝仙籁耳中生。
> 云龙出水风声过，海鹤鸣皋日色清。
> 石笋半山移步险，桂花当洞拂衣轻。
> 今来尽是人间梦，刘阮茫茫何处行。
>
> 《忆游天台寄道流》

尽管是隐于山野，但张祜的心中却是始终牵挂着天下的。他的《何满子》在宫人之中，成了传唱的经典。开篇提到的那位孟才人，因为吟唱《何满子》，悲愤断肠而死，这件事情传到了张祜的耳朵里，他大为悲痛。

他专门为此作了一首《孟才人叹》：

> 偶因歌态咏娇嚬，传唱宫中十二春。
> 却为一声《何满子》，下泉须吊旧才人。

几十年前的诗作，依然还能成为宫人们寄托心思的媒介，而此时的张祜已是远在了天涯。他离开都市之后，便一直隐居，直到终老。

扁舟一卷漂泊诗：王勃

城阙辅三秦，风烟望五津。

与君离别意，同是宦游人。

海内存知己，天涯若比邻。

无为在歧路，儿女共沾巾。

《送杜少府之任蜀州》

颔联的一个"同"字，将心比心，对老友的离别愁绪聊以慰藉。同处异乡，同为异乡人，到哪里不都是匆匆过客，何必留恋沿途的风景。即便君在天涯，我在海角，只要把根守住，把情留住。世界上最遥远的距离是隔着心交流，而非远隔千山万水。在分别的路口，哭哭啼啼的是那些痴儿怨女，好男儿志在四方，满载雄心壮志，豪情万丈，而不能背负一身的泪与伤。

王勃这首送别诗，本该黯然销魂，但却开阔高远，意气风发，踌躇满怀，丝毫无告别的酸楚。他渴望上路，渴望出游，渴望追寻自己的人生航向，渴望去采撷前方的精彩。

那一年，王勃年少得志，春风得意。他因敏捷才思、华彩文章深受沛王李贤的赏识。这都源于他出身的那个书香门第，礼乐世家，还有家中那个严苛的父亲。"书中自有颜如玉，书中自有黄金屋"是王勃儿时所有的记忆。

从小，陪伴他的就是一张四方书桌，一摞厚重诗书，还有窗外同龄人的嬉戏笑闹和院墙上方的四角形天空。或许，王勃对自己只有黑白两色的童年也有失落，也有遗憾，但当父亲看到他九岁能读《汉书》，十岁能读《六经》后，脸上浮现出欣喜的微笑，眼中闪烁着期待的目光时，这一切都值得。

王勃的早年一帆风顺，拥有着旁人无法企及的瑰丽人生。他家世显赫，他的祖父王通曾任隋朝大儒，被后世誉为"文中子"，他的叔祖王绩是初唐的大诗人。出生在这样的家庭，王勃的起点，就不知比旁人高出多少倍。

当王勃还沉浸在"初唐四杰"的光鲜名号中无法自拔，当他还陶醉于鲜花和掌声的谄媚诱惑中流连忘返时，在沛王身旁，在他身后，其实已经有一双双阴险狡黠的眼睛正放射出凛冽刺骨的寒光，逐步逼近。

那时的宗室子弟喜爱斗鸡游戏，诸王纷纷豢养雄鸡，搏斗取乐。那时沛王总是输给英王。看到沛王为此苦恼，王勃便出手写了一篇无伤大雅的玩笑之作——《檄英王鸡》，为沛王抒发了胸中的闷气，却为自己埋下了隐患。

英王看过之后大为光火，便设计让高宗看到了这篇文章。高宗大怒，檄文者，用于征伐招讨之事，岂能用于手足兄弟之间？于是下令，将王勃赶出了沛王府邸。因为一时的意气，断了自己的前程，王勃为自己的一时之快付出了代价。

送送多穷路，遑遑独问津。

悲凉千里道，凄断百年身。

心事同漂泊，生涯共苦辛。

无论去与住，俱是梦中人。

《别薛华》

此时的王勃没有了当年的豪气干云，变得感时伤世，郁郁寡欢。这里的"同"已经不再是为了慰藉，而是在用自己人生路上亲身感受的切肤之痛，来向远行之人指出可能会遭遇的厄运。

就在王勃不知前路何处寻的时候，当时和他齐名的诗人杨炯寄来快信，招他赴蜀，与一干风雅人士共赏山水，抛开人世烦恼。王勃欣然前往。青山绿水暂时地治疗了他的这段伤痛，并为他燃起了昂扬的斗志。经过了几年的休养闲散生活之后，王勃趁着科选的机会再次回到长安。

站在梦想开始的地方，王勃想要大展拳脚。那时，正巧王勃的一位故交任虢州司法。虢州盛产草药，王勃又熟谙药理，这位朋友便举荐他做了虢州参军。再回仕途，却是从如此卑微低贱的官职开始，王勃的自尊心受到了不小的打击。

他本是济世之才，却沦为了府邸小吏，于是终日借酒消愁，意志消沉。王勃心性高傲，在步步为营的官场，他一点也不懂得收敛锋芒，反而因为郁郁不得志，而愈发趾高气扬，招来旁人的嫉妒。

很快，王勃便因此又付出了惨痛的代价。那时一名官奴犯了死罪，乞求王勃收留。未能看清事态严重的王勃将这名官奴留在了府上，这件事情被嫉恨他的人得知告知了官府。在那时，私藏罪犯和包庇官奴是重罪。于是，王勃害怕官府调查，便动手杀死了这名官奴。

包庇罪，杀人罪，两罪并罚，王勃被打入死牢。巧的是正赶上了朝廷大赦，王勃的死罪得以免除，可活罪难逃，他的老父亲因为受到株连，被发配到了远在万里之外的交趾（位于今天越南境内）。

本想重新启程，岂料摔得比上次还要重，不但自己摔得鼻青脸肿，还牵连年迈的父亲远赴蛮荒之地。人生的好景色，真的只是一晃即过，此后，再无坦途了。王勃的繁华光景已经耗尽，他之后的人生，处处皆是黯淡。

经历了此番挫折之后，王勃心性有了改变，对于名利，他不再执着，对于人生，他有了更多的理解。此番整理心绪之后，他再次出门远游，去交趾看望那个他日夜牵挂、流落异乡的凄苦老人。尽管，他无颜面对老父，却依然渴望见到父亲苍老却亲切的容颜。

行至南昌，畅游滕王阁，登高望远，一时之间满怀心事无意表达，便提笔写下心中胸臆，本来也只是抒发情怀而已，却不料就此成就了世间名篇《滕王阁序》，被后人吟诵不断，王勃也从此名扬天下。

滕王高阁临江渚，佩玉鸣鸾罢歌舞。

画栋朝飞南浦云，珠帘暮卷西山雨。

闲云潭影日悠悠，物换星移几度秋。

阁中帝子今何在？槛外长江空自流。

《滕王阁序·滕王阁诗》

离开南昌，继续寻父之旅，却不料一场风浪席卷了王勃所乘坐的小舟，舟毁人亡。王勃就这样结束了自己二十七年的短暂生命。生如夏花般绚烂，王勃的一生，一直在人生的旅途中不断游走，心无定所，好容易在不断的挫折之后找到了生命的意义，却又这样被大海卷走了生命。

人世无常，莫过于此。

月伴还乡，叶落归根：张九龄

　　有人说，人生就是由无数个交叉路口和无数次选择组成。尘归于尘，土归于土，万物皆有归宿。不同的是人们的选择，很多人只能在路上偶尔驻足，抬头望一望明月，低头思一思故乡，再许下个叶落归根的愿望。

海上生明月，天涯共此时。

情人怨遥夜，竟夕起相思。

灭烛怜光满，披衣觉露滋。

不堪盈手赠，还寝梦佳期。

《望月怀远》

唐诗中，借月亮寄托思情的诗作甚多，可大多是细腻温婉、娓娓道来之作。鲜有开篇就写出"天涯共此时"这等磅礴的气势，不愧是被誉为"曲江风度"的张九龄所作。开句的"生"字用得活灵活现，与张若虚《春花江月夜》中的"海上明月共潮生"有着异曲同工之妙。

月的清辉，最易引人相思，正如张九龄另一首《赋得自君之出矣》中的"思君如满月，夜夜减清辉"。诗人因望月而怀人，又因怀人而望月，最后"不堪盈手赠，还寝梦佳期"，全诗便在他这种失望与希望的交集中戛然而止。月蕴藏了诗人心中复杂的感情，拿起又放下，欲说还休。唐代的明月不仅照出了诗人的相思，也照亮了诗人回家的路。

可是，张九龄脚下的路却是一条再也回不去的路。

张九龄的出生有一个传说，相传在唐朝仪凤三年（公元 678 年），他的母亲卢氏辛苦怀胎十月，但仍未见分娩迹象。他的父亲十分着急，见到妻子身体臃大但是却面黄体弱，怀疑是得了黄肿病，四处寻访名医，但依然无果。

一日，张九龄的父亲偶遇一位算命先生，这位算命先生说卢氏腹中所怀的是一个超群之人，因为地方太小，在此处无法降生，需要到一个宽阔的地方才能够降生。依照算命先生之言，张家举家搬迁，来到了韶州，而张九龄便降生在那里。

自打出生后，张九龄便显露出了与其他孩子不同的地方。他七岁能文，三十岁的时候考取进士，被授予了校书郎。之后官路亨通，一路青云，位列相位。

或许果如算命先生所言，张九龄并非是平凡之人，"草木有本心，何求美人折"，他为官忠耿尽职，秉公守则；"徒言树桃李，此木岂无阴"，他为政直言敢谏，选贤任能；"岂伊地气暖，自有岁寒心"，他为人风仪温雅，洁身自好；"万丈红泉落，迢迢半紫氛"，他为文清丽幽婉，意境超逸。无论在政坛，还是文坛，张九龄都为"开元之治"作出了卓越的贡献，是"岭南第一人"。

孤鸿海上来，池潢不敢顾。

侧见双翠鸟，巢在三珠树，

矫矫珍木颠，得无金丸惧？

美服患人指，高明逼神恶，

今我游冥冥，弋者何所慕。

《感遇十二首》（其四）

孤独的诗人自比孤鸿，在朝野的失意使诗人对仕途充满了失望，想要心如止水，不问世事，但离开却有着万般不舍。正如海上历尽风浪的鸿雁，平静的护城河却是它们的软肋。诗人清楚自己的才能只能孤芳自赏，朝野中竟无知己，黑暗的现实生生断了张九龄毕生的希望。

当诗人说出"今我游冥冥，弋者何所慕"时，是怎样的力不从心，无奈与无助之感盈满于怀，但诗人还是在坚持，如一生只落地一次的荆鸟，放手时，就是生命的终结。

被贬第二年，张九龄因病在故乡曲江去世。这让人不觉想起那首动情的《故乡的云》：

踏着沉重的脚步

归乡路是那么漫长

当身边的微风轻轻吹起

吹来故乡泥土的芳香

归来吧归来哟

……

225

我曾经豪情万丈

归来却空空的行囊

那故乡的风和故乡的云

为我抚平创伤

记得楚霸王项羽攻占咸阳后，有人劝他定都关中，但项羽乡土观念很浓厚，说"富贵不归故乡，如衣锦夜行，谁知之者！"于是，后人便延伸出了"锦衣夜行"，然后是"衣锦还乡"。直至今日，衣锦还乡、荣归故里仍是每个中国人心中圆满美好的夙愿。世人在为这位开元贤相的坎坷遭遇愤愤不平时，也为他能够叶落归根感到些许欣慰吧。

可在张九龄心中，他真的希望在自己最穷困潦倒、郁郁不得志的时候回归故里吗？他真的希望故乡的父老乡亲看到他的斑白两鬓，家中的妻女为他的一身病痛落泪吗？他真的希望回乡只是为了远离朝政、安享晚年，却不能光宗耀祖、扬眉吐气吗？

归或不归，这是一个问题。叶落归根，终不等于衣锦还乡。

幽人归独卧，滞虑洗孤清。

持此谢高鸟，因之传远情。

日夕怀空意，人谁感至精？

飞沉理自隔，何所慰吾诚？

《感遇十二首》（其二）

"幽人归独卧，滞虑洗孤清"，这是一种宁静致远的态度；"日夕怀空意，人谁感至精？"这是一种淡泊致远的境界。在穷达进退中，如何不为追求功业而屈己媚世？如何跨越"仕"和"隐"之间的鸿沟？如何保持浮躁尘世中内心的宁静与自由？这一切，都让太多诗人在选择的路上踌躇，幽独之心到底是达观还是无奈，就像云中之月，看不清。

岁月卷风流

历史的河流可以卷走风流人物，可以带走他们曾经的功过是非。然而，它又把功过是非评说的权利留给了后人。在那些生了锈的历史铁链上，人们循着前人的足迹，眺望着曾经繁华与颓败的盛世。摩挲历史，叩问前尘，不过是想寻找到一条通往未来的捷径。

落红从来是心酸：刘希夷

花开花落，本是世间最平常的事。慵懒地闭起眼似乎还能从"涧户寂无人，纷纷开且落"的幽静中听到花瓣掉落的声音，美好而残忍。初唐时刘希夷吟了一首《代悲白头吟》，从此，落花与生命易逝、美人迟暮渐生关系，落花的飘零之感也在唐诗中不觉凄美了起来。

> 洛阳城东桃李花，飞来飞去落谁家。
>
> 洛阳女儿惜颜色，行逢落花常叹息。
>
> 今年花落颜色改，明年花开复谁在？
>
> 已见松柏摧为薪，更闻桑田变为海。
>
> 古人无复洛城东，今人还对落花风。
>
> 年年岁岁花相似，岁岁年年人不同。

刘希夷《代悲白头吟》节选

唐才子刘希夷，史书载"美姿容，好谈笑"，十九岁中进士，后适逢武后专政，英年早逝。自太宗后，唐王朝的历史是辛酸的。高宗懦弱，武后强悍，在文人那里，贞观之后的王朝似乎被大大戏弄了。刘希夷正是那时文人墨客的代表，悲叹世事。世间变动总是很容易撼动文人敏感的心。

这年的刘希夷还是一个不知愁滋味的少年，感叹红颜易逝，青春易老，繁华易过。在他，把自己与落花作比，体认到"岁岁年年人不同"的哲思，落花逝去，还会再开；青春衰谢，再不回来。而"年年岁岁花相似"，体现的却是生命常在、生生不息的生命流程。这种向往无穷生命力的情思，把青春的伤感冲淡为一缕淡淡的感伤，一声轻轻的叹息，"今年花落颜色改"，奈何明年花开，又是另一番景象了吧。

这让人不得不想起曹雪芹先生笔下的那句"侬今葬花人笑痴，他年葬侬知是谁"，许是曹雪芹珍爱刘希夷这绝世之作抑或是二人心照不宣的灵犀相通，纵然时光荏苒，有心者亦可以有此共同心境，写出如此动人的诗句。落花与韶光，同是死亡唇边的一滴眼泪。

命运之手如同魔术师的黑袍子，永远都不知他下面将会带来什么或带走什么。传说这首叹命运无常、人生易逝的诗，涉及一段与其内容惊人相似的命案。刘希夷的舅舅宋之问，为了这两句诗不惜与自己的外甥反目成仇，二十九岁的刘希夷因与宋之问争夺这首诗的著作权而死于非命。一个才子的一生就这样不明不白地殒殁了，彼时的刘希夷又怎会想到笔下凋败零乱的落花竟是自己命运的无情谶语。

姹紫嫣红开遍，似这般付与断井颓垣。青春与生命如同凋落的春光一去不返，只能化作春泥滋养来年的春红，轻微的一叹似一汪对生命易逝的无奈和感伤的泪眼。从此，落花成了唐诗中最凄美最伤情的场景，连情诗王子李商隐也对落花的摇落飘忽之感心生怜爱。

> 高阁客竟去，小园花乱飞。
> 参差连曲陌，迢递送斜晖。
> 肠断未忍扫，眼穿仍欲归。
> 芳心向春尽，所得是沾衣。
> 李商隐《落花》

一生都为一个情字画地为牢的李商隐，这一次因暮春时节园中的飞花而感伤，李商隐的落花与诗人的生命融合在一起。落花的飘飞和流连不止，是诗人对生命的执着与留恋；落花幻灭和飘落无迹，是诗人对生命归途的思考和哀叹。"芳心向春尽"，是落花的芳心，还是诗人的芳心？这已是对生命无常的深刻体验。李商隐带着"夕阳无限好，只是近黄昏"的无限悲凉和感伤来到人生的迟暮之年，而越到人生的暮年，对生命的体验越深刻、悲凉，那是一种对生命大限到来的无可奈何的感伤。

感伤乃是对美好事物一去不返的留念和追想，骨子里是对美好事物的赞赏、眷恋，只是这种感情在自然界和人世间两个方面因其不可抗拒的规律而无力挽回，令人升腾起一种无奈的哀悯。多情的李商隐在看罢满园衰败的景象时，也只有沾衣拭泪让人欷歔不已。

然而，自然的景象周而复始，诗人对花的理解也非一成不变，不论是刘希夷还是李商隐，抑或其他大唐的诗人们，用他们的眼睛看到了花之常态，却用心写出了动荡的灵魂。

春光冉冉归何处，更向花前把一杯。

尽日问花花不语，为谁零落为谁开。

严恽《落花》

共惜流年留不得，且环流水醉流杯。

无情红艳年年盛，不恨凋零却恨开。

杜牧《和严恽秀才落花》

唐代科举正月考试，二月放榜。春光虽好，奈何严恽屡试不第，是以问出花"为谁零落为谁开"一句。"零落"所代表的失意与"花开"所代表的得意恰成鲜明对比，诗人的苦涩溢于言表。而杜牧的诗感情色彩更为强烈，"不恨凋零却恨开"，人生的得意与失意各有体味，纵然是得以中举，又何尝就可以宏图大展呢？"浩荡离愁白日斜，吟鞭东指即天涯。落红不是无情物，化作春泥更护花。"龚自珍的《己亥杂诗》的落花绝唱恐怕与严恽和杜牧堪称知音了吧。

偏爱花的诗人实在太多，诗圣杜甫喜爱在江畔独步寻花，"不是爱花即欲死，只恐花尽老相催"，是他对自己心境的解释；"正是江南好风景，落花时节又逢君"，与当年名满京城的音乐家在江南落花中黯然相逢的场面，暗示着对于繁华盛世一去不返的深沉慨叹。"一片花飞减却春，风飘万点正愁人"像是一个信号，不仅暗示唐朝盛世的衰落，也标志着中国诗人的情绪由高昂转向黯然。杜牧眼中的落花也是触目惊心："日暮东风怨啼鸟，落花犹似坠楼人"，飘摇欲坠的花朵竟也似那高楼上为情所困的觅死之人。落花与安史之乱后的大唐命运堪比，前途渺茫，诗人的心境也在这风雨飘摇中动荡不安。是不是因为背负了太多的意义，每一朵花坠得才那么沉重？

在诗人笔下，花似美人、似生命、似时代，美好却脆弱易逝。命悬一线的大唐命运，有如枯茎上的花朵，摇摇欲坠，而更多的生命在这个时代无法保全。大唐的晚风吹痛了每一个嗟叹生命的人，刘希夷也好，李商隐也罢，都在岁岁年年的落花中成了诗中地久天长的景色。

光阴绝笔，流年错：韦应物

韶光溅落，时间倒退至相逢那年的光影交错；流年匆匆，岁月在沉默中隐去曾经的体态。转眼间，世事已沧海桑田。多少诗人在岁月的缠绕中白了头，相逢相知一笑而过，都只因流年如阳光下树叶的倒影，斑驳错落。

韦应物深知这一切，世间所有因时光而犯的错，都化作诗篇，缠绵入梦。

> 江汉曾为客，相逢每醉还。
>
> 浮云一别后，流水十年间。
>
> 欢笑情如旧，萧疏鬓已斑。
>
> 何因不归去？淮上有秋山。
>
> 《淮上喜会梁州故人》

许是目睹过繁华才会明白凋零的意义。韦应物的一生就经历了这冰火两重的煎熬和考验，方知流年终可拨散亲情和聚首。

出身于显赫家族的韦应物，父亲与叔父都是远近驰名的丹青大家，所以十五岁的他就得以近侍玄宗，看尽盛世繁华，享受人间最骄奢的生活。然而，一场安史之乱改变了多少诗人的命运也包括韦应物，此后的韦应物流离失职，饱尝人间沧桑。战火和离乱让他加倍懂得亲情的珍贵和生命的意义。

在战乱年代，活着的时光都是被赋予的，每一天都是生命给的恩赐。流水的年头，冲淡了诗人心中如诗如画的岁月，剩下的，只是对岁月无情的感叹。

诗人说：像九月的云和六月的雨，说不定哪天又在雾里相见，谁知这一别竟行云流水，转眼十年。再相见，手仍旧那般温热，语笑嫣然。忽然间发现，自己和故人都已龙钟老态，发疏鬓斑。没有久别重逢的欢喜，反而是岁月蹉跎让人空叹，诗人收放自若的情绪让人折服。

绘画艺术中有所谓"密不通风，疏可走马"之说，诗亦如此。这首诗的前两句不过是相逢的背景，"流水十年间"以流水表岁月如流的时光飞逝之感，仿佛置身在这相逢的画面不忍切换。这两句，时间最长，空间最短，人事最繁。这两句所用的是流水对，自然之水是无情之水，而情谊之水却不可无情，纵使浮云承载的是悠悠离情，绵绵的流水仍是阻隔不断。

"欢笑"还未来得及，"萧疏"又硬生生将岁月的残忍拉回眼前：情如旧，鬓已斑。不归去的缘由是"淮上有秋山"。身在中唐的韦应物收敛了盛唐诗人的盲目乐观，"秋山"的存在打破了沉浸于岁月流逝的伤怀，使刚刚的失落之感稍有回旋。至于是沉溺于对往昔时光的追忆还是向往淮上的秋山，诗人给我们留下了选择的余地。

仿佛还是昨天，可是昨天已非常遥远。记忆中的那个人还是明眸皓齿，柳眉朱唇，奈何时光太匆忙，还未来得及促膝长谈，就已时过境迁。这不由得让人想起《牡丹亭》中《惊梦》那一段：

原来姹紫嫣红开遍，似这般都付与断井颓垣。良辰美景奈何天，赏心乐事谁家院！朝飞暮卷，云霞翠轩；雨丝风片，烟波画船——锦屏人忒看的这韶光贱！

眉眼还是那双眉眼，只是眼神不再流转。略发浑浊的瞳眸，是岁月的杰作，雕刻于面容之上的，是时光的纹理。一日又复一日，更况岁岁年年，去日苦多。杜甫也一样叹道："明日隔山月，世事两茫茫。"再次吟起，陡增天光苍老世事鄙陋之感。

十年，血管里的血液由湍急到缓慢；十年，颠覆了沧海复原了河山。诗人的血与泪、爱与恨都在这似水流年间悄然动容，无论怎样挽留都不再回头上演。杜甫也叹慨："五十年间似反掌！"那年的天光随大唐的浩荡钟声传向远方，只留下徐徐尾音，诗人们的惆怅却源远流长。

> 十年离乱后，长大一相逢。
>
> 问姓惊初见，称名忆旧容。
>
> 别来沧海事，语罢暮天钟。
>
> 明日巴陵道，秋山又几重。
>
> 李益《喜见外弟又言别》

若不是血脉里相同因子的颤抖，人生路上或许就此擦身而过再不相见。是的，十年之后，相遇街头，已不能再凭容貌相认，交换姓名才恍然忆起曾经那么熟识的脸。这些许年间，多少事欲说还休，人生的苦辣酸甜均已尝遍。把酒向苍天，泪落天地间。暮色降，月光寒，晚钟沉沉又该入眠。明日巴陵道上的尘与土还要继续沾染，过了秋山还有万重山。这对面相见却不敢相认的场景，多少次发生在战乱或迁移的诗人身上，叹只叹世道的多艰使骨肉分散，太多的诗人被时光蒙住了双眼。

唐朝的繁盛使诗人们的心态相对乐观，感慨时光的诗歌发展至大历年间，褪去了建安时期诗人的那种无法摆脱的宿命感，取而代之的是相逢中寻旧梦，相聚中怅时光流逝的感情。李益的这首诗亦是如此。

乱世的相逢更增加了历史的沉重，"十年"对应下文中的"沧海事"，弹指间世事已千般改变。难能可贵之处在于诗人强烈的画面构图感，"问姓惊初见，称名忆旧容"，好似看见一双兄弟从对面相逢不相识到好似曾相识到最后恍然相认的记录过程，由"惊"到"忆"这一缓慢的过程相信会有万般镜头一起涌入眼帘。而这组镜头的导演正是一向无情的时光，正所谓"流光容易把人抛，红了樱桃，绿了芭蕉"。也正是无情的岁月，将"沧桑事"填满了人生的一个又一个的十年。

"门前迟行迹，一一生绿苔。"走过童年的巷口，依旧是早年的槐花香。树有年轮，人有生命线，当掌心生出纠缠错落的纹路，谁还记得每一条是为谁而生。再见时，微笑着说声："你好吗？"离别时，挥手道声"珍重"，不相见此生便是陌生人。不是你我太无情，实在是相遇太早，敌不过流水，赛不过时间。

冷月空城伤秦淮：刘禹锡

有关秦淮的记忆，是一些诗句的散乱碎片。仿佛是昨夜刚刚读罢的一部书简，然后再次捧起温读却仍然恍若隔世。"江南有我许多的表妹，而我只能采其中的一朵"，诗人的话，真叫人怦然心动。

山围故国周遭在，潮打空城寂寞回。

淮水东边旧时月，夜深还过女墙来。

《石头城》

这是唐诗里的秦淮河，是刘禹锡笔下的淮水。唐诗里的秦淮河繁华并且寂寞，岁月如歌，悠悠秦淮，伤感是岸。远山还是那群远山，时光和潮水一起冲刷着古老的城池。

是年，唐朝已开始走向没落，朝堂上党羽之争越发严重，宦官当权已成风气，藩镇割据势力回温，种种的迹象让太多有着忧国忧民之心的文人叹足了气、操碎了心。刘禹锡也位列其中，这位桀骜不驯、被人戏称为"倔驴"的诗人此时也一筹莫展。

他在墙垛下低着头反反复复踱着步，周围寂寞无人，只能听见淮水拍打城墙的声音，皎洁的月光旁若无人地照耀着每一块石砖，无私地点亮着城墙里头。刘禹锡不禁心中郁结：这潮水这月光也曾光顾过六朝的大门，看过它们的繁盛和落没，如今又要看我大唐的笑话了！想到这里，诗人心头一痛，摇摇头离去。

脉脉秦淮，铮铮金陵，见证了六朝更迭；车水马龙，纸醉金迷，见证了千古帝王的笑容和眼泪，也见证了大唐历尽风雨的起伏命运。而这诗，和淮水明月一样，都是历史的冷眼，静静地看着。

余秋雨先生读罢此诗说："人称此诗得力于怀古，我说天下怀古诗文多矣，刘禹锡独擅其胜，在于营造了一个空静之境。唯此空静之境，才使怀古的情怀上天入地，没有边界。"

无论古人还是今人，不可否认的是，多数中国人都是喜欢回忆的，骨子里的念旧可以生发出一种情感：越是即将失去的，越发珍惜。

盛世的山山水水，却常常入不了诗人的眼，往往在易代换主之时，才有那么多的诗人从祖国的河山中看到自己的依恋。王尔德说得多好：如果不是担心会失去，大概我们还会放弃更多的东西。

放弃也好，伤怀也罢，淮水还是那个淮水，一如既往地向远方奔去，把故事和历史都抛在了脑后，徒留下诗人在岸边惘然。

> 烟笼寒水月笼沙，夜泊秦淮近酒家。
>
> 商女不知亡国恨，隔江犹唱后庭花。
>
> 杜牧《泊秦淮》

这是杜牧笔下的秦淮河，盛唐过后，只有在秦淮河，诗人才把兴国安邦的担子放到了女子薄弱的肩膀之上。杜牧这天夜里乘船停靠在淮水畔，此时的大唐已每况愈下，虽距灭亡还有几十年，但敏感的诗人已经嗅到了亡国的伤感。正在惆怅的杜牧此时却听见两岸的酒家里传来歌女的歌声，唱的正是陈后主的《玉树后庭花》。

南朝最后一个皇帝陈叔宝沉湎声色，昏庸亡国。《玉树后庭花》是典型的宫体诗，他在后庭摆宴时，一定要叫上一些舞文弄墨的臣子，与贵妃及宫女调情。然后让文人作诗与曲，让宫人们一遍遍演唱。南朝最终被隋朝灭掉，因此，《玉树后庭花》理所当然地被称为"亡国之音"。

联想到唐朝的岌岌可危，烦乱的杜牧只得将罪责落在了不懂政治和历史的歌女身上。但可怜的歌女和可悲的诗人又有谁能懂他们的心情呢？只有身边沉默的淮水，载着历史的幽怨，趁着月夜东流，汩汩地好似一首呜咽的歌。

秦淮河每天都在这里，流淌着，守护着岸边的子民，无论是前代还是此朝，太多伤感的故事被记下，却没有留下名字。只有那些诗句中记录的发生在秦淮河上的事，让后人读起才欷歔不已。

这一天，卖花的姑娘照例从画舫经过，用她一贯的温软细语喊道：卖花，卖花！新摘的花儿在阳光下格外娇艳，露珠点点在花瓣上闪烁，晨光下仿佛是珍珠般的泪。

"咯吱——"一声悠然的响声，画舫的窗子被推开，小姐的头探了出来。

"都有什么花？"

"除了水里的荷花呀，全都有！"卖花姑娘指着河里的荷花独自咯咯地笑起来。桥下的流水潺潺，民家的乌篷船在桥下静静泊着。卖花姑娘心情大好，立在桥边等生意，不由得哼起歌来：约郎约到时日出时，等郎等到时月偏西……

楼上的小姐在这时走下画舫，小姐是来买花的，可听了这样的歌唱，竟是久久无语。

有时候，别人的一句话足可以让往事前尘回到眼前。

后来，庵堂就是秦淮河上的这个小姐的家了。往事如烟，一颗菩提的种子落到凡尘，结束了人间一段好姻缘，增加了一个虔诚的信徒。这是宿命，是秦淮河里的又一种伤感。

这是冯梦龙笔下的秦淮河，殊不知隔了两个朝代之前，这河上的明月也曾照过伤怀的刘禹锡，诗人也曾在同一片城垛下踱着步子，抬头望着明月，吟着有关秦淮河的一首诗，做着有关古今的一场梦。

"楼台一望凄迷，算到底、空争是非。"人世间的是是非非纷纷扰扰，参不透的永远是当事人。古今多少功过兴衰、情深缘浅，透过眼前的迷雾仍难看清。诗人或作家们在秦淮河中寻找灵感，直至世代更迭、人情散尽，古代的早已过去，当下的仍未过期。或者像刘禹锡一样对着冷月空城独自伤怀，或者像杜牧将所有的怨恨找一个不相干的发泄对象，又或者像冯梦龙笔下的小姐将宿命寄托在佛陀身上。所有的意义都不过是因了念旧，旧时王谢堂前的燕子不经意间又飞入了谁的窗子，惹了一地的留恋和惋惜。

孤篇寂寞压全唐：张若虚

　　从张若虚这里开始，诗步入了初唐，开始了一个不平凡的历程，张若虚自己，却是一个名不见经传的神秘人物。关于他的生平，除了两首诗之外，几乎再没有留下半点痕迹，后人也只能从这曲神秘的"以孤篇压倒全唐"的《春江花月夜》里去暗自揣测他的经历。

> 春江潮水连海平，海上明月共潮生。
> 滟滟随波千万里，何处春江无月明？
> 江流宛转绕芳甸，月照花林皆似霰。
> 空里流霜不觉飞，汀上白沙看不见。
> 江天一色无纤尘，皎皎空中孤月轮。
> 江畔何人初见月？江月何年初照人？

人生代代无穷已，江月年年只相似。

不知江月待何人，但见长江送流水。

白云一片去悠悠，青枫浦上不胜愁。

谁家今夜扁舟子？何处相思明月楼？

可怜楼上月徘徊，应照离人妆镜台。

玉户帘中卷不去，捣衣砧上拂还来。

此时相望不相闻，愿逐月华流照君。

鸿雁长飞光不度，鱼龙潜跃水成文。

昨夜闲潭梦落花，可怜春半不还家。

江水流春去欲尽，江潭落月复西斜。

斜月沉沉藏海雾，碣石潇湘无限路。

不知乘月几人归，落花摇情满江树。

《春江花月夜》

被雪藏了百年的张若虚因了这首诗名动后世，它突破了六朝宫体诗的艳情奢靡，为唐诗盛况的来临打下了最初的根基。

春、花、月、夜，单看这四字，就已美感连连了。一轮皓月，照着古今离人，亘古不变的东升西落，却给张若虚带来了别样的思考：不再是建安时期"惊风飘白日，光景驰西流"对岁月流逝的无奈，而是发出了"江畔何人初见月，江月何年初照人"的人生感叹。

春江之畔，多少人在朗月之下，一代一代不停更迭。月色下迭出春江夜色，春江夜色中迭出个初唐胜景。人生便如此，多少柔情万种，多少凄美多情，在这如水般的月华下，更迭着，反复更迭着。

人生百年，急驰而过；唯有江月，淡泊尘埃，千古不变。

一生只一部传世作品的张若虚在《全唐诗》中也是寂寞的，与其他作品繁多的诗人比起来，显得单薄而没有底气，但正是这孤篇《春江花月夜》道出了人生最质朴的真理：人将孑然而来，又将孑然而去，寂寞一人，与那亘古的江月不同。而江月也是寂寞的，因为人类代代无穷变幻，而它们却不变地存在于宇宙中，寸步不离。

如此甚好，不必再去管月的阴晴圆缺。诗人总是叹着人生短暂，还没有完成此生的

理想就早早夭折。月亮似乎就这样被诗人
妒忌着，一代一代，映照着世人却也背负
了太多的怨恨和无名的妒羡。反过来想想，
还好人生短暂，春花秋月只剩珍惜。如若
时光被拉长，一个百年又一个百年，看腻
了这世间大好景色，怨光阴遥远，恨不能
长眠，如此相比，岂不是短暂的人生更让人
留恋？

凄冷的月到底有多少谜，让诗人们好生迷恋？"人生
自是有情痴，此事不关风与月"，欧阳修一语道破多少诗人心中
羞涩的秘密。在此景面前，张若虚也逃脱不过。"谁家今夜扁舟子，何处相思明月楼"
一句，泄露了诗人心底的隐私。再美的风光景色，也不过是思念的铺垫罢了。只是诗人
没有再多说一句，没有告诉世人他念的是哪家的良人，让他"相望不相闻""愿逐月华
流照君"。爱情恰似这轮江月也有圆缺，该拿什么延续爱情到永远？命运那只翻云覆雨
的大手，捉弄了多少人，推倒了多少泪落的离人。

爱情也如人生，短暂而更显珍贵。多少诗人为红颜折腰，而红颜最终也为这人事折
腰断念。《春江花月夜》是诗，更是曲，是一曲为心爱的人演奏的情曲，也是一首对爱
情飘渺无依的离曲：想留不能留才最寂寞，没说完温柔只剩离歌。身陷爱情中的人都渴
望永恒，并不遗余力地为之努力着。可是爱一个人是寂寞的，无论对方是否回应，都始
终是一个人的事。寂寞得如这当空的明月，不待任何人。

南唐李后主颇能理解张若虚的心，同样的月光照着同样难言的爱情：

无言独上西楼，月如钩，寂寞梧桐深院锁清秋。

李煜《相见欢》

不同的是，张若虚身处初唐，怀着人类童年时期的天真与浪漫，任性地做着人生的
梦，憧憬着爱情，在无限美好中陶醉翩跹。而后主李煜却是尝尽了世间冷暖，爱恨盈缺，
方知人世莫测，如月色一般冷酷无情。这种孤独之感，并不是文人专有，暮年的爱因斯
坦在他的《我的世界观》中亦说："我实在是一个孤独的旅客。"这种孤独恐怕是任何

公式和算数都无法求解的。世间还有多少人为此煎熬，落得个寂寞半生。

张若虚的寂寞无处不在，诗中的几个问句吐露了玄机，"江畔何人初见月？江月何年初照人？"乍一看以为是屈原的遗迹，语气间满溢着《天问》的姿态，不过屈原是问天问地，问的是天下，而张若虚问的是月是人，问的是自己。人生短暂，很难说到底哪里才是不朽的归依。

诗人的追问始终没有得到回答，于是只有重归春景，看看闲潭落花，赏赏落月西斜，留待后人解答。没想到，这一句无心的"江水流春去欲尽，江潭落月复西斜"正是最好的解答。日复一日终成永恒，宇宙的每一颗尘埃都有去处，来日化成一个新的气象。形式千般变化，月还是那个月，水依然奔腾。人生便是在这反复的变化中永远前进，直至永恒。

月可落，花可无，春可尽，情却不可无。未知身死处，何能两相完。诗人在春夜月下一语成谶。正如闻一多所说的："这是更迥绝的宇宙意识！一个更深沉，更寥廓，更宁静的境界！"

在这孤寂的夜里，一切都定格成永恒。

春江月浮沉

往事如风，将生平的苦乐悉数吹散，白驹过隙，风霜喜忧染鬓角斑白。人的一生有时像踩跷跷板，起伏不定。也正因为如此，人生才有无限可能。天降狂狷之气的杜审言，赢了文章，输了仕途，志存高远的李�ً，赢了心境，输了前程……在这些有输有赢的人生中，他们终于了解，命运对每个人的安排，不过只有四个字：世事无常。

酒中堪累月，身外即浮云：杜审言

　　狂，是一种人格，狂狷人格。《论语》曰："不得中行而与之，必也狂狷乎。狂者进取，狷者有所不为也。"这里的"狂"，孔子赋予它的性征是直、肆、荡。直，正见也；肆，敢言也；荡，无惧也。可见，所谓"狂"，即直陈正见，敢作敢为，积极进取，勇于开拓。

　　文人多狂人，唐代多诗狂。"四明有狂客，风流贺季真"，贺知章的狂是痴狂；"我本楚狂人，凤歌笑孔丘"，李白的狂是癫狂；"欲填沟壑唯疏放，自笑狂夫老更狂"，杜甫的狂是疏狂。可最负"疏狂"之名的并非杜工部，而是他的祖父——恃才且疏狂的杜审言。

　　杜甫在评价他爷爷的时候，一改其沉郁内敛之风，狂傲不羁地发出"诗是吾家事，吾祖诗冠古"的感叹。而杜审言对自己的文才又何尝不是信心百倍，他尝语人曰："吾文章当得屈、宋作衙官，吾笔当得王羲之北面。"杜甫名垂千古，下笔有神，也跟其浓厚家学大有渊源。

独有宦游人，偏惊物候新。

云霞出海曙，梅柳渡江春。

淑气催黄鸟，晴光转绿蘋。

忽闻歌古调，归思欲沾巾。

《和晋陵陆丞早春游望》

初唐五言律，"独有宦游人"第一，后世曾这样评价。此诗能获此殊荣，应不是遣词、造字，抑或诗技、诗境之功，而是其内涵底蕴。全诗"惊新"而不快，赏心而不乐，涌上心头，满溢胸间的尽是诗人郁郁不得志的失望之情。这种不得志，并非无能，而是身处官场的无能为力。

杜审言在唐高宗中取进士后，仕途失意，一直充任县丞、县尉之类的小官。到永昌元年，他宦游已近二十年，诗名甚高，却仍然远离京洛，在江阴这个小县当小官，自是愤愤不平。可在那个时代，无论做人，还是为官，要不就同流合污，要不就清高平凡，二者怎可兼得？于是，失望也变作一种情操，一种能够"酒中堪累月，身外即浮云"的淡泊之情，于是，疏狂也成为兼善与独善的矛盾，介入与超然的矛盾，自由与约束的矛盾。

杜审言少时便与李峤、崔融、苏味道为"文章四友"，世号"崔李苏杜"。虽与苏味道同为朝廷的御用文人，可他却出言狂妄："味道必死。"人惊问故，答曰："彼见吾判，且羞死。"可杜审言的狂，也只是口头上的轻狂，即便平日里总是嘲弄取笑苏味道，但在他给老苏的赠诗里，"舆驾还京邑，朋游满帝畿；方期来献凯，歌舞共春辉"，也是情深义重，看不出有半点调谑之笔。

疏狂应有度，否则便招来横祸，并不是所有人都能看到杜审言恃才傲物背后那份弥足珍贵的人文情怀。

迟日园林悲昔游，今春花鸟作边愁。

独怜京国人南窜，不似湘江水北流。

《渡湘江》

杜审言的诗，不乏宫廷应制之作，总觉失去了诗的本真情趣，索然无味。

可若读他的贬谪诗，却是字字精雕细琢，句句入人心扉。或许，他的狂傲正是建立在自己独特的所思所想、真挚的所感所悟上。

"今春花鸟作边愁"与其孙的"感时花溅泪，恨别鸟惊心"颇有异曲同工之妙。景物无自生，惟情所化。花与鸟本是平时供来观赏把玩之娱物，可这里却见之而泣，闻之而悲，足可反托出诗人的自怜与自悯。"独怜京国人南窜"是全诗的中心。后半句以"水北流"来烘托"人南窜"，更加立体地凸现了诗人远离京国、背井离乡的失意与失落。文人被贬后的怀归情节，在此诗中得到淋漓尽致的展现。尽管，这漫不经心地出自那个平日里总爱嬉笑怒骂的老杜笔下，但却愈发显得无比沉重，无比深刻。这就是疏狂之人的魅力所在吧，喜欢在命运的舞台上戴着假笑的面具把活生生的现实撕裂给台下的观众看。

杜审言有过两次贬官的经历，皆因疏狂所致。这大概就是成也疏狂，败也疏狂吧。可他为疏狂所付出的代价却是亲人的鲜血和自己的尊严。杜审言曾遭小人陷害，入狱待死。他的儿子杜并为把他从狱中救出，被乱刀砍死。这份感天动地的孝行也震慑了朝廷，杜审言得以免死，并受到武则天的召见。武皇问他："卿欢喜否？"爱子已逝，有何欢喜可言？但人在屋檐下，岂能不低头？杜审言唯有强颜欢笑，而后即赋一首《欢喜诗》敬献武则天，换得凤颜大悦，赐官升迁。可此后的漫漫长夜，那种切肤的丧子之痛和违心之伤也只有狂人自知。

今年游寓独游秦，愁思看春不当春。
上林苑里花徒发，细柳营前叶漫新。
公子南桥应尽兴，将军西第几留宾。
寄语洛城风日道，明年春色倍还人。

《春日京中有怀》

244

对洛阳，杜审言一直有种特别亲切的感情，或许因为在这片热土上，他的事业曾达到过顶峰。在回长安的第二年，他便作此诗来表达自己对洛阳迷人春色和城中万物无比眷恋之情。诗贵出于心，言人所不言。"寄语洛城风日道，明年春色倍还人。"杜审言的感怀诗，忧中有喜，泪里含笑，诗意跌宕起伏，诗境峰回路转，这大概也源于他的疏狂罢。

杜审言晚景尚好，他也就将狂进行到底了。临终前也不忘幽默地调侃好友们一番："甚为造化小儿相苦，尚何言？然吾在，久压公等，今且死，固大慰，但恨不见替人。"这应该是一个患了严重的狂妄病症的人才会说的话。可转念一想，人生短短数十载，生活的重压却往往把人压到变形，又有几个人能终其一生永葆顽童之心！

狂人也应该感到欣慰了，毕竟，能有一个以身救父的孝子和一个诗名满誉的贤孙，已经羡煞旁人了。尽管他的抱负，他的鸿志未得圆满，可能把傲然风骨、疏狂本色留给世人，也算功德一件。

唯有一个道理狂人在世时还应该懂得：文人还是好好做好自己的文化人，写写诗文终归是正途，踏入政途实在是勉为其难。杜审言不是第一个，也不会是最后一个。

忧与忧兮相积，欢与欢兮两忘：卢照邻

卢照邻是"文不如人"的领衔者，而能一挥而就流芳百世的《长安古意》，想必他的人生也是绚烂多姿，纷繁多彩。可任谁都懂，精彩绝伦的人生大多是部血泪史，而非欢喜歌。

长安重游侠，洛阳富财雄。

玉剑浮云骑，金鞭明月弓。

斗鸡过渭北，走马向关东。

孙宾遥见待，郭解暗相通。

不受千金爵，谁论万里功。

将军下天上，虏骑入云中。

烽火夜似月，兵气晓成虹。

横行徇知己，负羽远从戎。

龙旌昏朔雾，鸟阵卷胡风。

追奔瀚海咽，战罢阴山空。

归来谢天子，何如马上翁。

《结客少年场行》

少年不知愁滋味。卢照邻出身名门贵族，不仅衣食无忧，而且受教优良，在和风细雨中茁壮成长。十岁时，他便开始南下游学，"斗鸡过渭北，走马向关东。"游学，是唐初文士体验社会、体察民生的大好契机。游学表面上是为增长学识，求教交流，实则是为官宦之路铺石添沙，奠定根基，然后被一朝选在君王侧，才名官名两丰收。

卢照邻的游学是成功的，他成为初唐"下笔则烟飞云动，落纸则鸾回风惊"的名动一时的才子。他的文，一摒六朝绮丽浮艳之风，从阴柔走向阳刚，从卑弱走向坚强；他的诗，转接汉魏风骨的苍劲雄壮，秉持豪迈潇洒的气度，直启盛唐之音。"不受千金爵，谁论万里功"，卢照邻满怀建功立业、光宗耀祖的远大志向，踏上了学而优则仕的道途。

中国古代文人在自觉或不自觉中，总遵循着这样一条生存法则：穷则独善其身，达则兼济天下。于是，他们便在儒、道之间犹豫不决，徘徊不定，最后亦儒亦道，极难两全，造就了他们的悲惨人生。

> 一鸟自北燕，飞来向西蜀。
>
> 单栖剑门上，独舞岷山足。
>
> 昂藏多古貌，哀怨有新曲。
>
> 群凤从之游，问之何所欲？
>
> 答言寒乡子，飘飘万余里。
>
> 不息恶木枝，不饮盗泉水。
>
> 常思稻粱遇，愿栖梧桐树。
>
> 智者不我邀，愚夫余不顾。
>
> 所以成独立，耿耿岁云暮。

日夕苦风霜，思归赴洛阳。

羽翮毛衣短，关山道路长。

明月流客思，白云迷故乡。

谁能惜风便，一举凌苍苍。

《赠益府群官》

诗中飘飖万里、奋力南翔、昂藏古貌、品性高洁、渴望知音，却不为世俗所容的北燕，正是诗人高标自洁、不随俗流的形象写照。卢照邻一直企盼能凭借自己出众的才华而"拾青紫于俯仰，取公卿于朝夕"，可这个美梦却只能被现实中成为高祖之子——邓王李元裕府中的一名掌管文书的小官所粉碎。尽管邓王对他欣赏有余，器重有加，甚至称他为当朝的司马相如，可名如相如，实不如相如，文高而位卑，在那个"先器识而后文艺"的时代无疑是莫大的讽刺。尽管卢照邻"不息恶木枝，不饮盗泉水"，但却仍被小人栽赃，诬枉入狱。幸好得邓王眷顾，他才能平安出狱。此后，他便离开邓王府，另谋他职，这也是他最后一次出仕。

生不逢时，学无所用，这时候卢照龄若能及早抽身，远离官场，归隐山林，他的命途或许就不至于惨淡收场。可人生不就是一场博弈吗？不到最后，不分输赢。

尽管在任职地方政绩不佳，劳心劳力，但苦闷忧郁之时却能得遇知己，得遇佳人，也算是卢照邻衰运人生中难得的幸事。他与王勃在蜀中相遇，把酒言欢，高谈阔论，结下了"同是天涯沦落人，相逢何必曾相识"的千古友谊。他与一位姓郭的女子也在蜀地相遇，一见倾心，缔结良缘。

这也是卢照邻一生之中唯一的一次婚姻，即便只是昙花一现，即便招来骆宾王《艳情代郭氏答卢照邻》的批驳痛斥，即便被世人责骂负心薄情，始乱终弃，他也算为孤单落寞的心灵找到过温情脉脉的依托。

在《五悲·悲昔游》中，他也曾吐露过自己对郭氏的思念之情："忽忆扬州扬子津，遥思蜀道蜀桥人。鸳鸯渚兮罗绮月，茱萸湾兮杨柳春。"或许，对一个彻头彻尾的衰人来说，爱情就是奢侈品，只可远观，不可近赏，只能把玩，不能拥有。

独坐岩之曲，悠然无俗纷。

酌酒呈丹桂，思诗赠白云。

烟霞朝晚聚，猿鸟岁时闻。

水华竞秋色，山翠含夕曛。

高谈十二部，细核五千文。

如如数冥昧，生生理氤氲。

古人有糟粕，轮扁情未分。

且当事芝术，从吾所好云。

《赤谷安禅师塔》

卢照邻决心归隐山林，一心向佛是源于他肉体和精神上承受了双重折磨。天有不测风云，正值壮年的卢照邻突然感染风疾，以致形体残损，手足无力，五官尽毁，嘴歪眼斜，寸步千里，咫尺山河，这让他痛苦不堪。可也正是病痛相缠，贫苦相伴，他才能过上"左手是药，右手是书"这种与世隔绝的日子，也才能冷静地对功名利禄进行返璞归真的思考。回首往昔，在邓王府，俯仰谈笑，顾盼纵横；在蜀山间，纵情山水，呼朋引伴；而今遁入深山，形影相吊，人生变作截然相异的两重天地，人生也因此成为一场丰盛的旅行。

名医孙思邈曾为卢照邻悉心医治风疾，并传授他"养性必先本慎，慎以畏为本"的养生要领，这正是卢照邻梦寐以求的保全自己的人生真谛，也极大地促使他离开长安，回归自然。"独坐岩之曲，悠然无俗纷"，生亦无常，死亦无常，超然物外，超脱生死才能到达永恒；"如如数冥昧，生生理氤氲"，人类对于死亡的恐惧，对于生存的忧虑，都应淡化为彼岸世界中虚无的他物。

卢照邻晚年自号"幽忧子"，足见其"幽"，也足见其"忧"，但他强忍病痛，坚持写作，留下了属于他的"死亡日记"《五悲文》，悲才难，悲穷道，悲昔游，悲今日，悲人生。哀莫大于心死，当传来女皇武则天登基、好友骆宾王失踪、药王孙思邈离世这一系列噩耗时，卢照邻终于找到了解脱自己的方式——投江自尽。

"忧与忧兮相积，欢与欢兮两忘。"卢照邻应死而无憾了。毕竟，他有过"玉辇纵横过主第，金鞭络绎向侯家"的富贵黄粱梦；有过"北堂夜夜人如月，南陌朝朝骑似云"的宦游漂流夜；有过"得成比目何辞死，愿作鸳鸯不羡仙"的海誓山盟情；有过"寂寂寥寥扬子居，年年岁岁一床书"的孤独寂寥日。

至于最后，或走，或留，亦忘，非忘，只需问问自己的心。

心如流水近清源：李颀

白头何老人，蓑笠蔽其身。

避世常不仕，钓鱼清江滨。

浦沙明濯足，山月静垂纶。

寓宿湍与濑，行歌秋复春。

持竿湘岸竹，爇火芦洲薪。

绿水饭香稻，青荷包紫鳞。

于中还自乐，所欲全吾真。

而笑独醒者，临流多苦辛。

《渔父歌》

　　渔父一直是文人骚客们喜爱自诩的形象，渔父身上往往具有他们所向往的某种品格。庄子在其文《渔父》中借孔子与渔人的对话，批斥了儒道礼乐教化的虚伪，阐发了"持守其真，还归自然"的理念；屈原在其文《渔父》中通过自己与渔夫的对话，表达了洁身自好、孑然自立的决心；陶渊明在其诗序《桃花源记》中由武陵捕鱼者引领发现了一个与世隔绝的太平社会，于是，渔父成了理想社会的探险者。

在李颀的这一首《渔父歌》中，塑造了一位白发老人披蓑戴笠、远避尘世，独自在江边垂钓的形象。这位老翁持的是"湘岸竹"，烧的是"芦洲薪"，煮的是"香稻饭"，食的是"紫鳞鱼"，返璞归真，怡然自得。

对于诗中的老翁来说，尘世的清与浊、醉与醒，都与他无关，他只消在这清静之中静享自己的生活便足够了。这样不问世间事的人生境界，也是那时多数文人所追求的吧。

李颀在唐朝诗人中，诗歌的成就并不算很高。他年少时家境富裕，结识了不少富家子弟，挥霍无度，将家底挥霍一空。转而攻读书本，寒窗十年之后，终于及第，考中进士，做了一个新乡县尉。不过他才能有限，为官多年，一直未能够升迁，仕途毫无起色。

在这样的生活中，李颀写出《渔父歌》这样基调淡薄的诗歌，也不是不可以理解的。此时的李颀已经萌生了退隐之意，既然仕途眼看是一条越走越窄的道路，何苦还要继续执着地走下去。

不过很多的时候，追求需要勇气，放弃则需要更大的勇气。如何在入与出之中做出抉择，如何在成与败面前波澜不惊，如何在得与失其间达到平衡，这是李颀那时矛盾的焦点。

不过，不管怎样，"矢志不渝，持守本真"是李颀一生都恪守的准则，在他的心中，无论过什么样的生活，都要恪守这八个字。

小来托身攀贵游，倾财破产无所忧。
暮拟经过石渠署，朝将出入铜龙楼。
结交杜陵轻薄子，谓言可生复可死。
一沉一浮会有时，弃我翻然如脱屣。
男儿立身须自强，十年闭户颍水阳。
业就功成见明主，击钟鼎食坐华堂。
二八蛾眉梳堕马，美酒清歌曲房下。
文昌宫中赐锦衣，长安陌上退朝归。
五陵宾从莫敢视，三省官僚揖者稀。
早知今日读书是，悔作从前任侠非。

《缓歌行》

251

往事如风，将生平的苦乐悉数吹散，白驹过隙，风霜喜忧染鬓角斑白。人的一生有时像跷跷板，起伏不定。

侠，既是唐人的人生追求，也是唐人的生活方式；既是唐人处事交友的原则，也是唐人精神满足的需要。侠义之风由来已久，并在盛世大唐达到顶峰。唐代文人的侠义，把功利置于首位，结交权贵以求延引，顺风顺水步入官道。李颀早年狂放激昂，倜傥不群，热衷功名，追求达贵。他和当时很多年轻人一样追随富豪游侠四处漫游，广交朋友。

　　可当他发觉"结交杜陵轻薄子"，"弃我翻然如脱屣"时，才恍然大悟"男儿立身须自强"，"悔作从前任侠非"。世态炎凉，人情冷暖，可以是过往云烟，但过不去的却是李颀自己心里的那道坎——"业就功成见明主，击钟鼎食坐华堂"。

　　才子们对进士登科趋之若鹜，不中进士而做大官终不为美。李颀也不甘落后，"小来好文耻学武，世上功名不解取"。尽管及第后只做了县尉这等小官，但他对仕途仍满怀信心。

　　可在那个门第之风盛行的时代，一介寒门士子要如何才能争取到出头之日。李颀清高廉洁，不会趋炎附势，更不会攀附权贵。他虽然想在官场有着一番作为，但他也绝不会为此而出卖自己的底线。

　　那时，李颀结交了如王维、王昌龄、高适等好友，众人在一起不是吟诗作对，便是畅谈国事，好不惬意。但这些人都是狂狷者，无一豪门人士。他们不求贵人举荐，不屑官场习气，李颀自然也无出头之日。"惭无匹夫志，悔与名山辞"，心灰意冷的他终于放下心中的犹豫，摘下官帽，脱下官服，回归故里，隐居山间。

三十不官亦不娶，时人焉识道高下。

房中唯有老氏经，枥上空余少游马。

往来嵩华与函秦，放歌一曲前山春。

西林独鹤引闲步，南涧飞泉清角巾。

前年上书不得意，归卧东窗兀然醉。

诸兄相继掌青史，第五之名齐骠骑。

烹葵摘果告我行，落日夏云纵复横。

闻道谢安掩口笑，知君不免为苍生。

《送刘十》

尽管李颀一向被归为边塞诗人，尽管他写出了"胡雁哀鸣夜夜飞，胡儿眼泪双双落"这等悲情豪迈的边塞诗句，尽管他从未到过边塞却时刻关注着边塞，但纵观其诗作，边塞诗寥寥数首，反而是赠答诗占了大半。

李颀的送别诗，极少言愁说苦，极少感时伤怀，要么勉人为善，要么催人进取。"房中唯有老氏经，枥上空余少游马"，他和刘十有同样的人生经历，怀才不遇，壮志难酬。"前年上书不得意，归卧东窗兀然醉"，归隐林间也归得不乐。他隐得不甘，满心惦念的还是君王和天下，还有民事与苍生。

于是，他把希望与期冀都寄托在友人身上，殷切叮咛，深情嘱托，让他实现自己未完成的理想。

其实，归隐并不意味着要抛弃过往，抛弃信念，只要守住本真，守住自我，一样可以殊途同归。

草堂每多暇，时谒山僧门。
所对但群木，终朝无一言。
我心爱流水，此地临清源。
含吐山上日，蔽亏松外村。

孤峰隔身世，百衲老寒暄。

禅户积朝雪，花龛来暮猿。

顾余守耕稼，十载隐田园。

萝筱慰春汲，岩潭恣讨论。

泄云岂知限，至道莫探元。

且愿启关锁，于焉微尚存。

《无尽上人东林禅居》

李颀的归隐与东晋诗人陶渊明的归隐有极大的不同。"少无适俗韵，性本爱丘山"，陶渊明对大自然是油然而生的喜爱；"所对但群木，终朝无一言"，李颀面对花草树木却有无言的忧伤。"采菊东篱下，悠然见南山"，陶渊明将身心都融入到了山野田园中，有着冲破俗世藩篱后的超脱与自在；"且愿启关锁，于焉微尚存"，李颀旁观景物，无心流连，满是不得不归、不得不隐的无奈与愤懑。全妄归真，全事即理，不必执着于归隐之道。隐就隐，不隐就不隐，一切随缘。

"我心爱流水，此地临清源。"李颀对流水的喜爱，大概源于对道家思想的偏爱。老子的《道德经》有"上善若水，水善利万物而不争"。人若能体会到水的意境，简单，深远，丰富，坚韧；若做人也如水一般，纯净，澄明，滋柔，谦卑，那便在喧闹中也能获得宁静之感，在纷扰中也能拥有淡泊之心。

矢志守真，虽难且苦，李颀以其冲淡无争的诗为世人呈现了一颗如水般澄澈淡泊的心。

萧郎垂泪滴罗巾：崔郊

　　有一个唐代诗人，一辈子只流传过一首诗，只讲过一件心碎之事，只做过一次艰难抉择，但却在文坛中留下了浓墨重彩的一笔，在历史上印刻了不可磨灭的痕迹，在后世里得到了永远的纪念。他叫崔郊，唐朝元和年间的秀才。

　　由于家境贫寒，崔郊常年寄宿在襄州姑母家。姑母家有一个婢女是汉南第一美女，端庄秀丽，温婉可人，又精通音律，能歌善舞。才子遇到佳人，两人便顺理成章地恋爱了，自此花前月下，海誓山盟，郎情妾意。可后来由于姑母家道中落，不得不把这个婢女高价卖给了城中显贵于頔。得知这个消息后，崔郊心痛不已，悲恸欲绝，但又时时想起，念念不忘。

　　他们的爱情并未因此终结，崔郊一直祈盼能再见婢女一面，便终日在于頔府附近徘徊。但豪门富宅那堵厚厚的围墙却把一个人的身锁在里面，另一个人的心锁在外面，让他们恍若隔世。然而，皇天不负有心人，终于在寒食节那天，当婢女准备出府回家探亲时，正好与站在门外柳树下苦苦等候的崔郊相遇了。可面对此情此景，他们只能四目相对，默默相望罢了。曾经深深爱恋的情人变作如今匆匆过路的陌生人，旧情萌生却无法互诉衷肠，崔郊不禁悲从中来，无限伤感地写下了下面这首诗：

> 公子王孙逐后尘，绿珠垂泪滴罗巾。
>
> 侯门一入深似海，从此萧郎是路人。

《赠婢》

　　在那个"父母之命，媒妁之言"的封建时代，多情儿女们没有什么爱情自由和婚姻自主可言，几乎都是任凭家门安排，家长做主。更可悲的是像婢女这样的女子，连亲生父母也无法替自己做主，而要完全依从主人的意愿嫁鸡随鸡，嫁狗随狗，不管是做小妾，还是做宠姬，都要逆来顺受。

　　《赠婢》中提及了另一个婢女绿珠的典故。相传绿珠原是西晋富豪石崇的宠妾，"美而艳，善吹笛"。赵王伦专权时，他手下的孙秀倚仗权势指名向石崇索取绿珠，遭到石崇拒绝。石崇因此下狱，绿珠也坠楼身死。这看似平淡的叙述却暗示了崔郊心爱之人被夺的不幸命运，也透漏出他对王孙公子们恃骄专横的不满。

　　如果崔郊与婢女的故事就以"侯门一入深似海，从此萧郎是路人"结束，那便是一出催人泪下的爱情悲剧。可是，命运实难测，缘分天注定，这个本该凄绝唯美的爱情故事却阴差阳错地以皆大欢喜的结局收尾。君子有成人之美，于頔后来读到崔郊的《赠婢》，深为感动，便招来崔郊将婢女领去，并赠予万贯，成全了这段姻缘，也传为一段诗坛佳话。

　　尽管最后抱得美人归，但若非命运造化使然，崔郊也只能枉自嗟叹了。

　　面对自己得不到的，崔郊选择了放手，可也有人选择了毁灭。这个人就是乔知之。

> 石家金谷重新声，明珠十斛买娉婷。
> 此日可怜君自许，此时可喜得人情。
> 君家闺阁不曾关，常将歌舞借人看。
> 意气雄豪非分理，骄矜势力横相干。
> 辞君去君终不忍，徒劳掩袂伤铅粉。
> 百年离别在高楼，一代红颜为君尽。
>
> 《绿珠篇》

　　历代以绿珠为题所作歌咏甚多，或咏赞石崇重情，或惋叹绿珠命薄，不过发思古之幽情而已。乔知之作此诗，却大不一般。因为绿珠与石崇的悲剧，也同样发生在他身上。

　　乔知之是唐武后神功元年的青年俊才，时任左司郎中。乔知之对府中的婢女窈娘宠爱有加，但在武则天的侄子当朝宰相武承嗣的威逼利诱下，窈娘被夺走了。乔知之不甘心于此，便私下传诗给窈娘。窈娘感愤投井自尽，乔知之也因此被武承嗣杀害。

　　对爱的执着，对爱情方式的选择，造就了两个不同的结局。崔郊是"侯门一入深似海，从此萧郎是路人"，乔知之则是"百年离别在高楼，一代红颜为君尽"。崔郊顺从命运，屈服命运，也不能说其软弱怯懦；乔知之的不服命运，不从命运，也不能说其自私狭隘。爱情于芸芸众生，千差万别，命运于芸芸众生，也千差万别，如何选择往往只在一念之间。

　　相比较男人们选择命运的主动性而言，女人们则要被动得多。封建社会的女人是一件被男人们随意丢弃、随便转赠的物品而已。要进豪门，还是成路人，都不由她们，而是由男人们选择。就算是自己心爱的男子曾经的浓情蜜语、款款真情，在现实的重重阻碍与牵绊面前，也显得不堪一击，溃不成形。女人们在美丽动人的爱情故事里似乎只是为了成全男人们的忠贞、多情，让他们青史留名，而她们最终连个名字也没留下，只留下一个婢女的身份、一个低下的地位。

　　一首《赠婢》改变了崔郊的命运。虽说女子在封建年代里无法彻底翻身，但那是无法改变的年代累积的诟病，欣喜或哀怨也许就在指尖一动的瞬间，诗人在与命运抗争后，与爱情打了个照面。

山水满入怀

水之流动乃冲涤过往，山之固守乃执着当下。山之不转，水之动荡，融合了人间的辗转漂移、沧桑巨变，也饱含了对岁月安详、人生静好的期盼。纵情山水，也将感情藏于山水，一颗凡心红尘内外，若隐若现。诗者王者，由此皆站成岸。

行歌坐钓，笔笔天外奇情：柳宗元

孤独，是人类最原始的情感。太多的诗人在晚年选择独自乐山好水了结残生，山水之间似乎有太多让诗人向往的乐趣。陶渊明爱桃花源、王维爱终南山、李白云游四方不羁放浪，纵使世事百般辗转，也终不改他们悠独山水的意愿，于是就诞生了一首首山水诗作。

每一首诗的背后都有一个孤独的诗人，每一位诗人背后都有一段孤独的故事，或遭受谗言，或故国不再，抑或仕途不顺。每一位诗人归隐前都有着轰轰烈烈的理想，理想无望时，他们恋恋不舍地回归山水回归田园，在自己的一方乐土寻找孤独的理想。

千山鸟飞绝，万径人踪灭。

孤舟蓑笠翁，独钓寒江雪。

《江雪》

一幅中国画般水墨点染的雪中孤翁垂钓图在眼前缓缓展开，千山万径连一只鸟、一个人的踪迹都不见，只有一个身披蓑衣头戴笠的老翁乘着一叶孤舟而来，独坐在寒江边在茫茫大雪中垂钓。这位孤独的老人就是唐宋八大家之一的柳宗元。

这首影响后世的诗作惹来了很多争议，因为它颠覆了山水诗给人一贯的流水葱茏的印象，构造一幅孤寂寒冷的冬季雪景。有人争论柳宗元在隆冬垂钓能钓到什么，是鱼还是雪？其实都不然，柳宗元在渺无人烟的寒江边钓的不是鱼也不是雪，是寂寞。

唐代的大诗人中绝句写得好的有很多，写山水的绝句写得好的，柳宗元肯定是其中一个；唐代的大诗人中时运不济的有很多，当官被贬最软弱的，恐怕柳宗元是最当之莫属的一个。

柳宗元并不是一生都不被重用才自暴自弃成了一个靠钓鱼为生的老翁。他三十岁前后那几年，曾是政治界一颗冉冉新星，他并没有对"公务员"的工作沾沾自喜，而是愿意和百姓人民在一起。

被贬永州使柳宗元的命运开始转折，注意力才开始转向山水，借山水抒发内心的幽怨，他大部分悲情的诗作也创作于此时。"只应西涧水，寂寞但垂纶。"他的寂寞在于理想受挫，政治上的压迫；他的寂寞也在于不移白首的一片冰心被淹没与淡忘。于是只好孤独垂钓，钓上来的是雪，钓不上来的是官场的繁华。

渔翁夜傍西岩宿，晓汲清湘燃楚竹。

烟销日出不见人，欸乃一声山水绿。

回看天际下中流，岩上无心云相逐。

《渔翁》

傍晚，渔翁把船停泊在西山下息宿；拂晓，他汲起湘江清水又燃起楚竹。烟消云散旭日初升，不见他的人影；听得欸乃一声橹响，忽见山青水绿。回身一看，他已驾舟行至天际中流；山岩顶上，只有无心白云相互追逐。

柳子在永州放情山水，或行歌坐钓，或涉足田园，生活恬淡。其实他心底仍然充满了悲伤和不平。他本身是一个有着蓬勃热情、不甘寂寞的人，但他长期过着萧散的谪居闲适生活，处于政治上被隔绝扼杀的状态。生活的寂寞与感情的热烈、现实的孤独斗争与远大的理想使柳宗元陷入深深的矛盾，他所写出的山水诗也就带着深沉委曲的格调，苏轼评价柳子的诗说"发纤秾于简古，寄至味于澹泊"。

此时再回头看《江雪》，不知柳子是有意为之还是偶然，将每句首字摘下，竟是"千万孤独"的藏头诗，越读越清冷，越看越沉重！事实上诗人垂钓的决心并没有被撼动，因为文人对朝堂的向往仍植根于心中，所以这种独钓寒江的峻洁山水情怀也是诗人无法效力朝廷的心灵安慰，此番读来没有了最初的轻松冲淡，而多了些许对诗人的担忧与同情。

独钓江雪是柳宗元心灵释放的出口，是对黑暗社会无声的抵抗，一生不断的贬谪让诗人骨子里少了些圆滑事故，多了分自然无争。在山水中陶冶性情、涤荡社会的污浊绝非是柳宗元的个人专利，王维也是其中一子。相比来说，王维更加释然也更聪明。

> 空山新雨后，天气晚来秋。
> 明月松间照，清泉石上流。
> 竹喧归浣女，莲动下渔舟。
> 随意春芳歇，王孙自可留。
>
> 王维《山居秋暝》

一样是山山水水，这首五言律诗于诗情画意的明媚山水之中寄托了王维高洁的情怀，少了柳宗元的点点悲情。

王维不是没有理想，明月只在松间照，清石上才流得清泉，浣女和渔舟的向往正是对官场黑暗的厌倦。表面上是赋的手法，实际通篇都是比兴，山水的高洁正是诗人人格高洁的象征。在功名利禄中摸爬滚打了一番之后，还是要一个人享受清寂，甘于孤独。山水不过是寄存理想的保险箱，你去那里找一找，总会找出一丝安慰和希望，因为寄存者不是别人，而是诗人自我的心灵。所以不要小看唐诗中这些貌似没有情感成分的山水诗，正所谓"笔笔眼前小景，笔笔天外奇情"。

水，流动就是命运；山，固守就是过往。自然山水雨露的恬淡方能涤去内心的污浊秽物。一盏灯，一杯茶，喜笑悲哀镂入烟茗，谈一谈山高水远，笑一笑历尽千帆，微带一丝劫余的慰藉，就像命运中难得的一场风雨。英国诗人艾略特的诗句如是说："请往下再走，直下到，那永远孤寂的世界里去。"

无论古今，总有太多纷扰不尽人意无法释怀，醉心于争名夺利，往往徒劳而归。不妨给心灵做一次原始的按摩，或寄情山水，或回归自然。山花烂漫也好，寒江独钓也罢，都只为让内心与世无争透澈者。西班牙著名自然主义哲学家乔治·桑塔耶纳说："自然的景象是神奇而且迷人的，它充满了沉重的悲哀和巨大的慰藉，它交还我们身为大地之子与生俱有的权利，它使我们归化于人间"。

孤独是一个人的狂欢：陈子昂

前不见古人，后不见来者。

念天地之悠悠，独怆然而涕下。

《登幽州台歌》

短短的一首诗，多一字嫌太多，少一字意难传，就是这四句恰到好处，称得上当之无愧的字字珠玑。《唐诗快》中称："此二十二个字，真可以泣鬼。"初唐陈子昂，独登燕台，凭吊古今，将天地之伤悲揽入怀中，他歌的不是古人的寂寞，而是自己的孤独。

陈子昂生于高宗显庆三年，卒于武后圣历二年，他的人生轨迹几乎和武则天政权相始终。和武后的政统纠缠不清，他注定悲剧一生。先是在朝堂上，进谏屡屡被轻视，武后对于陈子昂的奏议几乎是"不听""不省"，这让充满报国热情的陈子昂好生丧气。推崇以和治国的诗人遇见重法轻儒的君主，可谓是进错了门。既然文谏无用，那就征战沙场，好男儿志在四方，何必囿于小小的一个庙堂。

三十五岁这年，陈子昂当了武攸宜的军事参谋，不谙军事的武攸宜只接一仗就全军覆没，陈子昂赶紧向武攸宜进言，请求分军万人替其抵挡敌军，岂料不但他的进言没有得到采纳，他相反还被降了职，晾在一边。陈子昂终于抑制不住内心的愤怒，独自登上幽州台，慷慨而歌。

他在幽州台上究竟看到的是怎样的景色，诗人没有说。或者当时他已无心留恋风景，只是任凭风在耳边呼啸，立于天地之间，站在历史与未来的交叉点上，于无声处听惊雷。这般无人之境也算应了他的那句"前不见古人，后不见来者"。

武后当然没有时间去理睬他，武攸宜更是没心思听他讲历史，陈子昂像

263

一个弃婴，被父母抛弃后，又失去了最后的收容所。幽州台上独自登临的他，见不到他所崇拜的建功立业的古人，古人亦不会回来见他。他想与后世与他有着相同理想的小生们聊聊，但是他走不到未来，后人也无法到来。天大地大竟然找不到一个懂自己的君主！想到这里，不禁径自流下眼泪，一个"独"字足以道明陈子昂悲愤的缘由，这种庞大的孤独之感日夜噬咬着诗人的心，渐入骨髓。

孤独的诗人犹如找不到慧眼伯乐的千里马，当他已经感到生命的易逝而面对命运的一支下签却无法将它说破。登临望远，陈子昂发现偌大一个中华竟没有一个知音，瞬间孤独将他卷入了巨大的无助感中。

有一部电影中有一个场景：全世界所有的人全都消失，而其他所有的电器、店铺、电梯都正常运转，曾经对生活要求很多的女主角站在世界的中心却突然迷失了人生的方向，手足无措……这正赤裸裸地揭示了人类每个个体生命的孤独感。陈子昂早在大唐就设计了这个场景，他是一个出色的导演，也是一个认真的演员，认真到入戏太深，陷入孤独感的包围再也无法脱身。

李白也曾有过这种身陷绝境却没有一只手来挽扶的感觉，否则他又怎么会写下"停杯投箸不能食，拔剑四顾心茫然"的句子。那种孤立无援迫切想得到拯救的心情，李白和陈子昂肯定彼此懂得。

孤独之感其实存在于每一个人身上，不分年龄，也没国界。曾获诺贝尔奖的哥伦比亚作家马尔克斯的《百年孤独》，用一个七代的大家族的生活最终被历史所吞噬的孤独感，告诉世人，唯有孤独是人类永远相随的伙伴。

每个人到最后，除了孤独，都一无所有。

短暂一生何必去追求毫不相干的物欲与功名。当一个人为了某种目的去追逐的时候，不惜一切代价要得到一样东西的时候，是否想过物品会日渐消耗，人也会日渐衰老。除了自己，所有的东西都会慢慢地离开，甚至最后，连自己的生命也会离去。每个人都是一个孤零零的个体，孑然而来，孑然而走，只是这过程中会有一些人或事在生命的过往中来了又走。

陈子昂的孤独是苦于没有认同，没有稀世的知音，这种孤独折磨了许许多多文人的心，这也是为何后人经历世代再读起《登幽州台歌》时，会唤起巨大的共鸣，引起后人共鸣的正是隐匿在诗句背后的人类共有的孤独之感。不过陈子昂高明之处就在于，他没有再去陈述自己所处的不幸遭遇，而是直接将这种孤独感放置在茫茫天地间这个空旷的时空里，至于遭遇让后人自己去填充，这留白恰恰也证明，人类的孤独之感无以安放。

孤独地写诗，孤独地前行，这便是陈子昂，也是千千万万诗人的共同存在状态。无怪同一时代的诗人王勃在它的《滕王阁序》中留下了相同的感慨：

天高地迥，觉宇宙之无穷；兴尽悲来，识盈虚之有数。

无论是大唐还是前朝后代，诗人都是孤独的，特别是那些钟情于君主的诗人们。

有学者总结说："哲学家、科学家和艺术家都是一些大孤独者。"初唐中国出现了个念天地悠悠的诗人陈子昂，十九世纪西方出现了个孤寂寒冷的诗人济慈。他说："哦，孤独！假若我必须和你同住，可别在这层叠的一片灰色建筑里，让我们爬上山到大自然的观测台去。"所以，他的一生都在追逐爱情。因为他认为，爱是两个灵魂的紧紧依靠，只有这样才能永远告别孤独。但他穷尽短暂一生也没有找到那个能与他灵魂相依的人。

同样的体弱多病，同样的知音难寻，陈子昂和济慈都选择了用诗来记录人生的孤苦无依，济慈用浪漫的笔调写下了一首西方现代版的《登幽州台歌》：

于是，在这宽广的世界的堤岸上，

我一个人孤独地站着，思索着，直到爱情和声名都沉落为一片虚无。

济慈《每当我恐惧》节选

在与孤独抗争的过程中，有的人沦落了，他们同流合污、随波逐流，因为他们惧怕孤独；而还有一些人在坚守，孤云野鹤般飘游。因为达不到永恒，就要继续孤独地在自己的精神世界中流浪。"独怆然而涕下"是所有醉世独醒的孤独者最悲怆的狂欢。

孤单，是一个人的狂欢；狂欢，是一群人的孤单。

仕与隐的距离，用一生丈量：孟浩然

寂寂竟何待，朝朝空自归。

欲寻芳草去，惜与故人违。

当路谁相假，知音世所稀。

只应守寂寞，还掩故园扉。

《留别王维》

浅浅读罢，这是唐诗中很寻常的一首告别诗，细细玩味，才发觉诗中透露着归隐的意愿。这是孟浩然留下的眷恋，给友人王维，更给他偏爱的朝堂。

"寂寂竟何待，朝朝空自归"给相似的心灵带来了很大的认同感，无论谁得不到认可和欣赏，想起这二句来，都会深深地认同，或者想起自己的某段岁月来。"欲寻芳草去"一句露出了端倪。诗人开始有了归隐的动机，但又有些不舍，愿因就是"惜与故人违"。"知音世所稀"一语双关：既对好友王维表示难舍，也是暗中叹息世上没有慧眼看到我孟浩然的才华啊！

不如寂寞地守望，轻轻地掩上家园的柴扉。门，悄悄地关上了。

这一关，关上了所有对入仕的希冀与钟情。

出身于书香门第之家的孟浩然，中规中矩，考取功名吃朝廷俸禄是一家人都认为理应如此的事情，他自己也觉得应该走这样的路。但人到中年他却一直隐居在涧南，过着寄情山水的生活，迟迟没有参加科举。

四十岁这年，孟浩然终于动身进京赶考，这一路他结交了一批诗人赋诗作会，也因此名声大噪。连当时已为官员的王维、张九龄等诗人也着急想见一见这位才子。当地郡守韩朝宗向众高官宣扬了孟浩然的才华，再和他约好

碧秋青山仁荷雜
隨釣蘆南玄波
邀游
八月寫 項聖謨

山之不转，水之动荡，融合了人间的辗转漂移、沧桑巨变，也饱含了对岁月安详、人生静好的期盼。

时日与众官员诗人相见。

约定的日子很快到了，这天，孟浩然正与一群朋友喝酒作诗，俨然忘记了和韩公的约定。有好心的人提醒他说，你与韩公有约在先，还是快去赴约以免怠慢了那些官员吧。孟浩然笑笑摇头，举杯饮尽一杯酒后说，我与大家一起已经喝酒作诗好不快活，其他的事都先站在一边吧！就这样，一个求仕的机会在眼前溜掉了。事后，他自己并没有半点儿后悔，不知是诗人对自己的才学十分自信，还是仕途在他心中真如过眼云烟。

虽然机会失去了，但是孟浩然还是有缘与王维结交，他们的友谊有增无减，二人并称为唐代山水田园诗里的一对夺目双子星。

不知是天遂人愿还是天妒英才。发榜这天，孟浩然信心百倍地去看榜，结果却是名落孙山。原本在家隐居多年的孟浩然对功名本没有太大的兴趣，只是这数月在京，能为诗文的大名声已被远远传了出去，最后落个榜上无名，让孟浩然心中愤愤不平，想上书给皇上又徘徊不定，矛盾的心绪之下，感慨良多，作下了一首不平诗：

北阙休上书，南山归敝庐。

不才明主弃，多病故人疏。

白发催年老，青阳逼岁除。

永怀愁不寐，松月夜窗虚。

《岁暮归南山》

诗中既有"不才明主弃"的不平不服，也真有了"南山归敝庐"的归隐之心。想来也真是让人痛心：半生与世无争，坐享山水的孤寂，临老不想再让家人失望也就此证明一下自己，却失望而归。希望越高，失望也越大。四十岁的孟浩然从未觉得自己有多老，而这一刻，他才看见自己已成白发，岁月无多。

这样的心情更加矛盾了：岁月相逼，再不入仕得功名，恐怕机会越来越少了；已生白发，不如与世无争，回归南山，一个人月夜怀愁去罢了！

仕与隐，其实是困扰着古代知识分子的一个最普遍的问题，几乎所有文人都在心里问过自己这个问题。但大多数人的归隐是因为朝廷的昏庸或不同党羽之间的排挤，而此时的孟浩然心里考量的却是身与心不能同步的问题。

孔子说："道不行，乘桴浮于海。"达则兼济天下，穷则独善其身。而独善其身的确是在乱世自保的好方法，归隐的文人大多出于此目的而回归田园，不是真的舍得放弃那一袭官袍。此时的孟浩然，进与退之间，只有一步之遥，这一步却那么难以迈出。想找朋友倾诉，却一不小心写成了诀别诗，此诗一出，反倒坚定了归隐的信念。

小隐隐于野，大隐隐于朝。隐逸是诗人特有的一种情怀，遁世之心背后的眷恋之情又有几人得知。一面狂唱着"众人皆醉我独醒"，一面忧国忧君忧民。仕与隐的这条分岔口，往左是帝王的垂怜、同僚的排挤、现实与理想的落差；往右是空幽的山林、物我两忘的和平、此生难以施展的抱负。这小小一步，难住了古今多少诗人志士的腿，让他们在进与退之间，举棋不定，踟蹰难行。

不知是诗人伤了历史的心，还是历史伤了诗人的心，在仕与隐这条路上，陶渊明归隐了，王维归隐了，孟浩然最终也归隐了。

从隐向仕是一种决心，并不是因为他难以抉择，而是那一段漫长的经过。

从仕向隐是一种跋涉，并不是因为他经历了千山万水，而是过程的举步维艰。

世人皆知歧路多彷徨，却没想到，进与退之间的距离，这么近，那么远。这个决心，孟浩然下了几十年；这次跋涉，却耗尽了他一生的时间。

门，是悄悄地掩上了，但心却给那个地方留了一道缝，长长久久，不近不远。

锦瑟人生，无端四美：李商隐

锦瑟无端五十弦，一弦一柱思华年。

庄生晓梦迷蝴蝶，望帝春心托杜鹃。

沧海月明珠有泪，蓝田日暖玉生烟。

此情可待成追忆，只是当时已惘然。

《锦瑟》

　　此诗为李商隐缅怀过往、追忆往昔之作。那时，他已年逾四十，却依然孤身一人。回想前半生的一点一滴，他不禁有感而发，提笔写下《锦瑟》，既是写下了他心中的思念，亦是终结他对往日的思念。

　　"此情可待成追忆，只是当时已惘然"，悲苦不言而喻；虽名曰"锦瑟"，实则无题，仅以开篇二字命题，而非全篇主题；若拆开此诗一字一句看，根本无法理解，但若从整体品读，却能在灵魂上找到共鸣，在精神上获得慰藉。

　　《锦瑟》之美，在于"无端"二字。锦瑟无端，正如年华无端，感情无端，人生无端。无端可以是延伸到无限，也可以是极限到两端。无端之美，在于从极致跌落，由完美变作缺憾。

　　李商隐的诗一向是亮丽华美的，宛如星河般璀璨，却始终闪耀着清冷的光芒，让人

271

只可远观，不可近玩。李商隐的诗作多是一些咏情怀物之作，比起李白、杜甫等人的意境深远，李商隐的诗似乎单薄了一些。

可是想一想，他生在晚唐时期，与大唐盛世失之交臂，而自己又身处于牛李党争之中，满腹才华却终生郁郁不得志。眼睁睁地看着唐朝一步一步地走向覆灭，这种锥心之痛，却又无能为力挽回的感觉，只怕是李商隐心性淡薄，寄情于山水之间的根源了。

八岁偷照镜，长眉已能画。

十岁去踏青，芙蓉作裙衩。

十二学弹筝，银甲不曾卸。

十四藏六亲，悬知犹未嫁。

十五泣春风，背面秋千下。

《无题》

这是李商隐难得的一首单纯的无题诗。所谓单纯，就是没有把具体的抽象化，没有把简单的复杂化。诗中的少女，完全符合典型东方女子的审美标准。不仅天真烂漫，含蓄优雅，还琴棋书画样样精通。

可在这十全十美的背后，却掩不住少女怀春的悸动不安，渴望成年却无可奈何，而只能"背面秋千泣春风"了。八岁，十岁，十二岁，十四岁，十五岁……这的确是少女最美好的青葱岁月，但又有谁不恐惧十五岁后无数省略了的年岁呢？

年轻的时候，女孩的一颦一笑，举手投足，低眉转眼间，散发出的都是醉人的芬芳。她懵懂地以为年轮的指针就会定格在这一点，所有美好的画面都可以锁进记忆里。却不知没有什么是永恒的，即便如花的容颜，似水的青春，美丽的爱情。该哭泣的，不是得不到的，而是已经失去的。

年华之美，是谓无端。

花房与蜜脾，蜂雄蛱蝶雌。同时不同类，那复更相思。

本是丁香树，春条结始生。玉作弹棋局，中心亦不平。

嘉瓜引蔓长，碧玉冰寒浆。东陵虽五色，不忍值牙香。

柳枝井上蟠，莲叶浦中干。锦鳞与绣羽，水陆有伤残。

画屏绣步障，物物自成双。如何湖上望，只是见鸳鸯。

《柳枝五首》

《柳枝五首》看似首首咏柳，其实"柳枝"是李商隐的初恋。李商隐因两篇文采极高的古文《才论》《圣论》而被令狐楚（时在洛阳任太平军节度使）赏识。令狐楚将李商隐聘为幕僚。

来到洛阳，李商隐在开拓了自己的新前程同时，也邂逅了他的初恋情人柳枝。这个女子，犹如洛阳牡丹，只消一眼，便在李商隐的心里烙下了永难抹去的烙印。很快，他和柳枝坠入爱河，一个芳华正好，一个才情绝佳，正是才子佳人的绝配。原本以为爱情就可以这样在浪漫中天长地久下去。岂料世事难测，两年之后，柳枝被父母许配给当时的一位王侯。

柳枝没敢为了爱情挣脱家庭的缰绳，她只有含泪顺从。只是苦了李商隐，这段让他倾其所有的爱情，就这样无疾而终。而他与柳枝也注定只能相忘于江湖了。只是爱得那么深，哪是想忘就能忘记的。

穷尽一生，也许都未必能够做到。李商隐才会写下："相见时难别亦难，东风无力百花残。春蚕到死丝方尽，蜡炬成灰泪始干。"这是李商隐对爱情的宣誓，虽然与柳枝有缘无分，今生无法牵手，但这人生最初的爱情，就好像是他生命中一颗晶莹剔透的琥珀，会随着时光的流逝，被雕琢的愈加珍贵。

爱情之美，是谓无端。

与柳枝经历了那段没有结果的感情，李商隐开始追逐刺激而不需付出真情实感的情感游戏，他为每一个惊艳了他眼球的女子疯狂。情来得快，去得也快，不断地邂逅，不断地开始和结束。时光匆匆中，他已经感到了身心疲惫。

原来，不投入真心的感情才是最累人了。此时，令狐楚再次出现，就如同当初他带李商隐进入人生的亮眼年华一样，这次，他要给李商隐一个安稳踏实的家。在令狐楚的做媒下，李商隐娶了女子王氏为妻。

王氏贤惠，却让李商隐毫无激情可言，夫妻二人聚少离多，婚姻生活简直可以用"乏善可陈"来形容。但值得安慰的是，王氏最终用自己的善良和长情，打动了李

273

商隐那颗久久未再悸动的心。

　　他开始渐渐接纳王氏，将她真正地看作是自己的妻子，幸福的生活已经触手可及。但不幸的是，李商隐再次与幸福擦肩而过。王氏染病，不想就卧床不起，缠绵病榻不多时，就撇下李商隐，独自离世。

　　　　红露花房白蜜脾，黄蜂紫蝶两参差。

　　　　春窗一觉风流梦，却是同衾不得知。

　　　　　　　　　　　　　　　　　《闺情》

　　幸福在咫尺之时，自己未能珍惜；而今远在天涯，已是欲够不能。这首《闺情》，丝毫不沾艳情，全无媚俗之感，而是妙趣横生，内涵丰富。经历了同床异梦的隔阂，好不容易才走向心心相印，结果却就此阴阳两隔。

　　良缘之美，是谓无端。

　　上苍给了李商隐旁人无法拥有的才华，也给了他爱而不得、得而失之的缺憾人生。是否美好的事物注定无法长久？仕途的困难重重，情路上的百般失意，李商隐在人生路上的不断打击之中，渐渐参透了世间之事确是不能完美的。

　　　　向晚意不适，驱车登古原。

　　　　夕阳无限好，只是近黄昏。

　　　　　　　　　　　　　　　　《登乐游原》

　　"夕阳无限好，只是近黄昏"，学会了用另一种心态去看世事的李商隐，终于明白了没有什么会天长地久，但若放弃执着，看什么都是细水长流。

　　命运之美，是谓无端。

十年布衣，醉卧红尘：罗隐

得即高歌失即休，多愁多恨亦悠悠。

今朝有酒今朝醉，明日愁来明日愁。

《自遣》

他满腹经纶，却十试不第。他一腔热血，却报国无门。他才华横溢，却无人赏识。

他敢说敢做，却屡屡得罪权贵。他的一生跌宕起伏，却始终铁骨铮铮宁折不弯。他是罗隐，一个末世英雄，在唐朝末年那样一个风雨如晦、满目阴霾的时代，他以诗作为匕首，刺痛人间各种不公事。

年纪轻轻便学富五车，罗隐考中举人，意气风发，踌躇满志地离开家乡杭州，前往长安参加进士考试。在他看来，自己的人生不过才刚刚开始，他的仕途正要大放异彩。就在罗隐做着一举夺魁的美梦时，时局却早已改变。

晚唐时期政治腐败，朝廷上下已无人再为天下家国操心，人人都考虑的是自己的既得利益。科举考试在唐末已经不再是选贤取能的一项考试了，而是官员们敛财的工具。

少不更事的罗隐，自觉满腹才华，他笔走龙蛇答完考卷，信心满满地回到客栈等候中第的消息。可是他等来的却是落榜的噩耗。别说状元，那红榜上密密麻麻的名字，压根就没有"罗隐"二字。

还想要跌倒重来的罗隐在长安住了下来，他坚信下一次的考试，自己能够中第。为此他在备考的这一年间都停留在长安。因为自恃才高，罗隐不是到处游山玩水，就是结交朋友，以诗会友。很快，罗隐便在长安打出了名号。

不过却不是美名，而是骂名。罗隐为人刚直，看不过眼的事情就要说，为此得罪了不少京城权贵。他们暗地里对罗隐十分恼恨，正巧罗隐第二次科考之后，他的试卷被唐昭宗看到了，觉得此人颇有才华，便想录用。

可被罗隐得罪过的官员却暗地使坏，他们拿出罗隐曾经写过的一首《华清宫》诗给唐昭宗看。

> 楼殿层层佳气多，开元时节好笙歌。
>
> 也知道德胜尧舜，争奈杨妃解笑何。
>
> 《华清宫》

唐昭宗一看，这首诗暗含讽刺唐玄宗之意，是对皇家大不敬，便将罗隐的名字划去了。二次科考落榜，罗隐此时身上的傲气已经被磨损掉了大半，本以为自己才高八斗，一定能够在仕途上有所作为，岂料这一两年下来，自己压根儿连进入仕途的机会都没有。想到这里，罗隐不禁有些心灰意冷。

"真正的勇士，敢于直面惨淡的人生，敢于正视淋漓的鲜血。"晚唐诗人罗隐就是这样一个手握长虹、头顶青天的勇士。他再接再厉，埋头准备了第三次的科考。

那年正好逢上天气大旱，百姓没有收成，各地出现了不少难民。唐昭宗对此束手无策，只能祈求于神灵，希望上苍能怜他一番赤诚之心，降下大雨。可惜，老天不肯帮他，雨水毫无落下的迹象。于是，唐昭宗再想办法，他将科考试卷中加入了一道题目，就是问考生们如何防治雨旱灾害。罗隐看到这道题目，实事求是，将他的真实见解写了下来。

他奉劝唐昭宗要未雨绸缪，勤政爱民，而不是祈求神灵，还提了几条具有时效的建议。这本是一份很好的建议，但唐昭宗看后，龙颜大怒。他认为罗隐是在质疑他的能力，便再次将罗隐从花名册上除名。就这样，罗隐第三次科考，还是落榜了。

按说事不过三，既然已经三次落榜，罗隐应当知难而退，天下之广阔，并非只有一条仕途之路可以走。但罗隐偏偏就要第四次、第五次地进行尝试，以至于当时的阅卷官员和监考官员都认识了他，知道长安内有这么一个"考疯子"。

罗隐虽然名声在外，无人不知，但却始终未能遇上生命中的伯乐，一连考了十次，罗隐都未能及第。此时的罗隐早已是心力交瘁，十年的光阴，始终换不来一块敲响仕途大门的敲门砖。

终于，罗隐绝望了。他夜夜买醉，想用酒精麻痹自己。一日，罗隐喝得酩酊大醉之时，偶遇到早年结识的一位妓女云英，云英看到他的样子，忍不住问道："怎么还没有脱白呢？"

唐朝规定，只有官宦人家才可以穿带有颜色的衣服，普通百姓只能穿白色或者黑色的布衣。罗隐十年之前穿着布衣，而今依然布衣在身。云英的话令罗隐大受打击，他无从发泄，只能继续将自己泡在酒坛子中。

"今朝有酒今朝醉，明日愁来明日愁。"吟罢此诗，罗隐便离开了长安，终身未回，时年五十岁。

可是，比起落榜的痛苦，很快失去家国成了罗隐心中更难抹去的伤痛。

黄巢起义后，唐朝陷入一片烽火连天之中，隐居的罗隐敏锐地感知到，山河即将不复存在了。

家国兴亡自有时，吴人何苦怨西施。
西施若解倾吴国，越国亡来又是谁？

《西施》

马嵬山色翠依依，又见銮舆幸蜀归。

泉下阿蛮应有语，这回休更怨杨妃。

《帝幸蜀》

站在历史的废墟上，罗隐拨开历史的层层迷雾，对把一朝一代的兴亡归咎于一人一事的谬论提出质疑。

对历史的兴废枯荣，罗隐是极端敏感的。可兴废有时，枯荣有时，人也力不从心，无力回天。于是，诗人心底那种对盛世王朝与大好江山兴替变迁的无奈，对丰功伟业和荣华富贵滔滔流逝的感伤常常被牵引出来，伴着清醒的认识、痛苦的反思延伸出对历史的反思与忧伤。

在这条路上会聆听到他对"可怜高祖清平业，留与闲人作是非"的悲鸣，会目睹到他对"霸主两亡时亦异，不知魂魄更归无"的哀悼，会感受到他对"君王忍把平陈业，换取雷塘数亩田"的愤慨……终归，他是对历史最公正严明，也是最有人情味的审判者。

禅茶一味

喧嚣的人群背后，泡一壶清茗以安神，诵一段禅经以宁心。香茗是魄，悟道是魂，一缕茶香绕心间，凡尘功名不留恋。调琴、焚香、品茶，茶禅氤氲，从此不问尘世。

以诗为命酒为魂：李白

　　李太白好酒，一袭青衫飘逸游于世间，"兰陵美酒郁金香，玉碗盛来琥珀光"，世人送他个"诗仙"的称号。谪仙人嗜酒，小小一樽金杯里，盛下了李青莲多少心事多少愁！李白是个狂人，狂放不羁，自然也不畏权贵。从杜康以来那么多人沉溺酒中，但大都成了酒鬼，只有李白成了酒仙。李白既是酒仙，又是诗仙，他的诗歌中始终洋溢着浓郁的酒香。

　　　君不见黄河之水天上来，奔流到海不复回。

　　　君不见高堂明镜悲白发，朝如青丝暮成雪。

　　　人生得意须尽欢，莫使金樽空对月。

　　　天生我材必有用，千金散尽还复来。

　　　烹羊宰牛且为乐，会须一饮三百杯。

　　　岑夫子，丹丘生，将进酒，杯莫停。

　　　与君歌一曲，请君为我倾耳听。

　　　钟鼓馔玉不足贵，但愿长醉不复醒。

　　　古来圣贤皆寂寞，惟有饮者留其名。

　　　陈王昔时宴平乐，斗酒十千恣欢谑。

　　　主人何为言少钱，径须沽取对君酌。

　　　五花马，千金裘，呼儿将出换美酒，与尔同销万古愁。

《将进酒》

　　这首诗作于李白离开长安之后。

不惑之年的太白应诏往长安任翰林院院士。本为布衣的他却让唐明皇李隆基"降辇步行，亲为调羹"，可见李白当时的人气。

连李隆基自己也感叹这个李白不简单！李白就是李白，朝堂的威严非但没有让他亦步亦趋，相反天子的接见让这位仙人更加潇洒，喝酒赏月写诗，好不自在。酒喝多了，诗兴大发之时，管他天上地下，杨玉环也被招呼来磨墨，高力士为他脱靴！恐怕喝再多的酒，也只有李白一人敢如此狂妄洒脱。

是的，之于李白，有什么值得畏惧的呢，大不了一走了之，仰天长笑倚剑天涯，任性的他就曾放语"满堂花醉三千客，一剑光寒十四州"。

天真与浪漫的理想主义让李白与朝堂的处世哲学背道而驰，最终与曾热衷的政治理想渐行渐远。他以为李隆基好比汉武帝，于是便自比司马相如。哪知道，这时的李隆基沉溺美色，执政大权落入旁人手中。孤独的李白受尽排挤。眼里揉不进一粒沙的诗人怎能逆来顺受："安能摧眉折腰事权贵，使我不得开心颜！"

于是，李白又醉了，这一醉不是累月却是经年。不甘束缚的他重又开始漂游的生活，在开封，他和好朋友对酒当歌，写出了这首千载不朽的《将进酒》。诗中，岑夫子、丹丘生都是诗人的好朋友。酒逢知己千杯少，心中的愤慨不平也唯有此时才能毫无保留地流露。

黄河水一去无回，青丝如雪实难更改。诗的发端荡气回肠，带出的却是伤感的悲叹。有人称之为"巨人式的感伤"，是颇有道理的。

李白的独特之处在于他没有将这悲继续太久，否则他就不是李白而成了李清照或秦观。他笔锋一转，纵情欢乐，"人生得意须尽欢，莫使金樽空对月"。金樽已满，烈酒入肠，强烈的自负之感和怀才不遇受尽排挤之时运让心中的情感涌动喷薄而出，一声"天生我才必有用"字如洪钟，震惊了一代一代的诗人，直至今日仍余音绕梁。

欢愉是表面的，不遇的心越隐藏却越欲盖弥彰。"古来圣贤皆寂寞"是孤傲的李白为自己找的一个华美的借口，"唯有饮者留其名"是难能可贵的清醒的自我认识。如若太白知道今日的他在史上确实因为他的酒与诗而留名，定要再痛饮三千杯了吧！

酣梦之时，尽管当掉了"五花马，千金裘"，什么功名什么金银尽情舍去，换钱买酒，愿"与尔同销万古愁"。何等旷达的心胸能放下世间诱人的种种，怕是也唯有太白不测的酒量方能容下这万古愁情。

醒，是一生；醉，亦是一生。醒与醉之间，愁与乐之中，总要有个了断。醒不能济世，愁不能自救。于是一杯酒，一声笑，飘逸洒脱于醉梦中寻找一场人生的酣畅淋漓。

这和古希腊神话中的酒神精神颇为相似。李太白和酒神狄奥尼索斯都是少年精神的代表，他们身上永远闪着人类童年时期的天真烂漫和洒脱，借着酒的烈与甘，乐观不羁地回归自己的精神家园。不同的是，酒神是神，饮酒作乐再无怅惘；而酒仙是人，终要受世间羁绊，酒入愁肠化为传世诗篇。

　　弃我去者，昨日之日不可留；

　　乱我心者，今日之日多烦忧。

　　长风万里送秋雁，对此可以酣高楼。

　　蓬莱文章建安骨，中间小谢又清发。

　　俱怀逸兴壮思飞，欲上青天揽明月。

　　抽刀断水水更流，举杯销愁愁更愁。

　　人生在世不称意，明朝散发弄扁舟。

　　　　　　　　　　　　　《宣州谢朓楼饯别校书叔云》

在宣州谢朓楼上，李白终于醒一回。昨日之日是无数个弃他而去之日，那些逝去之日无可挽留，而所要面对的仍是无数不知来者的今日。这两句感慨让人与五柳先生那句"悟已往之不谏，知来者之可追"的意味深长读起来有相同的韵味。人无法阻止水的流淌，抽刀断水总是徒劳。也许在这一点上李煜更加聪明，他将满怀愁绪投向东流的一江春水，没有举杯消愁也没有抽刀断水，但最终难逃厄运。

李白是幸运的，也是无奈的，他终于明白醉时之逃避酒醒后的忧愁加倍乱人心，而散发弄舟无所顾忌让一切随风，又颇有了苏东坡"回首向来萧瑟处，也无风雨也无晴"的放纵与达观。

太白的愁与寂寞无人能懂。他"像那有心填海的精卫鸟一样，虽有报国的热忱，却没有施展的机会。"他以缥缈俊逸的姿态展现给世人看，豪迈给世人看，但唯有一壶壶浊酒才能走进他的内心，靠近他血脉里的那一分天真和赤诚。"当他醉了的时候，是他最清醒的时候；他醒着的时候，却是他最糊涂的时候"，郭沫若如是说。而酒终归是助兴的，但李白却太投入。据说李白醉中捞月结果不幸落入水中，溺水而亡。

酒和诗、花和月、山和水，郁结与萧散、失意与孤傲，成就了千古难就的一个李白。他嗜酒不是酗酒，他狂妄不是狂躁，他孤傲不是孤寂。诗是他的命，酒是其诗魂。仙人用一生酒杯泡出了自己的气质和哲学："天若不爱酒，酒星不在天；地若不爱酒，地应无酒泉；天地即爱酒，爱酒不愧天。"

醉与醒之间，隐与现之间，太多诗人在此长眠。

纵处是非地，心清如镜台：王维

如若不是王维，唐诗的浩荡卷帙上恐怕要少了淡然的一笔。就是这淡然一笔，勾勒出大唐的青山秀水，点染出心向菩提的禅境，晕拓出隐世幽独的画意诗情。

晚岁的王维厌倦半官半隐的生活，终归南山。虽然没有出家，但他过的却是地地道道的僧人生活。粗茶淡饭，乐好参禅。"斋中无所有，唯茶铛、药臼、经案、绳床而已。"这哪里是居家，根本就是禅房的摆设。

大约三十岁时，王维的妻子便去世了，诗人亦不再娶，一生独居。平日生活"常蔬食，不茹荤血，晚年长斋，不衣文彩"。就这样，不食尘味地独自在他的世界里与佛亲近着。

> 人闲桂花落，夜静春山空。
>
> 月出惊山鸟，时鸣春涧中。
>
> 《鸟鸣涧》

和往常一样，又是一个闲适的夜晚。静谧的夜，使春山显得格外清幽，桂花悄无声息地败落。诗人抬头见东出的月亮刚刚惊起了山那边层层飞鸟，潺潺的林中涧水还伴着时不时的几声鸟儿的啼鸣声。

　　"人闲""夜静""山空"，似一幅静静的山水静夜图，纷繁世界，独取这一片空静的天地来欣赏，是心境亦是王维的处境。然而，这"静"却又带着生命的脉动，在空旷宁静中，明月乍出，明明是视觉而非听觉，却"惊"出山鸟，明月千古复万古，山鸟时鸣春涧中，恒古与时下连为一体，见心见性。

　　佛说："世尊成道已，作是思惟，离欲静寂，是为最胜。"王维正是在这山水中体味出静与寂的妙谛，与佛家"心无所生，心无所动"的禅理暗暗契合却不动声色。他在山水中寻找空静乐趣，在进退之间找到了心灵安放的家园，于是最终放弃了亦官亦隐的生活，回归真正的自然。他的诗也因此变得充满禅的静寂。

　　浩荡开阔的盛唐气象过去后，朝晖夕阴、花开花落的生死明灭感渐入诗人之心。彼时的王维把身心还给自然，持戒安禅，褐衣蔬食，远离世界的尘嚣。他深知万物缘起缘灭，四季更迭交替，自然之中的一草一木、一花一果都暗藏明灭的禅机。

木末芙蓉花，山中发红萼。

涧户寂无人，纷纷开且落。

《辛夷坞》

荆溪白石出，天寒红叶稀。

山路元无雨，空翠湿人衣。

《山中》

　　枝头的芙蓉花静静地开又悄悄地落，空寂的山涧没有人因它的绽放而赞美，也没有人因它的凋零而感伤。中年丧妻、安史之乱对于临老的王维，是一个沉重的打击。有知遇之情的老友张九龄的被贬也让他十分沮丧。唐朝开始进入一段黑暗的时光，他感到自己正如这涧户间孤独开且落的芙蓉，摇曳生姿却无人欣赏。

　　然而，遗憾之余，他似乎还略带丝丝希望。他从佛家于寂灭处寻涅槃而得到启发，回到终南别业，听"雨中山果落，灯下草虫鸣"。

王维的诗，读之微寒却总是让感官都为之震动。"山中发红萼"的敏锐视觉让人似乎看见花在幽谷中静静生发的美态；"山中元无雨，空翠湿人衣"不得不让人眼前出现一片翠绿欲滴的湿润。一个"湿"字，光影交错地将视觉转化为动作，"红叶稀"已不重要，重要的是时下的翠足以抹杀所有萧瑟，于空寂幽静的山中体味他那独有的灵动摇曳的心情。恰如一曲幽咽的古琴曲，抚弦的手是他的山水情思，而弦外之音却是点点禅意。

这内外透露寒冷和凋零之感的诗作正要告诉世人：涅槃，是禅，亦是诗。

禅是一种人生哲学，是一种心灵的存在方式。

在繁华仕宦的锦绣前程与诗意栖居的心灵净土间，所有文人似乎都面临两难的选择。

诗作有所不同，但人生的真谛却大抵相同的苏轼，就曾对王维的诗大加赞赏。想必，苏轼应是与王维有着相似的心性，所以才写出同样禅意浓郁的诗来：

江上愁心千叠山，浮空积翠如云烟。

山耶云耶远莫知，烟空云散山依然。

丹枫翻鸦伴水宿，长松落雪惊醉眠。

桃花流水在人世，武陵岂必皆神仙。

苏轼《书王定国所藏烟江叠嶂图》节选

这一天，被贬黄州的苏轼刚刚领了月俸，和每次一样他又要盘算着要把俸禄分成三十份，每天花一份才能果腹，想到自己漫漫人生路途坎坷，不由得远望层峦叠嶂如翠绿的浮云。看眼前这片景色生发出几缕哀愁，到底是山远还是云远谁能知道呢？烟消云散了，山还是那座山。他看见水畔的丹枫翻鸦、松叶上的落雪，又想到此时的自己，不由得感叹道：人世间浮云一散，处处皆是桃花源。

想必是前世有约，才让王维和苏轼这两位才子隔了时空却有惊人相似的人生态度和处世哲学。难怪苏轼在《书摩诘蓝田烟雨图》中即对王维的诗赞不绝口："味摩诘之诗，诗中有画；观摩诘之画，画中有诗。"而苏轼的这两首诗无疑是王维的余音，云雾缭绕中，水依然，山依然；氤氲之中感慨世事无常，心游于玄冥，一花一叶皆天堂，让内心澄澈的地方就是桃花源。

　　细细品来，摩诘与东坡的诗又各自不同：摩诘诗将心置于山水之中，一丝一缕化为绕指柔，眼到之处开出圣洁莲花；而东坡诗将心游于山水之外，几经轮转蓦然回首，发现身已在菩提树下打坐多年。

　　寒鸟的孤影打翻了一弯残月，暮色覆盖了云烟，多少事，都成空。摩诘与东坡用写意的方式，定义了孤单，定义了禅。他们都是寂寞的，他们纵情于山水间，只不过为了寄托无处安放的信仰，他们都是达观的，无情的山水带给他们的是生命的微弱律动，这微小的动感体悟出的禅趣，便使他们纵在出与入的夹缝中粉身碎骨也了无遗憾。

　　历代诗人的园林里，在参禅中得到人生感悟的又何止这二位诗人呢？无论是"始知锁向金笼听，不及林间自在啼"的欧阳修，还是"栽培剪伐须勤力，花易凋零草易生"的苏舜钦，抑或是半僧半俗的贾岛，他们都将无法改变的命运融入诗境，而这诗境又真真切切是他们的处境。

　　参禅之心非人人可有，而诗却是古往今来文人失意时的慰藉。禅思诗境让这些诗人的孤寂得以解脱，即便无人欣赏，也可独嗅暗香。在进与退、官与隐的夹缝中，还有一种信仰可以坚守，纵使身处庙堂是非地，心亦可清明如镜台。

诗乐相逢听心声：韩愈

　　唐代有一位大诗人酷爱音乐，他是唐宋八大家之首，他"文起八代之衰"，晚年又当吏部侍郎，是不折不扣的政客。但他也被一首琴曲所倾倒折服，并为此写下了唐代描写音乐的三篇著名诗歌中的一首，他叫韩愈。

　　　　　昵昵儿女语，恩怨相尔汝。

　　　　　划然变轩昂，勇士赴敌场。

　　　　　浮云柳絮无根蒂，天地阔远随飞扬。

　　　　　喧啾百鸟群，忽见孤凤凰。

　　　　　跻攀分寸不可上，失势一落千丈强。

　　　　　嗟余有两耳，未省听丝篁。

　　　　　自闻颖师弹，起坐在一旁。

　　　　　推手遽止之，湿衣泪滂滂。

　　　　　颖乎尔诚能，无以冰炭置我肠！

　　　　　　　　　　　　　　　　《听颖师弹琴》

这便是《听颖师弹琴》了。欧阳修曾说这不是一首琴诗，而是一首琵琶诗，这些实在来不及去探究，只静静地品味这首琴曲和诗人的奇缘。

元和十一年，相传有一个名叫颖的和尚，不远千里从印度来到中国，人们尊称他为颖师。颖师的古琴不仅样式与众不同，而且弹奏出来的音色也格外优美。世间的琴师绝对不只颖师一个，但颖师凭借他精湛的技艺、别有韵味的演奏、丰富的曲目打动了世人，远近知名。

而韩愈是唐代著名的诗人和文学家，也慕名前来欣赏颖师弹琴。琴曲一开始，韩愈就被深深吸引。婉转轻盈，细语喃喃，仿佛情人在耳边倾诉彼此心里的爱慕之情，似一首婉转的情诗，让人身心愉悦。忽而，琴声激昂高亢，像是沙场上战士的厮杀，万马奔腾，霎时间刀剑齐鸣，场面异常惨烈。韩愈觉得灵魂都在为之颤抖，好像自己也手持兵刃身在疆场。转眼，琴声又热闹起来，到处是莺歌燕舞，百鸟齐鸣。中有一只凤凰引吭高歌，百鸟朝圣，一片乐观升平气象。随之，琴音激越地往上攀升，仿佛在攀登峭壁悬崖，一旁的诗人听得心惊胆寒……听到这里，诗人紧张得坐立不安，汗泪如雨，把衣襟都湿透了。

韩愈紧张至极时，不得不请求颖师中止弹奏："在下虽然也生有一对耳朵，但是不懂音乐。但这次听到先生弹奏，却激动不能自已。您的演奏实在精湛，好像是把冰和炭火放在我的心房里一样，冰火两重，您要是再弹下去，我真的受不了了。"就是这样一首诗，道尽诗人与音乐的奇妙之遇。

一首乐曲能直达人心，必定是他的某一点与人心中最脆弱的地方引起了共鸣。韩愈这般紧张激动，也果然如此。

时年，韩愈已四十九岁，这一年便做了中书舍人，负责撰写诏书。但因主张平定淮西而被宰相李逢吉所恨遭到诋毁，不久就被降为太子右庶子。所以，当颖师弹起这首曲子，舒缓的调子让韩愈暂时忘却了钩心斗角的朝堂之争，一心回忆起自己的孩提时代：耳鬓厮磨、两小无猜，"昵昵儿女语，恩怨相尔汝"二句，仿佛喃喃细语，并时而夹着少年情事的互相嗔怪。有人说，成年以后心灵常常固执地滞留在离童年不远的地方，在怀想和遥望。诗人听琴伊始，沉入的是一种充满温馨的境界重温往日旧梦。

"划然变轩昂，勇士赴敌场"，琴声突然变得昂扬、豪迈，或许这时的抑扬顿挫撞击到韩愈的是他壮志凌云、举步投向人生战场的年代。那年，诗人只有十九岁，只身离开了侨居五六年的宣城，一人到京城长安"应举觅官"。"浮云柳絮无根蒂，天地阔远随飞扬"，多少往事如浮云一般过眼即逝，而自己的命运仍如浮萍一般四处无依。想到这里，诗人惆怅不已，或许是因为缅怀起自己四考进士以及登第后到处求官这一段长达八九年的岁月。

唐朝时应举的人，试前都托请朝廷要员向考官推荐。韩愈不想靠人脉走上仕途，亦无人代他吹嘘扬名，所以从贞元二年至贞元七年考了三次进士都告失败。贞元八年，韩愈从事古文写作已为人知，并且有人举荐，他第四次参加进士考试终于获得成功。

然而，在当时的大唐，考取进士并不等于有官可做，还要自己寻找门路。韩愈忍受着人们的讥笑，乃至侮辱，仍处处碰壁。到他考取进士后的第四年，仍未觅得一官半职。这期间生活困窘，已经到了"穷不自存"的地步，落魄到最后连他骑的一匹马都卖掉了。

这是那一时代，没有政治根基而又财产不足的知识分子难以摆脱的命运。

"喧啾百鸟群，忽见孤凤凰"，琴声转为和畅、愉悦，百鸟群聚是一番乐景，所以音乐变得那么清雄、亢爽，诗人陶醉其中而又欣喜欲狂，或许此时他正在回忆与重温多年来与一批志同道合的师生的相聚时光，有如一只只孤芳自赏的"孤凤凰"群聚一起，哀鸣不平。

这便是一首曲子使韩愈坐立不安的原因，因为一首曲子的背后会有一个与之相似的跌宕起伏的一生。

透过颖师的音乐，韩愈不知不觉地掉入了音乐的陷阱，颖师的琴迷惑了他，前半生的曲折经历，仿佛被高高低低的几个音符道出了所有心事，若他知道后人得知他的紧张，恐怕也会不从容了。

其实，听者听的是乐声，亦是自己的心声。

一诗一味，茶品人生：皎然

茶与酒一样，都是唐诗里不可或缺的角色，少了它，诗中的滋味恐怕要失了大半。唐人的茶诗从皎然这里提升了一个境界，变得豁然开朗。喝茶也再不只是仅仅为了解渴、提神，而是变成一种人生的态度。

越人遗我剡溪茗，采得金牙爨金鼎。

素瓷雪色缥沫香，何似诸仙琼蕊浆。

一饮涤昏寐，情来朗爽满天地。

再饮清我神，忽如飞雨洒轻尘。

三饮便得道，何须苦心破烦恼。

此物清高世莫知，世人饮酒多自欺。

愁看毕卓瓮间夜，笑向陶潜篱下时。

崔侯啜之意不已，狂歌一曲惊人耳。

孰知茶道全尔真，唯有丹丘得如此。

《饮茶歌诮崔石使君》

皎然将品茶分成了三个层次：涤昏寐、清我神、便得道。一般人喝茶常常只是前两个层次，喝罢茶后神清气爽便足矣。皎然却不然，他在此之上又飞升得"道"，看破世间一切烦恼，而"茶道"一词便是由此而来。

这里的"茶道"不是煮茶之道，也不是制茶之道，而是品茶的人生之道。皎然将茶看为世间罕知的清高之物，嘲笑陶潜等人饮酒的"糊涂"。此话虽说得有些自大，但细细想来的确有一些味道在里面。

饮酒，只能让清楚的人沉醉，对世事看得更加模糊而淡忘本心；品茶，却是让沉醉的人清醒，擦亮心眼去看繁华世界。

皎然的诗让人对他肃然起敬，也让人对他的身世生出几分好奇。

皎然乃唐代杰出诗僧，俗名谢清昼，是谢灵运的十世孙。自幼博览群书，汇集各家思想。中年后痴迷仙术，但因修炼仙术伤了身，从此皈依佛门。一个机缘，因茶与陆羽结下忘年之交，也让皎然对茶的执着更增进一步。二人是诗友兼茶友，年长的皎然常常邀上好友，摆上素瓷雪色的茶具，取多年埋藏的好水，泡一壶香茶，作一首即兴的诗。

有时甚至并不说话，任香茗之气缭绕过眼，氤氲出一片醇厚的恬淡。虽不多言，情谊却也如这壶中的好茶，味道愈加深厚，个中滋味，"唯有丹丘得如此"。

这一茶一诗一友便是简单的茶道了，从选茶、泡茶、品茶一系列的过程中，均需要细细参悟，方能领略茶之真味。

　　买茶，是买一斤还是一两？当然是一两，因为只有一两时，才会细细捏一小撮，慢慢品尝，方显其珍贵。泡茶是一次倒掉还是反复冲泡？当然要反复冲泡，一次太浓尝不出香味，太多次又太淡，失去了滋味。但至于到底冲几次的茶才最香的，恐怕要因人而异了。

　　人生也是如此，拥有的少就更加珍惜，就如杯中三起三落的茶叶，浮沉难料才不枉此生。

　　正如林清玄所说："每一片茶都是泡在壶里才能还原、才能温润、才有作为茶叶的生命意义；我们也一样，要经过许多岁月的净化才能锻炼我们的芬芳。"

　　茶诗的人性化，让诗人品茶更添了几分情趣。一诗一滋味，一茶一人生。每个人都有对茶的独到领悟，因此诗中也留下了异于皎然的不同的人生感悟。

　　张文规品茶"凤辇寻春半醉回，仙娥进水御帘开"，皮日休品茶"丞相长思煮泉时，郡侯催发只忧迟"，白居易品茶"坐酌泠泠水，看煎瑟瑟尘"，故晚唐诗人薛能说："茶兴复诗兴，一瓯还一吟。"

诗人的眼中，茶中有人生，茶中更有情。茶有情，水有情，茶水相融便是一场热烈的友情，茶友恐怕是世间少有的纯粹友情了。可以想象，皎然与陆羽在终日清谈中，一定是促膝品茗。他们在品茗过程中，也一定会具有共同的乐趣和爱好。

> 九日山僧院，东篱菊也黄。
>
> 俗人多泛酒，谁解助茶香。
>
> 《九日与陆处士羽饮茶》

九月，秋菊怒放，渴念茶香，诗僧皎然念友的心情也不亚于馋茶的心情。这一生当中，若有一懂茶知己，真是人生一大幸事。陆羽是幸福的，因他遇上了皎然。

据说皎然对陆羽的感情甚是深厚，经常想念他。如果较长时间没有举行聚会的话，皎然会亲自跑去拜访陆羽。如果恰巧陆羽外出，没见着人，皎然就会非常懊恼，真是因茶动情。三毛说："人生有三道茶，第一道苦若生命，第二道甜似爱情，第三道淡如微风。"那么皎然是不是尝尽了生命之苦和友情之甜后方飘然乎遗于尘世，淡如微风呢？

每日饮茶，仿佛将生命也浸入了茶水中，浮浮沉沉，卷曲收放。一生便有如茶叶，时而干浮杯面，时而大如夏花般在杯底绽放。滤去的是浮躁的思绪，沉淀的是清楚的思想。品茶有时品的是一种欲语还休的忧伤，有时品的是推杯换盏后剩下的寂寞。人生不过如此，不可能永远沸腾，纵然有千般热闹总会有一天归于平静，而能享受热闹过后的寂寞方成为一种境界。

有人在茶中得到了友情，有人在茶中收获了苦涩，诗僧皎然用茶结交了一生的挚友，且将个中滋味写入诗中，不为流传只为助兴。僧人尚此，常人无妨？三五个文人雅士聚集一起，闲云野鹤，不谈政治，只淡雅兴，作诗酬唱。古今中外，那些自由的文人，正如这杯里的茶叶，上下翻转，哪怕最后终要倒入花土，也不妨淋漓尽致走完一生。

烈酒离歌

为了家国的理想，一群赤胆游子，古道衷肠、热血边疆。他们抛下泪与汗，抛下妻子的泪眼望穿，抛下母亲的殷勤期盼。无人处，英雄泪独自挥弹。罢了，便要归来，因为心恋故园；罢了，终要离去，还需保卫家国。

烈酒喝罢，离别亦豪情：岑参

　　多情自古伤离别，茶马古道，关隘重重，离别时手难放，绝非是文人的附庸风雅，只有经历过离别的人才有发言权。唐诗里的离别之情一半给了伤感，那么另一半定是给了豪迈。见惯了泪竹斑斑、锦书难托，纵然有万般诗情，也逃不过那点儿女情长。然而大唐的边塞诗中因有岑参这个名字的出现，给离别带来了一些豪爽和劲朗，而盛唐边塞，也因为岑参军的一支妙笔，多了些奇情。

北风卷地白草折，胡天八月即飞雪。

忽如一夜春风来，千树万树梨花开。

散入珠帘湿罗幕，狐裘不暖锦衾薄。

将军角弓不得控，都护铁衣冷难著。

瀚海阑干百丈冰，愁云惨淡万里凝。

中军置酒饮归客，胡琴琵琶与羌笛。

纷纷暮雪下辕门，风掣红旗冻不翻。

轮台东门送君去，去时雪满天山路。

山回路转不见君，雪上空留马行处。

《白雪歌送武判官归京》

哪里有人烟，哪里就会有离别，边塞也不例外。

岑参的一生，两次出使边塞。苦寒之地哪个血脉方刚的男人愿舍弃妻儿的温暖驻守边塞，除非他比一般人有更强烈的建功立业的愿望。岑参正是如此。

祖父与堂父都曾做过宰相，父亲也是朝廷的大官，然而由于父亲得罪了朝廷，岑参年幼时就已家道中落。许是为了重振家族，岑参义无反顾地走上了仕途。为了实现自己的理想和抱负，天宝八载，岑参毅然踏上了出使安西边塞的路。这一走，就走到了天涯。边地苦寒，大帐之内都是响当当的七尺男儿，一起出战一起庆功，岑参与封常清判官建立了深厚的友情。

天下没有不散的宴席，再好的朋友也有分别的时刻。

这天，封常清奉命归京，岑参冒着风雪送好友回京。这是一幅极致的风雪离别图，什么恶劣的天气在边地都有可能。八月的京城应该是骄阳当空吧，而这里却风雪交加，一片苍茫。帐子的罗幕被冰雪打湿，裘皮大衣都难以御寒，角弓拉不开，铠甲冰冷难以上身！岑参用他神奇的语言描绘了胡地八月飞雪的奇寒景色。

帐内岑参与封常清摆酒道别，"胡琴琵琶与羌笛"此时演奏的大概也是离别之曲吧。酒干了之后就要上路了，送了一程又一程，大雪愈加紧了，只能送到这里。看着友人孤单的背影渐渐地被大雪湮没，"山回路转不见君，雪上空留马行处"这一句不禁让人想起那句"孤帆远影碧空尽，唯见长江天际流"。李白送友人时在烟雨潇潇的扬州，离别之情因那时那景而变得温婉。岑参的"雪上空留马行处"却为这依依惜别的场景添上了壮士一去兮不复返的悲壮和豪迈，纵使有百丈寒冰，这情这景怎不让人羡慕和神往？

离别其实并不总需要眼泪。两个心中有着相同遭际的人，不需要太多言语，分别甚至是一件踌躇满志的事情。正如一个相知多年的老友，当遇到困难或重大打击的时候，往往并不需要过多的劝慰，只要一只手，紧紧地握住他的手就已足够。离别也是如此。人生有许多的分岔口，太多的人来来往往，不一定泪水涟涟才代表想念和不舍，告诉他自己其实一直风雨都与他一起，微笑着送友人远走。泪一流，人的气就散了，而挥挥手目送其远走，这种沉默力量却远比一次抱头痛哭来得更持久。

是离愁，别是一番滋味在心头。

岑参的一生都在与人告别，与家人告别、与友人告别、与长安告别、与
塞垣告别。军人的告别方式是豪迈的，也是独特的，一碗烈酒喝罢，跨上战
马，驰骋沙场，飞沙走石都不怕。何必执手相看泪眼、无语凝咽，一声笑好
过两行泪，一壶酒融了多少情，干杯朋友，来日方长，哪怕此生再难相见，
前途漫漫定会另有知遇的知己。

　　　　千里黄云白日曛，北风吹雁雪纷纷。

　　　　莫愁前路无知己，天下谁人不识君。

　　　　　　　　　　　　　　高适《别董大二首》（其一）

　　唐人送别诗大多缠绵凄恻，为数不多的慷慨豪情的作品中，高适写得同
样大气，读起来一样荡气回肠，给人一种充满信心的力量。
　　黄沙漫漫，又逢大雪，诗人送别著名的琴师董庭兰。高适当时不得志，
四处漂泊，心情无定，却能写下"莫愁前路无知己，天下谁人不识君"这样
大气的劝勉诗句，以开朗的胸襟给离别之情染上了一缕祝福的色彩。
　　如果盛唐边塞没有了岑参和高适，恐怕唐诗就少了那根硬气的骨头。
　　高适与岑参的诗常常被人放在一起比较，正是因为诗中那股相似的豪情
壮志。同样是离别，二人也写得那般默契，真可谓是盛世知音。
　　每个人心里都有一块最柔软的地方，只是，有的人把它流露出来，于是，
才有了那么多委曲低回的诗句；而还有一些人，给脆弱的心包裹上一层坚硬

的外衣，他们展露给别人的永远是快乐。这并不是虚伪，而是他们总为别人想得太多，将那些不能言说的情绪只留给自己独自品赏。

于是，在一句句离别的诗句中，看见的是诗人的豪情，看不见的是石头外衣下一颗与常人无异的不舍之心。

法国十九世纪诗人波德莱尔说：

也许你我终将行踪不明

但是你该知道我曾因你动情

不要把一个阶段幻想得很好

而又去幻想等待后的结果

那样的生活只会充满依赖

我的心思不为谁而停留

而心总要为谁而跳动

离别，不过是为了下一次的相逢。诗人只不过在不同的时间动了一场情，这情可以是伤情，也可以是豪情。伤情的人马上踟蹰，对过去依依不舍，而豪情的人把留恋揣进胸前的左边口袋，用离别等待下一场相逢。

功名马上，闺阁深锁青春：王昌龄

　　若不是唐诗中有这样一类诗，丈夫远征、妻子苦等，似乎人们都不会想起有那样一群女子，她们为了丈夫谋得一官半职而将自己的大好青春囚禁在闺阁中，亲手将丈夫送走而后独自等待。

　　若非十分珍贵，这世上恐怕没有什么东西肯让哪一个女子愿用自己的青春来交换。

　　　　闺中少妇不知愁，春日凝妆上翠楼。

　　　　忽见陌头杨柳色，悔教夫婿觅封侯。

　　　　　　　　　　　　　　《闺怨》

　　在唐代，王昌龄是颇受女子欢迎的诗人，不是因为他风流倜傥，而是他的诗道出了多少闺阁女子心中的怨恨和寂寞。

　　王昌龄边塞诗写得也很好，因为他身在开元天宝边患纷扰的年代，深知边地硝烟不断，有多少胸怀大志的男儿奔赴疆场，卖命一场也不过是为了战后能封妻荫子、光宗耀祖。有多少征人戍守边地，就有多少女子在家中等待其归来。

　　而那些春闺里的女子究竟要有多勇敢，才会一个人甘愿去等待？这样的女子，在爱情里定有她们自己的坚持和勇气，褪去华丽的词句，她们的心灵单纯而美好。

　　封建王朝里的女子们，在男人主宰的世界里，嫁一个好男人便是她们最大的荣光，丈夫富贵便是她们的富贵，丈夫的生命便是她们的生命。她们无欲无求，只盼望自己的夫婿能当上大官，自己连同儿女的一生也便衣食无忧了。这不能怪她们不独立，三从四德的条框早已将她们的身心都钉在了闺阁之中，从此，丈夫的理想便成为她们的理想了。

　　这些，都被懂得征人苦和闺妇痛的王昌龄深深看在眼里。

　　他知道这样的女子们纵有万般无奈又怎肯向人诉说。所以，他替闺妇代笔，写下她们心中深藏的痛。

闺阁中的女子"不知愁"，春日里浓妆艳抹登上翠楼。一个"不知愁"便得知这浓妆的妇人是个天真的女子，没有太多的心思和顾虑才会不知道愁的滋味。可是，忽然间巷口杨柳都已带春色，心中突然涌起一丝懊悔，"悔叫夫婿觅封侯"。

读罢此诗，心中定有疑虑：此女子对远方"觅封侯"的丈夫的思念未着一字，身在闺中的是青春活力天真的"少妇"，而非年老体衰的老妪，怎会没有相思之情、离别之苦呢？

高适在写征人与亲人分离时曾经就说："铁衣远戍辛勤久，玉箸应啼别离后。少妇城南欲断肠，征人蓟北空回首。"异地相恋的二人互相思想之情溢于言表，而李白在诗中也说："戍客望边色，思归多苦颜。高楼当此夜，叹息未应闲。"

这样一来，王昌龄的诗似乎有些不合情理了。

细细嚼来才发现别有一番味道：一个"悔"字，道明这位春闺里的妇人心中是相思而非"不知愁"，也是一个"悔"字，显示出让丈夫"觅封侯"的妇人眼光的长远和善良的情怀。

也许，不要自己的丈夫去征战寻官，安安生生地留在自己身边，过粗茶淡饭的日子会使她更加幸福美满，虽然生活可能困难一些，但爱的人在身边一天，抵过穿金戴银一千年。女人其实想要的只是一个温暖的怀抱，什么功名利禄对她来说根本不值一提。但是，她们知道，对于男人来说，唯有加官晋爵才是能力的体现，才能证明自己。功名权力在男人心中比女人更加重要。

所以，那么多女人宁肯牺牲自己的幸福，也要送男人踏上谋求功名的道路。尽管她们知道，此去一行，可能是永生的告别。太多的男人战死沙场，即便有的活着回来，但功名上身，骑上高头大马之后，亦有男人忘记了为他等待和消耗着青春的发妻，嫌弃她们粗鄙年老另结新欢。

这样看来，送走自己的男人将自己独锁闺阁中需要多大的勇气和宽容，那些以等待为代价换回的日子，也许是比等待更加难以面对。

也许王昌龄不忍让这心怀大义的女子失望，为了安慰和鼓励这大义和气节，他另作了一首诗，不知这结果是等待没有被辜负还是只是劝慰：

> 白马金鞍从武皇，旌旗十万宿长杨。
>
> 楼头少妇鸣筝坐，遥见飞尘入建章。
>
> 驰道杨花满御沟，红妆缦绾上青楼。
>
> 金章紫绶千余骑，夫婿朝回初拜侯。
>
> 《青楼曲二首》

在唐朝这个"功名只向马上取"的年代，跑出去觅封侯几乎是所有男人的梦想，只看女人情不情愿罢了。不情愿的也无他法，留是留不住的，情愿的便是识大体的，因为所有女子都知道，等待之后的将是怎样一条不归路。

王昌龄开元十五年中进士，二十二年迁汜水尉，后被贬岭南，二十八年北返为江宁丞，晚年被贬为龙标尉，最终被濠州刺史所害。他在"觅封侯"这条路上走得太远太远，他借女子之口写下的闺怨之诗可能也是另一种"悔"。他似乎想借此告诉女子们，其实不必那么勇敢，不必那么识大体，撒一撒娇，留住男人，不让他们走上这一条道路，或许谁都不会将这一生过得那么辛苦。

或许，可以不那么勇敢。褪尽风华，只是依然在彼岸守候。

不是家书，是乡愁：张籍

乡愁，是生生不息的血脉。

早在《诗经》中就有"我徂东山，慆慆不归。我来自东，零雨其濛。我东曰归，我心西悲"的怀乡愁肠。古往今来，远离故乡的游子，无论他出身何时何地，都无法抹去流淌在血管里的汩汩思念，因为故乡是存在于世的凭证。

诗至大唐，特别是塞下边疆诗人也有着同样的乡怀，"看君已作无家客，犹是逢人说故乡"这点恐怕让生于江南身在西北的张籍最有感慨。

> 洛阳城里见秋风，欲作家书意万重。
>
> 复恐匆匆说不尽，行人临发又开封。
>
> 《秋思》

一个秋日傍晚，张籍饭后无事，前往友人家叙旧，敲了半晌无人应答。一人站在门前，肃杀的秋风带来阵阵凉意，一群大雁正从天空中飞过，不禁想起自己客居洛阳，常年不归。这大雁明年会回来，而自己什么时候才能回到家乡呢？

回到家中，千般委屈愁绪涌上心头的张籍提起笔来欲写一封家书，可是千言万语却不知从何写起。诗人的脑海里，不断涌现着当年离别时的情景。那时年轻气盛，与老母离别时竟头也不回地走了，但不知这一别何时才能再见面……想到这里不觉泪如泉涌。终于写罢书信，仔细地读了数十遍，听见窗外有打更人才发觉已是三更。

翌日，揣着信在门口等候捎信人。不知何时，街角传来了马蹄声。"来了，来了！"张籍心里激动万分，颤抖着将家书递与他手上。送信人接了书信辞了他转身离去时，却听见身后传来颤巍巍一声："且慢……让我再看一眼吧！"

肃杀的秋风吹煞了多少挥手的离人，难怪悲秋之情常常于此时油然而生。也许正是因为这个诗人寄信的故事，让这首《秋思》在千古思乡的诗作中显得格外真诚感动。

　　张籍是地地道道的南方人，从小坐在小桥船坞旁听江南采莲歌长大，而洛阳在动乱的中唐已与突厥不远，身在洛阳孤城深巷的他常常触景伤情，不能自已。"湘东行人长叹息，十年离家归未得。"他的眼见过了太多战乱逃亡、塞下百姓疾苦，太懂送老和离别，太了解什么是"烽火连三月，家书抵万金"。故乡在他的心中，是一曲不能吹响的梦。

　　家书太轻，承载不了这么深沉的思念；家书又太重，说多了又怕惊了这梦。于是，便有了"复恐匆匆说不尽，行人临发又开封"的万般纠结和迟重。

　　思乡，怎一个愁字了得。

　　如果说张籍还不算地道的边塞诗人，那么岑参应该是当之无愧的一个。盛唐的边塞和山水，后世再莫能及。写出"一川碎石大如斗，随风满地石乱走"的雄奇气象的边塞诗人岑参却有着和张籍一样的情怀，这也是他的《逢入京使》常用来和《秋思》比较的原因。

　　　　故园东望路漫漫，双袖龙钟泪不干。

　　　　马上相逢无纸笔，凭君传语报平安。

　　　　　　　　　　岑参《逢入京使》

　　边地的思乡是无望的思乡，前路未卜，不知归期。有时候，连传递书信都变得十分艰难，就只有通过口信给家人带去平安的信息。

　　天宝八载，岑参第一次赴西域，充安西节度使高仙芝幕府书记。告别了在长安的家人，跃马踏上漫漫征途。一路走一路东望，远离故乡的感情只有那些曾挥手家园的人才能体会。他把泪拭了一次又一次，最后连双袖也像双眼一样湿润。途中惊喜遇到入京的人，立马叙谈，无奈这时没有纸笔，岑参只能空凭其捎声口信，向家人道个平安。

　　质朴的语言没有任何修饰，惦念之情悠然蔓延。

　　思念是相互的。念故乡的时候，故乡的人也在念你。

　　如果说游子的脚步让人思念，那么征夫的行程就是让人茶饭难咽，生死都不知的未来，一声平安恐是最好的定心丹。岑节度一句"凭君传语报平安"让多少空想的思念立刻汗颜。他曾自我表白："万里奉王事，一身无所求。也知塞垣苦，岂为妻子谋。"多次亲赴西域的坚强汉子在边塞纵使再豪迈慷慨，夜深帐灯下，也难免有此柔肠。难怪后世赞道："人人有此事，从来不曾写出，后人蹈袭不得，所以可久。"

　　故乡如水田里悠悠晃晃的老牛、残阳落在堤上的倒影。故乡的一切都似被下了咒语般让人魂牵梦绕，挂肚牵肠。故乡在诗人心里更像一个姑娘，只要她一句呼唤也要回到她身旁。

　　边地男儿没有资格与家人长相守，家国难两全，只能独自把个中滋味咽回心底。但是谁也不能阻止他们的思念。日里"千骑卷平冈"当是不可将这愁绪带入沙场，夜里也是一场征程：每当月升高空，会有千万颗同样的心奔向不同的地方。

　　于是也就有了那首引起天涯羁旅无数共鸣的《长相思》："山一程，水一程，身向榆关那畔行，夜深千帐灯。风一更，雪一更，聒碎乡心梦不成，故园无此声。"可知纳兰笔下娓娓诉出的军旅乡情，又寄给谁呢？

　　隔了一世又一世，乡愁的血脉只不过是添了些沧桑，却依旧在搏动。乡愁在诗人的诗句中跳动着，讲述着烽火连三月里的牵挂。

　　大唐那些戍边的将士和诗人们听了这句话，或可安眠？

风雪夜归人：刘长卿

    唐代大历年间，诗人刘长卿的一首著名的五言绝句《逢雪宿芙蓉山主人》家喻户晓，妇孺皆知。隆冬季节，天寒地冻，恶劣的天气里将要发生的故事，就在这里慢慢展开。

> 日暮苍山远，天寒白屋贫。
> 柴门闻犬吠，风雪夜归人。
>
> 《逢雪宿芙蓉山主人》

    大历时期，是一个噩梦连连让人不得不忧伤的时代。早年的刘长卿就读于嵩阳书院屡试不第，长期功名无成。好不容易入仕，又逢安史之乱。唐肃宗时，任监察御史、长洲县尉，贬岭南南巴尉。唐代宗时历任转运使判官，知淮西、鄂岳转运留后，被诬再贬。与大唐众多诗人一样，刘长卿在仕途上很不得志，屡屡被贬谪。一生命运坎坷的诗人还曾因人诬告贪污，两次被捕入狱。

    大历二年，抱着一线希望的刘长卿复入长安求官，但最终徒劳而返，后又扁舟南下，漂泊湘间。为了生计与前途，他不得不背井离乡、抛妻别子，奔走于权贵势要门下。刘长卿始终都在为了一个落脚之处奔波，在一个风雪之夜，他成了一个寻找归宿的浪人。

乍读此诗，以为不过是一首平常的山水诗，细味之时却大不然。刘长卿大概也是一位细致的国画大家，描绘了一幅暮色苍茫、天寒地冻的雪中求宿图。诗先从大处着笔，"日暮苍山远"是整幅图的底色：暮色沉沉，远山层层。接着笔锋拉近，中景"天寒白屋贫"开始出现了活动的小范围，贫屋被大雪覆盖成了一片雪白，一派荒凉孤寂之景。不由得想起了"鸡声茅店夜，人迹板桥霜"，一座孤屋独矗茫茫雪景中，似"独钓寒江雪"里的一叶孤舟。

日暮也是年华渐暮，天寒地寒也是人寒，山远路远也是人远、心远，屋贫人贫也是心贫、气贫。诗人意高笔减，到底是忧寄天下的失望，是仕途不顺的惆怅还是看穿一切的旷达？刘长卿还未给出答案。"柴门闻犬吠"以无声衬有声，仿佛让人透过隐隐的犬吠声看见一个孤单的身影穿过层层密林归来，背后空留下一串深深的脚印，一幅落得白茫茫大地真干净的景象。这首诗也因其浑然一体，诗画合一，被明代的唐汝询称为"凄绝千古"。

就这样宦游漂泊，浪迹天涯，人和心一直在路上，不知何时是归期。于是便有了这首雪中孤寂的归人图。

尽管对于"归"的到底是谁，众说纷纭，但诗却满载了一个漂泊者浮沉上下、思归难遇的凄寒。刘长卿孤零零地在大唐的飞雪中行走着，寻找着。他的一生若是一次旅程，那么贫屋是他的借宿之处还是最后的归所无人得知。

也罢，就让诗人当一个不被打扰的旅人，借旅途抚慰心灵，一山一树一雪一屋都是风情。

如果不是经过那么多的寻找，刘长卿甚至更多的诗人又怎会到达"最深的内殿"？若不是用一生来完成的这次旅行，又怎么能在风雪之夜渴望做一个安稳静好的归人？只是因为亲历动荡，家园被浩洗一空，自己被贬甚至入狱，一次一次不情愿地归附，使刘长卿更加渴望有一处属于他的归宿，哪怕这归宿并不只属于他一个人。

萧条独向汝南行，客路多逢汉骑营。

古木苍苍离乱后，几家同住一孤城。

《新息道中作》

没关系，就算"几家同住一孤城"也不必哀伤。

其实，每一个人都是暮色降临时渴望归去、逢雨雪时求宿心切的旅人。人生路上难免"风雪"，难免苦痛，疲惫不堪、无助脆弱时，人们都向往一个永恒的归宿能借以永远栖止。然而，这样的"归宿"在尘世间可遇而不可求。

人生路上，出发与到达之间，唯有灵魂短暂的借住处却很难找到长久的"归宿"。只要活着，就要一直在路上。不管情愿与否，每一个人都注定是匆匆出发又匆匆到达的旅人。只是这途中会有大大小小的站台，怀着"风雪夜归人"的希望和梦想，不停地停靠，又失望地离开，总觉得下一站就是终点，下一站就是永远。但是稍作停留后又发觉，不是不肯放心地去依靠，便是留宿人不肯收留。于是，天亮之后，背上行李重新启程。

如此反复，永无归期。

正如《吉檀迦利》中泰戈尔所说：

我旅行的时间很长，旅途也是很长的。

天刚破晓，我就驱车起行，穿遍广漠的世界，在许多星球之上，留下辙痕。

离你最近的地方，路途最远，最简单的单调，需要最艰苦的练习。

旅客要在每个生人门口敲叩，才能敲到自己的家门，人要在外面到处漂流，最后才能走到最深的内殿。

恐怕唯一值得庆幸的是，还有诗，还有相似的经历和理想的世界，来安慰失落的心和无处安放的灵魂。

在理想的世界中，除了"风雪夜归人"还有"戴月荷锄归""日暮醉酒归"甚至"斜风细雨不须归"。在诗中，诗人可以尽情地停留，做一个诗中徜徉的旅人，用温润的语句浸透一颗失望透顶的心。或许在这里，诗人也可以开始一场新的旅程，沿途都是触手可及的风景。

衰飒的大唐之风，将一个刘长卿送进风雪夜中、送上旅程，千千万万的文人志士各自动身，将自己打扮成了然无挂牵的旅人。这便是旅行的意义了。而在此之前，他们会一直走去寻找那个可以寄放灵魂的地方，即使明日天寒地冻，路远马亡。